Ce que les gens ont dit à propos de
Bouillon de poulet pour l'âme romantique…

« Si l'amour fait courir le monde, l'amour romantique le fait tourner ! *Bouillon de poulet pour l'âme romantique* fera battre de nouveau le cœur de ceux qui avaient oublié que l'amour romantique existe réellement. »

Catherine Lanigan
Auteure de *Romancing the Stone*,
The Jewel of the Nile et *The Christmas Star*

« C'est un livre parfait à lire en couple; chaque histoire vous fera mieux comprendre l'amour romantique et pourra même vous rapprocher. »

Suzanne DeYoung
Auteure de *A Love Story Foretold*

Dennis DeYoung
Ex-chanteur et auteur-compositeur
pour le groupe STYX qui s'est mérité
de nombreux disques platine

« Si vous aimez lire sur l'amour romantique, la passion et la magie, vous aimerez lire *Bouillon de poulet pour l'âme romantique*. »

Tara Hitchcock
Présentatrice de nouvelles,
Good Morning Arizona, KTVK-3TV

« L'émotion la plus puissante se nomme amour – *Bouillon de poulet pour l'âme romantique* pose un regard positif et réconfortant sur l'amour et le romantisme ! Ce livre est rempli d'espoir, d'inspiration et de leçons d'amour des plus profondes. »

J. Molina
Jewelers

D1322809

« Ma définition préférée de l'amour romantique, c'est "l'amour vivant". Vous découvrirez que ces histoires confirment le subtil mais pourtant incroyable pouvoir de ce concept. Vous y trouverez aussi de l'inspiration pour créer vos *propres* 1001 façons d'être romantique. »

Gregory J.P. Godek
Auteur de *1001 Ways to Be Romantic*

« Nous offrons le meilleur de nous-mêmes lorsque nous ne craignons pas d'exprimer notre amour. *Bouillon de poulet pour l'âme romantique* est rempli de nombreuses merveilleuses et sincères façons de nous en souvenir. »

Roseann Higgins
Présidente et fondatrice de SPIES
Single Professional Introductions
for the Especially Selective

« *Bouillon de poulet pour l'âme romantique* inclut une foule de choses – passion, aventure, larmes, rires et amour. Vous ne pourrez plus interrompre votre lecture et vous voudrez le relire et le relire encore. »

Arielle Ford
Coauteure de *Owner's Manual :
The Essential Guide to the One You Love*

« Ces histoires merveilleusement racontées saisissent la magie véritable de l'amour et du romantisme d'une manière qui touchera votre cœur. »

Jo et Tommy Lasorda,
mariés depuis cinquante-trois ans
Panthéon du baseball

JACK CANFIELD, MARK VICTOR HANSEN
BARBARA DE ANGELIS, PH.D.
MARK ET CHRISSY DONNELLY

Bouillon de Poulet pour l'âme

Romantique

Des histoires
pour célébrer l'amour
et le romantisme

Traduit par Renée Thivierge

BÉLIVEAU
★
é d i t e u r

Montréal, Canada

L'édition originale de cet ouvrage a été publiée sous le titre
CHICKEN SOUP FOR THE ROMANTIC SOUL
©2002 Jack Canfield et Mark Victor Hansen
Health Communications, Inc.
Deerfield Beach, Floride (É.-U.)
ISBN 0-7573-0042-1

Réalisation de la couverture : Jean-François Szakacs

Tous droits réservés pour l'édition française
©2005, *Éditions Sciences et Culture Inc.*

Dépôt légal : 2e trimestre 2009
Bibliothèque et Archives nationales du Québec
Bibliothèque et Archives Canada

ISBN 978-2-89092-424-6

 BÉLIVEAU 5090, rue de Bellechasse
★
é d i t e u r Montréal (Québec) Canada H1T 2A2
514-253-0403 Télécopieur : 514-256-5078

www.beliveauediteur.com
admin@beliveauediteur.com

Gouvernement du Québec – Programme de crédit d'impôt pour l'édition
de livres – Gestion SODE – www.sodec.gouv.qc.ca.

Nous reconnaissons l'aide financière du gouvernement du Canada par
l'entremise du Programme d'Aide au Développement de l'Industrie de
l'Édition pour nos activités d'édition.

IMPRIMÉ AU CANADA

*Pour tous ceux qui croient encore
en la magie de l'amour.*

Table des matières

3. Moments romantiques

4. Romantisme et mariage

7. Pour le meilleur et pour le pire

8. La flamme brûle toujours

Remerciements

Le chemin menant à *Bouillon de poulet pour l'âme romantique* a été parcouru de la plus merveilleuse façon grâce aux nombreux « compagnons » qui nous ont suivis tout au long de l'aventure. Notre sincère reconnaissance :

À nos familles, qui ont été du bouillon de poulet pour nos âmes ! À Inga, Travis, Riley, Christopher, Oran et Kyle, pour tout leur amour et leur soutien. À Patty, Elizabeth et Melanie Hansen, pour avoir encore une fois partagé et soutenu avec amour la création d'un autre livre.

À notre éditeur, Peter Vegso, pour sa vision et son engagement à faire connaître *Bouillon de poulet pour l'âme* au monde entier.

À Patty Aubery, pour sa présence à chaque étape du voyage, avec amour, humour et une créativité inépuisable. À Heather McNamara et D'ette Corona, pour avoir produit notre manuscrit final avec une aisance, une finesse et un soin magnifiques. Merci d'avoir transformé les étapes finales de la production en une telle facilité !

À Alison Betts et Kelly Garman, pour avoir fait ce qu'il fallait, avec une énergie sans bornes et un dévouement aimant, pour mener à terme ce projet. Merci d'avoir été notre plus extraordinaire équipe de soutien.

À Leslie Riskin, pour le soin et la chaleureuse détermination qu'elle a mis pour obtenir les autorisations, et faire en sorte que tout fonctionne bien.

À Nancy Autio et Barbara LoMonaco, pour nous avoir nourris avec d'aussi merveilleuses histoires et caricatures.

À Dana Drobny et Kathy Brennan-Thompson, pour leur écoute et leur indéfectible présence remplie d'humour et de grâce.

À Maria Nickless, pour son soutien enthousiaste dans les relations publiques et le marketing, et pour son brillant sens de leadership.

À Patty Hansen, pour sa compétence dans le traitement des aspects légaux et des licences des livres *Bouillon de poulet pour l'âme*. Un défi magnifiquement relevé !

À Laurie Hartman, pour avoir été la précieuse gardienne de la marque *Chicken Soup for the Soul*.

À Veronica Romero, Teresa Esparza, Robin Yerian, Cindy Holland, Vince Wong, Kristen Allred, Stephanie Thatcher, Jody Emme, Trudy Marschall, Michelle Adams, Carly Baird, Dee Dee Romanello, Shanna Vieyra, Dawn Henshall, Lisa Williams, Gina Romanello, Brittany Shaw et David Coleman, qui soutiennent les entreprises de Jack et de Mark avec compétence et amour.

À Christine Belleris, Allison Janse, Lisa Drucker et Susan Tobias, nos directrices de la publication chez Health Communications, Inc., pour leur dévouement à l'excellence.

À Terry Burke, Tom Sand, Lori Golden, Kelly Johnson Maragni, Karen Bailiff Ornstein, Randee Feldman, Patricia McConnell, Kim Weiss, Paola

Fernandez-Rana et Teri Peluso, les départements de marketing, des ventes, de l'administration et des relations publiques chez Health Communications, Inc., pour leur incroyable travail à soutenir nos livres.

À Claude Choquette et Luc Jutras, responsables de la traduction de nos livres en trente-six langues à travers le monde.

Au personnel du Service artistique de Health Communications, Inc., pour leur talent, leur créativité et leur patience acharnée dans la production des couvertures de livres et la conception intérieure qui captent l'essence de *Bouillon de poulet* : Larissa Hise Henoch, Lawna Patterson Oldfield, Andrea Perrine Brower, Lisa Camp, Anthony Clausi et Dawn Von Strolley Grove.

À Debbie Merkle, Jane St.-Martin et Paul Van Dyke de Donnelly Marketing Group, pour votre encouragement et votre soutien tout ce temps.

À tous les coauteurs de *Bouillon de poulet pour l'âme*, grâce à qui c'est une telle joie de faire partie de cette famille *Bouillon de poulet* : Raymond Aaron, Matthew E. Adams, Patty et Jeff Aubery, Nancy Mitchell Autio, Marty Becker, John Boal, Cynthia Brian, Cindy Buck, Ron Camacho, Barbara Russell Chesser, Dan Clark, Tim Clauss, Don Dible, Irene Dunlap, Rabbi Dov Peretz Elkins, Bud Gardner, Patty Hansen, Jennifer Read Hawthorne, Kimberly Kirberger, Carol Kline, Tom et Laura Lagana, Tommy LaSorda, Janet Matthews, Hanoch et Meladee McCarty, Heather McNamara, Katy McNamara, Paul J. Meyer, Arline Oberst, Marion Owen, Maida Rogerson, Martin Rutte, Amy Seeger, Marci Shimoff, Sidney Slagter, Barry Spilchuk, Pat Stone, Carol Sturgulewski, Jim Tunney, LeAnn Thieman et Diana von Welanetz Wentworth.

À notre groupe de lecteurs qui nous ont aidés à faire les sélections finales et nous ont suggéré d'inestimables façons d'améliorer ce livre : Carol Adkison, Kristen Allred, Karen Bavouset, Mara Bennett, Alison Betts, Kathy Brennan-Thompson, Kent et Susan Burkhardsmeier, Tricia Callaway, Linda Day, Catherine Eitzen, Ray et Elaine French, Steven et Kristin French, Kelly Garman, Dan et Phyllis Garshman, Lee Ann Huffman, Yvonne Hummell, Sally Jacobsen, Angela et Jeff Johnson, Donna et Mike Johnson, Karen Johnson, Sandy Jolley, Keeta Lauderdale, Debra Leitner, Lupe Gullen Mohammadlou, Laura Mulligan, Bob Neale, Jeanne Neale, Nancy Ney, Cory Olson, Vickie Rayson, Amy Schweitzer, Seana Marie Sesma et Amber Setrakian.

Et, le plus important, à tous ceux qui ont soumis leurs histoires touchantes, leurs poèmes, leurs citations et leurs caricatures pour être inclus dans ce livre. Même s'il ne nous a pas été possible d'utiliser tout le matériel reçu, nous savons que chaque mot provenait d'un endroit magique qui fleurit dans votre âme romantique.

En raison de l'envergure de ce projet, il est possible que nous ayons omis les noms de personnes qui y ont contribué à un moment donné. Si tel est le cas, nous en sommes désolés, mais laissez-nous vous dire que nous vous estimons beaucoup. Nous vous sommes sincèrement reconnaissants et nous vous aimons tous !

Introduction

Quelle est la signification du mot *romantique*?
Pour beaucoup d'entre nous, ce concept d'amour
romantique évoque des images de cadeaux fantaisistes
et de fleurs, de soirées extravagantes en ville, ou de
vacances exotiques à deux vers des destinations fasci-
nantes. Mais la véritable signification de l'amour
romantique transcende ces stéréotypes traditionnels et
nous offre quelque chose de beaucoup plus précieux,
de beaucoup plus profond : *au cœur de l'amour romantique se trouve la magie – la magie que nous avons tous
ressentie lorsque l'amour nous a touchés.*

Cette magie de l'amour imprègne *Bouillon de
poulet pour l'âme romantique*. Nous sommes ravis et
honorés de vous offrir ce recueil inspirant d'histoires
qui captent la véritable essence de l'amour romantique.
Ce sont des histoires de passion, de dévouement, de
tendresse. Ce sont des histoires de patience, de foi et de
confiance. Ce sont des histoires de renouveau, de redécouverte et de pardon. Dans chaque histoire, nous sommes invités dans le monde intime de l'amour partagé
entre deux personnes et on nous laisse entrevoir les
étonnantes expressions que prend l'amour. Après avoir
lu les histoires contenues dans ce livre, nous avons dû
changer à jamais notre conception de l'amour romantique. Nous croyons aussi qu'il en sera de même pour
vous !

Dans un monde souvent rempli de turbulence, de
confusion et même d'obscurité, l'amour est la lumière
qui nous guide vers la joie et qui fait en sorte que la vie

vaut la peine d'être vécue. Pendant la production de ce livre, nous avons été touchés par la manière dont chaque collaborateur partageait son appréciation et sa reconnaissance pour cette source d'amour, et la façon unique dont elle a transformé sa vie. Ce livre raconte les extraordinaires moments romantiques qui nous ont fascinés et nous ont coupé le souffle; des histoires de moments romantiques ordinaires nous ont tiré les larmes alors que nous contemplions le pouvoir de l'amour dans son absolue simplicité. Chaque histoire est remarquable, qu'elle ait été écrite par un homme de quatre-vingts ans au sujet de sa « mariée » depuis cinquante ans, ou par une épouse et mère de trois jeunes enfants sur les surprenantes façons par lesquelles elle et son époux entretiennent la passion, ou par une femme qui croit avoir perdu l'amour de sa vie jusqu'à ce que le destin lui permette de le retrouver.

Les moments romantiques se produisent de maintes façons. Certains sont extrêmement amusants et vous vous surprendrez à vous esclaffer, comme ce fut notre cas, en lisant des histoires qui nous rappellent les aventures cocasses qui pavent souvent le chemin de l'amour. D'autres histoires vous feront soupirer de satisfaction, comme si vous étiez en train de lire le plus fascinant des romans d'amour. Certaines vous envahiront de cette sorte de chaleur, de ce sentiment tranquille que nous avons tous connu lorsque nous avons pris le temps de bien observer l'abondance de bonté et d'amour autour de nous et à l'intérieur de nous.

En lisant ce livre, vous découvrirez l'amour romantique en des lieux et des moments inconnus de vous jusqu'ici. Vous apprendrez que l'amour ne s'exprime pas toujours en paroles éloquentes, mais à travers de doux gestes d'affection et d'attention qui nourrissent le cœur d'une manière des plus significatives. Vous vous souviendrez des moments d'amour de votre propre passé – que vous avez peut-être oubliés – des souvenirs qui ne s'effaceront jamais. Vous verrez les moments plus difficiles que l'amour doit parfois traverser et vous vous émerveillerez de sa force indestructible, même devant la douleur et la perte. Mais le plus important encore, vous trouverez une nouvelle compréhension de la façon dont l'essence du romantisme véritable imprègne les jours et les nuits de l'amour, et ce, d'une manière inconnue jusqu'à ce jour.

Nous croyons, en fin de compte, que *Bouillon de poulet pour l'âme romantique* parle de magie : la magie de quelques mots de votre bien-aimé qui font littéralement planer votre cœur; la magie qui survient lorsque vous avez abandonné l'idée de même trouver l'amour et que, sans qu'on sache trop comment, au moment où on s'y attend le moins, l'amour vous surprend; la magie de savoir comment continuer à tomber amoureux encore et encore alors que les années passent; la magie de découvrir ce que nous devenons nous-mêmes lorsque nous aimons profondément un autre être humain.

Si votre cœur est déjà pris, nous espérons que les histoires de ce livre vous inviteront à approfondir les liens de l'amour et à découvrir des expressions de tendresse que vous n'aviez pas crues romantiques, mais qui le sont en fin de compte, et qui vous inspireront à chérir encore plus l'être aimé. Si vous êtes seul, nous souhaitons que ces histoires vous apportent l'espoir que l'amour finira par arriver en son temps; que même à l'heure actuelle votre âme sœur vous cherche et que le destin vous réunira.

Puisse la magie de l'amour romantique vous trouver toujours et remplir votre cœur d'émerveillement devant l'incroyable pouvoir que possède l'amour de tous nous transformer.

1

TROUVER
LE GRAND AMOUR

*Je crois que le plus merveilleux dans la vie
est la rencontre d'un autre être humain avec
qui la relation s'enrichit au cours des années,
en profondeur, en beauté et en joie.*

*Cet amour qui grandit intérieurement entre
deux êtres humains est un grand bonheur.
On ne peut le découvrir en le cherchant
ni en le souhaitant passionnément.*

C'est une bénédiction du ciel.

Sir Hugh Walpole

La bonne approche

Tout le monde peut être passionné, mais seuls les vrais amoureux peuvent être fous.

Rose Franken

En 1959, Bud et moi, récemment promus comme sous-lieutenants dans l'armée, avions été affectés dans la même unité à Fort Sill, Oklahoma. Nous avions obtenu ensemble notre diplôme de l'EAO, mais nous ne nous connaissions pas vraiment puisque nous faisions alors partie d'unités différentes. Nos nouvelles fonctions nous ont permis de nous côtoyer quotidiennement, et nous sommes rapidement devenus de bons amis. Irlandais d'origine, Bud adorait raconter des souvenirs de son enfance dans le Bronx et faire le récit de situations amusantes vécues avec ses parents et ses frères et sœurs. Sur la photo de famille affichée dans sa chambre, il y avait sa séduisante plus jeune sœur. De la façon dont il parlait d'elle, elle était assurément populaire et ne semblait pas manquer de « soupirants ». Elle m'attirait – c'était quelqu'un que je voulais rencontrer. Mais elle habitait New York et je me trouvais en Oklahoma – une longue distance pour des fréquentations.

Finalement, j'ai pris mon courage à deux mains et j'ai demandé à Bud s'il voyait un inconvénient à ce que j'écrive une lettre à sa sœur. Il m'a regardé d'un air quelque peu interrogateur, mais m'a donné l'adresse en me souhaitant bonne chance. Je me suis demandé quelle approche adopter pour maximiser mes chances de susciter son intérêt et de recevoir une réponse. La formule standard « Veux-tu être ma correspondante ? » ne me semblait pas appropriée. Après réflexion, j'ai envoyé la lettre suivante :

Chère Rita,

Je suis un ami de votre frère. J'en viendrai rapidement au but : je lui dois un peu d'argent. Il m'a dit qu'il annulerait ma dette si j'épousais sa sœur. Comme il me l'a expliqué, votre famille a tenté de vous trouver un mari depuis quelque temps – sans trop de succès ! Le destin veut que je me cherche une femme en âge d'avoir des enfants, en bonne santé, travaillante, intelligente, et provenant d'une bonne famille ! Comme vous me semblez satisfaire à ces critères, j'ai accepté l'offre de votre frère. Nous nous marierons donc, pour le meilleur comme pour le pire. Vous pouvez donc vous considérer fiancée !

Avec cette lettre, j'inclus une bague de fiançailles temporaire (bague d'un cigare). Portez-la avec fierté ! Si vous avez quelques questions concernant les détails du mariage, de notre future vie de couple, ou autres points mineurs, n'hésitez pas à me le laisser savoir. J'aurai bientôt rempli mes obligations de service actif. Vous pouvez donc choisir une date appropriée pour notre mariage à n'importe quel moment suivant mon autorisation de sortie.

Votre futur mari,
Ed

Je n'avais aucune idée si elle répondrait, ou si elle jetterait la lettre en pensant : « Quel est cet idiot que mon frère a rencontré et pourquoi lui a-t-il donné mon adresse ? » D'un autre côté, si elle répondait, ce pourrait être amusant. Près d'une semaine plus tard, une lettre parfumée m'est parvenue.

Elle avait mordu à l'hameçon ! Elle avait écrit :

Cher Ed,

Votre lettre m'a certainement surprise ! Je suis reconnaissante à mon frère d'avoir fait des arrangements de manière à ce que je ne reste pas « vieille fille ». J'avais l'intention de porter ma « bague de fiançailles temporaire » quand je me suis aperçue qu'elle provenait d'un cigare très « bon marché » ! Je n'ai pas de problème avec l'engagement du mariage, mais je veux le faire avec style et confort. J'ai donc à vous soumettre certaines « conditions » pour nos fiançailles projetées. Vous avez naturellement l'intention de me permettre de conserver mon style de vie actuel. Plus spécifiquement, nous aurons besoin d'une femme de ménage et cuisinière, et d'une personne qui prendra soin de la maison et du terrain. Je me garderai de fixer une date pour notre entrée dans les délices de la vie conjugale avant que vous m'ayez assurée que mes demandes seront exaucées.

Mon cœur palpite en attendant votre réponse !
Rita

Oh, le beau défi ! Ça commençait à être intéressant. J'ai répondu :

Ma chère future épouse,

J'ai été très heureux de lire que vous avez accepté ma proposition. Nous pouvons maintenant planifier notre vie de couple. Par ailleurs, je peux très bien comprendre votre réticence à porter cette bague de cigare, puisqu'elle provient d'une marque bon marché. Vous avez absolument raison ! J'aurais dû deviner que vous aviez de la « classe ». J'inclus donc la bague d'un Dutch Master, une bien meilleure marque. Vous pouvez la porter avec fierté !

Je suis heureux de vous confirmer qu'il me sera possible de remplir les conditions que vous avez fixées (ménagère-cuisinière et jardinier-homme à tout faire). C'est que nous vivrons avec mes parents, et comme vous finirez par le découvrir, ma mère tient sa maison propre et est une bonne cuisinière, tandis que mon père voit à la tonte de la pelouse et à l'entretien de la maison. Si vous souhaitez que Mère porte un tablier particulier ou quelque chose de semblable, je suis certain de réussir à la convaincre. Il est même possible de trouver une sorte d'uniforme pour mon père. Je suis certain que cet arrangement exaucera vos demandes.

J'ai encore une autre question. Vous avez signé votre lettre « mon cœur palpite ». Laissez-vous entendre que vous souffrez d'un souffle au cœur ou d'un autre type de maladie cardiaque ? Quand j'ai accepté de vous épouser, votre frère m'a assuré que vous aviez « une santé de cheval ». Je veux simplement vérifier car, de nos jours, on ne prend jamais trop de précautions ! Aussi, je n'ai pas de photographie de vous. Je vous prierais de m'en faire parvenir une dès que vous le pourrez.

Votre futur mari,
Ed

Sa réponse m'est parvenue environ deux semaines plus tard.

Très cher Ed,

Votre idée de vivre avec vos parents est certaine-ment un arrangement intéressant. Comme vous semblez si sensible, romantique et intuitif, j'ai hâte de vous entendre me raconter vos autres projets concernant notre vie de couple. Quelle chance une fille peut avoir ! En passant, combien devez-vous d'argent à mon frère ?

En réponse à votre demande sur une possible « maladie cardiaque », ma réponse est « hiii han han han pfrrr... ». Vous voyez, je suis aussi en santé qu'un cheval. Cependant, il m'arrive de pen-ser que, si je continue à répondre à vos lettres, peut-être devrai-je me faire examiner le cerveau.

Désolée, je n'ai pas de photographie de moi toute seule à vous faire parvenir. J'en ai quelques-unes prises avec des petits amis, mais d'une certaine manière, cela me semblerait « de mauvais goût » de vous envoyer l'une d'elles. J'ai donc décidé de ne pas vous envoyer de photographie et je suis certaine que vous comprendrez. Vous devrez m'admirer sans recourir à des artifices extérieurs. Pensez simplement à moi comme à une femme parfaite !

J'attends votre réponse en retenant mon souffle !

Rita

Hum, comment répondre ? Celle-ci nécessita quelques réflexions et un peu de recherche. Le produit final s'est lu ainsi :

Ma chère Rita,

Dans votre dernière lettre, vous vous demandiez à quoi ressemblerait notre vie de couple. C'est une formidable question ! Je vous vois comme l'épouse parfaite. La vie d'une telle femme est clairement décrite dans la Bible, particulièrement dans le Livre des Proverbes, chapitre 31. Je cite quelques-uns de ces versets :

> *« Ses mains travaillent allègrement.*
> *Elle se lève quand il fait encore nuit*
>   *pour préparer la nourriture de sa maisonnée.*
> *Elle ceint de force ses reins et affermit ses bras.*
> *Elle fabrique de l'étoffe pour la vendre et des*
>   *ceintures qu'elle cède au marchand. Etc.*
> *Aussi : Aux réunions de notables son mari est*
>   *considéré, quand il siège parmi les anciens du*
>   *lieu. »*

Évidemment, il faudrait moderniser le message pour tenir compte de notre culture actuelle, mais la signification est claire – vous travaillerez de vos mains jusqu'à épuisement et vous en serez heureuse ! Maintenant, soyez honnête, n'avez-vous pas toujours rêvé d'être une telle épouse ?

Ceci m'amène à un autre sujet, c'est-à-dire la photographie. Peut-être me suis-je fait mal comprendre. Mes mots n'avaient pas pour but de vous laisser le choix de me l'envoyer, ou du moins ce n'était pas dans mes intentions. Donc, permettez-moi d'être clair – faites-moi parvenir une photographie. Encore une fois, il est important que nous établissions la bonne ligne d'autorité pour notre vie de couple. Souvenez-vous de la déclaration de saint Paul : « Femmes, soyez soumises à vos maris. » Le fait que nous ne soyons pas encore mariés est une simple formalité. Alors, j'attends une photographie !

Pour ce qui est de ma dette envers votre frère – il s'agit de 3 $. Il m'a assuré que vous valiez amplement cette somme.

Un dernier point. Vous avez signé la dernière lettre : « en retenant mon souffle ». Je veux simplement m'assurer que vous ne laissiez pas entendre que vous souffrez de problèmes pulmonaires ou de mauvaise haleine persistante. J'attends votre photographie !

Votre futur mari des plus sensibles,
Ed

Quelques semaines plus tard, j'ai reçu un petit paquet. C'était de toute évidence un cadre pour photo.

Y était incluse la photographie d'une fillette d'environ sept ou huit ans assise sur un banc de piano. Elle affichait un large sourire révélant l'absence de ses deux dents de devant. Un large ruban dans ses cheveux complétait harmonieusement une robe d'un tissu léger. Un à zéro pour elle! De quelle manière dois-je répliquer? J'ai dû prendre un bon moment pour rédiger le texte suivant:

Ma chère Rita,

Seulement un petit mot pour vous laisser savoir que votre photographie est arrivée en bon état. Je sais que notre vie de couple sera exempte de conflits, étant donné votre bonne volonté de suivre les ordres de votre futur mari. Cependant, je serais moins sincère si je ne confessais pas que votre photographie m'a énormément surpris. Voyez-vous, vous y semblez plus mature que ne l'ont démontré vos lettres à ce jour! Mais je suppose que dans toute relation, on doit s'attendre à quelques surprises.

Nous n'avons pas parlé d'un autre sujet – la dot. S'il vous plaît, laissez-moi connaître la nature des biens que vous apporterez dans notre union.

Votre futur mari,
Ed

Plusieurs semaines se sont écoulées sans que je reçoive de réponse. Étais-je allé trop loin? En apparence, nous ne faisions que nous amuser, pourtant je crois que notre relation s'approfondissait. Je voulais la rencontrer et je croyais qu'elle éprouvait les mêmes sentiments. *Eh bien*, ai-je pensé, *continue à te perdre en conjectures*.

Peu de temps après, Bud m'a averti qu'il avait reçu une lettre de Rita l'informant qu'elle entrait au couvent, ce à quoi elle songeait depuis toujours. Elle lui demandait de me dire au revoir et de me laisser savoir qu'elle avait aimé notre correspondance et qu'elle était désolée que nous n'ayons pas eu la chance de nous rencontrer. J'ai pensé : *Mes lettres avaient-elles été la goutte qui a fait déborder le verre, précipitant son départ pour le couvent ?* J'ai marmonné pour moi-même : *Je suppose que c'était la mauvaise approche !*

Ma période de service actif étant terminée, je suis retourné à la maison. L'engagement de Bud l'a retenu dans l'armée un peu plus longtemps. Environ six mois plus tard, j'ai reçu une lettre de lui m'invitant pour un week-end dans le Bronx pour célébrer son départ de l'armée. Il notait : « Pour te convaincre de faire le voyage, je te signale qu'une ex-religieuse sera présente. » Comment pouvais-je résister ? Je me suis envolé vers New York et nous nous sommes rencontrés.

Nous célébrerons bientôt notre quarantième anniversaire de mariage. C'était la « bonne approche ».

Edmund Phillips

Rencontre sur un train

Les voyages se terminent en rendez-vous galants, tout fils d'homme sage le sait bien.

William Shakespeare

Quand je l'ai vue pour la première fois à la gare de St. Margrethen, elle montait à bord du wagon dans lequel j'étais assis, poussant une énorme valise de cuir brun sur la marche supérieure à l'aide de son genou.

Elle portait des vêtements couleur terre : pantalon brun en velours côtelé, veste tricotée aux motifs orange et bruns, et blouse de couleur verte aux manches roulées. Cette jeune femme aux cheveux bruns, aux yeux foncés et au teint mat avait un air mystérieux. Après avoir posé péniblement son fardeau sur le porte-bagages, elle s'est effondrée en sueur sur un siège de l'autre côté de l'allée. Puis les portes se sont refermées, et le train argenté climatisé a continué vers l'ouest son trajet de cinq heures à travers la Suisse.

Les courants alpins bouillonnaient d'eaux de fonte glacées, et des coquelicots enflammaient les champs, car nous étions en mai. J'ai d'abord tenté de sommeiller, puis d'entamer la conversation avec mon voisin. Peine perdue. J'ai essayé une deuxième fois de faire une sieste, mais sans succès, et c'est alors que je l'ai remarquée de nouveau. Elle avait sorti de nulle part un petit bouquet de fleurs sauvages fanées, qu'elle tenait maintenant sur ses genoux, ses pensées apparemment absorbées par la personne qui le lui avait donné.

Son visage était déterminé mais paisible. Elle regardait les fleurs et souriait doucement. J'ai traversé l'allée pour m'asseoir en face d'elle.

« *Wie heissen die Blumen?* » [Comment se nomment ces fleurs?] lui ai-je demandé. Je savais que le répertoire de mots allemands que je maîtrisais ne me mènerait pas bien loin. Lui parler même était sans doute une erreur. De toute façon, je n'ai reçu qu'un sourire en guise de réponse à ma question sur les fleurs. *Ah*, ai-je pensé, *pas Allemande. Italienne, bien sûr. Elle a le teint assez foncé.*

Je me suis penché vers l'avant pour concocter une question plus prudente à propos des *fiori* [fleurs], sachant que je devrais battre en retraite bien plus rapidement si la conversation prenait cette direction. Elle ne répondait toujours pas. L'idée qu'elle était muette a traversé mon esprit, mais je l'ai aussitôt chassée. Comme nous étions en Suisse, il me restait un dernier choix : Française. Mais toujours la même réponse : un sourire à la Mona Lisa. J'ai commencé à réfléchir. Ce matin, à Buchs, j'avais pu observer que la gare était remplie de Yougoslaves retournant vers la frontière autrichienne. Était-elle de cette nationalité? J'étais découragé à l'idée de l'entendre finalement parler en serbo-croate. Il était maintenant préférable de ralentir mes élans.

Détendu, je me suis penché vers l'arrière et je lui ai rendu son sourire de manière aussi énigmatique que possible. J'ai essayé d'adopter un air mystérieux, mais c'était perdu d'avance compte tenu de mon accoutrement : chapeau de pêcheur froissé, chemise rouge à manches longues, pantalon à fines rayures moutarde, et chaussures de course en cuir. C'était raté. Comme j'allais laisser tomber, Mona Lisa a parlé. « *Habla español?* » [Parlez-vous espagnol?] m'a-t-elle demandé. Pourquoi n'y avais-je pas pensé? Elle est Espagnole! Sans doute une touriste, mais plus probablement une *Gastarbeiter* [travailleuse étrangère]. La Suisse est remplie de travailleurs d'origine espagnole.

Tous les circuits de mon cerveau se remettant rapidement en fonction, je m'efforçais de me rappeler mon maigre bagage d'espagnol pendant que je fouillais désespérément dans mon sac pour trouver le bon manuel de conversation. J'ai donc commencé à aborder cette personne dont les origines nationales commençaient à se dessiner. Elle était en effet Espagnole et revenait à la maison pour rendre visite à sa famille. Célibataire, elle travaillait dans un foyer pour personnes âgées à Altstätten et, chose incroyable, sa valise était remplie de boîtes de chocolats suisses.

Malheureusement, notre conversation a été entravée par plus que des problèmes linguistiques, puisque j'étais malade depuis vingt-quatre heures, un état nécessitant des absences périodiques et soudaines. Elle s'est montrée compréhensive. J'ai cependant découvert qu'elle avait une bien piètre connaissance des costumes nationaux ou des accents, me prenant d'abord pour un Anglais, puis pour un Allemand. J'étais apparemment le premier spécimen originaire du Pays de la liberté et du courage qu'elle avait rencontré.

De quoi avons-nous parlé exactement, je ne m'en souviens pas, mais la journée a passé dans le ciel, et je me rappelle que nous nous entendions merveilleusement bien sur de nombreux sujets importants.

J'appréhendais notre arrivée à Genève, où nous devrions nous séparer, mais à la fin de la journée nous étions encore ensemble. Nous nous sommes promenés quelque temps à travers les coquettes rues de la ville, nous avons traîné devant un cappuccino dans un bistro, nous avons examiné les vitrines des magasins dans la lumière du jour qui tombait, nous avons beaucoup ri, et avons rempli les vides de la conversation de banalités jusqu'à l'arrivée de mon train, le sien étant prévu pour plus tard, soit minuit. Je lui ai dit au revoir bien à contrecœur. Elle paraissait partager mes sentiments, mais ses parents l'attendaient de l'autre côté des Pyrénées, et mon programme m'obligeait à me rendre en Italie avant de retourner à la maison. Nous avons échangé nos adresses. Puis je suis monté à bord du train et je suis parti.

Aujourd'hui, je ne mène pas une vie aussi libre qu'alors. Comme bien des gens, j'élève des enfants, je fais la navette pour aller travailler, je rénove ma maison et je tonds le gazon. Mais je pense parfois à ces jours passés alors que la vie pouvait devenir si rapidement et si intensément douce-amère lorsque de grandes possibilités étaient susceptibles de s'ouvrir en un instant.

En fait, une façon formidable pour moi de garder la perspective du moment présent est de me rappeler les détails de cette journée particulière de printemps, de cette rencontre fortuite suivie d'un triste au revoir. À l'occasion, je raconte aussi l'événement dans mon entourage, mais je m'amuse alors à prendre certaines libertés avec les faits, dépeignant la jeune fille un peu plus désespérée et moi-même comme un homme un peu plus fringant ou plus distant. Dans l'une de mes versions de l'histoire, la jeune fille me pourchasse sans retenue. Mon épouse apprécie particulièrement m'entendre poursuivre dans cette veine.

Même si elle aime l'histoire que je raconte, pour mon épouse, les variantes ne sont pas sans susciter son étonnement. Elle insiste pour dire que, dans le train, elle n'était pas désespérée, que je n'étais ni distant ni fringant, et qu'elle a quitté la Suisse l'année suivante pour m'épouser, malgré mon accoutrement de ce jour-là.

Kevin H. Siepel

« *Tomber* » amoureux

Durant la Deuxième Guerre mondiale, j'étais employée dans un laboratoire de recherche en Oklahoma. Bien sûr, à cette époque, les hommes se faisaient rares. Un jour, après la fin de la guerre, une amie m'a téléphoné et m'a demandé de me rendre à son laboratoire pour rencontrer le nouveau gars venu travailler pendant l'été tout en faisant des études universitaires. Je m'y suis donc rendue pour un brin de conversation et pour rencontrer le type en question.

Comme je partais, j'ai entendu derrière moi un bruit fracassant. Quand je suis revenue pour voir ce qui était arrivé, il était étendu par terre. Assis sur une chaise pivotante derrière un bureau près de la porte, il s'était penché exagérément vers l'arrière pour me regarder traverser le couloir. Pendant nos cinquante-deux années heureuses de vie conjugale, incluant onze déménagements avec trois enfants, j'ai toujours adoré raconter aux gens la façon dont mon époux était tombé pour moi. Il s'empresse de les rassurer en leur expliquant qu'il s'était alors simplement penché pour ramasser un crayon.

Mary Mikkelsen

Les glaïeuls du lundi

C'est lundi et je sors d'une réunion près de chez moi. Je décide alors de profiter de l'un des avantages de vivre en ville : m'éclipser à la maison pour le lunch.

Abordant le virage vers la maison, je me rappelle soudain que j'avais un peu trop procrastiné durant le week-end et négligé ainsi cette redoutable corvée hebdomadaire entre toutes que sont les courses. Après un détour rapide vers l'épicerie, j'ai découvert qu'aucun espace de stationnement n'était libre dans la première allée du terrain. Je me suis senti plutôt fier d'apercevoir rapidement une place inoccupée dans l'allée suivante, à une distance de deux voitures du trottoir. J'ai alors ralenti, je suis passé en première, j'ai freiné, j'ai arrêté le moteur, je suis descendu de la voiture et je me suis dirigé vers le magasin.

Puis j'ai aperçu la voiture.

Cela faisait huit mois que je fréquentais ma dernière flamme et je ne l'avais jamais rencontrée de manière impromptue et spontanée. Mais maintenant, dix jours après qu'elle a rompu notre relation, je tombe directement, pour ainsi dire, sur sa voiture.

Toute relation a son rythme. Pour certaines raisons, le nôtre atteignait son point culminant chaque lundi. Deux semaines après notre rencontre, en route pour aller dîner chez elle, je m'étais arrêté au magasin pour acheter un bouquet de glaïeuls de couleurs variées. C'était le bon temps ! Non seulement les glaïeuls se vendaient-ils au rabais ce jour-là, mais en les lui offrant, j'avais découvert que c'étaient justement ses fleurs préférées.

Sachant reconnaître une bonne idée lorsqu'elle se présente, je faisais un saut chez elle chaque lundi, même ceux où nous n'avions pas de rendez-vous. Si elle se trouvait à un cours d'aérobie, j'entrais furtivement dans sa cuisine et je disposais les fleurs sur la table de la salle à manger près de sa porte arrière pour qu'elle les voie en arrivant. Elle me téléphonait toujours et paraissait surprise et reconnaissante. Et je me sentais toujours si faussement modeste.

Comme je franchissais le seuil des portes électroniques en empoignant un chariot d'épicerie branlant, je me suis soudainement rappelé une scène du film *Mon fantôme d'amour* où l'héroïne, récemment veuve, reçoit de temps à autre la visite de l'esprit de son mari décédé. Je scrute rapidement les files d'attente et je ne l'aperçois pas; je comprends donc que mon plan a peut-être des chances de réussir : me saisir des glaïeuls, m'approcher sans bruit derrière elle dans la file et la mettre mal à l'aise en présence des caissiers.

Comme je passe près du comptoir de bananes, je me retrouve soudainement deux chariots derrière elle. Il est évident qu'elle est arrivée juste un peu plus tôt. Pour bien me cacher, je me range derrière un autre acheteur placé juste derrière; je traîne donc dans l'allée après avoir dépassé les bleuets et le jus d'orange. Les glaïeuls sont juste là devant. *Sûrement qu'elle ne s'emparera pas d'un bouquet pour elle-même, non ?* Mon cœur bondit alors qu'elle s'attarde devant le présentoir. Si elle étend le bras pour prendre un bouquet, mon plan sera déjoué. J'observe ses yeux pendant qu'elle s'éloigne de la section où sont disposées les longues tiges attachées en un arrangement coloré. Je vois apparaître de la tristesse sur son visage, comme si une brume s'était élevée des rangées de laitues humides. Sa bouche, si souvent éclairée d'un doux sourire, est taciturne. Elle effectue un virage et se dirige vers la section des pains.

Momentanément, je suis assailli par le doute. Mon attitude est peut-être trop cavalière devant les blessures vives de la rupture. *Ou, après tout, est-ce vraiment une rupture ?* La vie devient tellement compliquée lorsque nous nous laissons absorber par les attentes des autres. Peut-être ai-je été éloigné d'elle juste assez afin que je comprenne qu'il me faut garder une distance respectueuse tout en manifestant mon désir de l'autre. *Mais est-ce réellement son style ou est-ce que je me remémore le drame d'un précédent imbroglio ?* Peut-être devrais-je abandonner cette comédie et me rendre dans une autre épicerie pour remplir mon panier dans la solitude. Mais il ne faut pas perdre l'occasion d'être romantique, même au crépuscule d'un tendre adieu.

J'abandonne donc le panier près des fougères et j'empoigne un double bouquet de glaïeuls. Je me cache derrière les autres acheteurs jusqu'à ce qu'elle se dirige vers le comptoir de poissons. Mais elle ne tourne pas à gauche. Elle fait demi-tour et se dirige vers moi. Je tombe soudainement à genoux en face des pains français. Elle se trouve à moins d'un mètre de moi, juste de l'autre côté des pains de seigle. La femme à mes côtés commence à être nerveuse. L'instant se désagrège. *Qu'est-ce que je fais ici ?* Dans *Mon fantôme d'amour*, cette autre femme ne me verrait absolument pas. Au cinéma, ce serait tellement plus simple. Peut-être que l'amour romantique m'a trahi de nouveau.

Je profite donc du suspense et je surgis devant elle au-dessus des pains et je lui tends les glaïeuls, l'eau ruisselant sur l'enveloppe de cellophane. « *Voici,* dis-je au grand soulagement des autres acheteurs autour de moi. *Vous avez oublié ceci.* »

Sur son visage, la terreur s'estompe, mais ses paupières retombent en signe de souffrance. Pourtant, elle sourit, incline la tête et baisse les épaules. Je dépose le bouquet dans son panier et je place mes bras autour d'elle. Elle se fond en moi de cette adorable façon qui en était venue à me manquer. Elle est incapable de trouver les mots. Et je me sens soulagé d'avoir pu éviter que la situation ne se détériore complètement.

Il n'y a pas grand-chose à dire de plus. Nous risquons un petit sourire et nous humons l'odeur douce des derniers glaïeuls de cette trop courte saison.

Chris Schroder

Une histoire d'amour

Elle se souvient encore du moment où elle est tombée amoureuse de lui. C'était presque à la fin de leur dernière année secondaire.

Un mardi soir, il lui a téléphoné et lui a demandé un rendez-vous. Elle avait perçu la nervosité dans sa voix; alors elle l'a rassuré en lui répondant : « J'adorerais cela. Que veux-tu faire ? »

« Aller au cinéma », déclara-t-il avec espoir.

« Qu'est-ce que tu aimerais voir ? » lui a-t-elle demandé.

Pendant qu'il évaluait les choix, la véritable réponse lui a échappé : « Toi ».

Rob Gilbert
Tel que cité dans Bits & Pieces

Il arrive que le cœur voie
ce qui est invisible pour les yeux.

H. Jackson Brown Jr.

Deux pièces dans la fontaine

Même lorsqu'elle était enfant, ma cousine Andrea avait toujours de grands rêves! Alors que nous parlions de devenir professeurs ou secrétaires, Andrea rêvait de devenir une star de cinéma. Quand nous parlions de nous rendre au bord de la Méditerranée pour les vacances, Andrea rêvait des Caraïbes! (C'était très loin de l'Écosse!)

En grandissant, Andrea n'était pas la plus belle d'entre nous, mais c'est elle qui avait le plus de petits copains. Elle était légèrement rondelette et pas très grande. Mais Andrea irradiait de sa présence, autant physiquement qu'intellectuellement, et les jeunes hommes semblaient trouver cela attirant.

Nous sommes un jour sortis à deux couples, et elle m'a émerveillée par sa confiance absolue et sa totale absence de timidité. Grâce à cela, elle savait exprimer exactement ce qu'elle ressentait; elle nous donnait l'impression de partager quelque chose de vraiment personnel avec elle.

Nous n'avons pas été surpris lorsqu'elle est venue nous annoncer la nouvelle: « Eh bien, je m'en vais à Rome pour travailler comme bonne d'enfants! » Nous savions tous qu'Andrea avait depuis longtemps décidé qu'elle était amoureuse de cette ville et avait toujours affirmé que c'était là qu'elle voulait vivre.

Elle nous a ouvertement déclaré: « Je suis certaine que j'y rencontrerai un merveilleux prince italien et que nous tomberons follement amoureux! »

Sa déclaration nous a bien fait rire, mais nous étions tous très tristes de la voir nous quitter. Elle rendait tout si lumineux autour d'elle et c'est devenu beaucoup plus terne quand elle est partie.

Andrea est arrivée à Rome et s'est installée dans la famille où elle devait travailler comme gouvernante. Les hôtes lui ont attribué un petit appartement. Elle parlait déjà italien, ayant toujours su qu'elle en aurait besoin !

Andrea sortait régulièrement avec le jeune enfant dont elle avait la garde pour visiter le Colisée, l'escalier de la Trinité-des-Monts, mais c'est à la Fontaine de Trévi qu'ils se rendaient le plus souvent. « Pour quelqu'un qui ne l'a jamais vue, écrivait-elle, on pourrait croire qu'il ne s'agit que d'une petite fontaine située dans un parc. C'est immense, comme un monument géant entouré d'eau. C'est magnifique et à couper le souffle. »

Elle nous a expliqué que, si on jetait une pièce de monnaie dans la fontaine, c'est qu'on voulait revenir à Rome ; quand on lançait deux pièces, c'est qu'on voulait trouver l'amour véritable. « J'ai dépensé une fortune. Je lance deux pièces chaque fois que je passe par là, mais c'est un investissement. Je sais que ça va fonctionner ! » Nous avons ri à la lecture de la lettre ; c'était la même Andrea, avec toujours les mêmes grands rêves !

Par une belle matinée romaine ensoleillée, Andrea est sortie tôt avec Pierre Luigi pour se rendre à la Fontaine de Trévi. Elle ne pouvait passer par là sans jeter ses deux pièces. Elle les a donc lancées après avoir descendu les marches.

Elle a levé les yeux et a remarqué deux très beaux jeunes hommes qui la regardaient. Le plus grand lui a demandé : « Vous désirez vraiment revenir puisque vous lancez deux pièces, pas vrai ? »

Andrea a regardé ce magnifique jeune homme. Ses cheveux étaient d'un brun doré clair, mais son visage paraissait plutôt italien. « Une pièce, c'est pour revenir à Rome; deux pièces, c'est pour trouver l'amour ! »

Ils ont souri tous les deux et se sont dirigés vers elle. Celui qui lui avait parlé s'est présenté. Marcello continuait à l'examiner en souriant pendant qu'il demandait : « Alors, vous voulez trouver le véritable amour ici pendant vos vacances ? »

« Je demeure à Rome. J'adore Rome et j'ai toujours rêvé de tomber amoureuse de quelqu'un d'ici. Je suis certaine que ça va arriver », a-t-elle déclaré rayonnante, en le regardant. Il a continué à lui sourire et lui a demandé d'où elle venait, puis les trois se sont retrouvés ensemble avec l'enfant dans un petit bistro à prendre un café.

Quoi qu'elle ait pu dire lors de cette première rencontre, Marcello semblait vraiment avoir le béguin pour elle et lui a demandé si elle voulait sortir avec lui.

Andrea est sortie avec Marcello le soir suivant et lui a posé des questions sur son travail. Il s'est révélé qu'il jouait pour Roma FC, l'équipe de football. Non seulement jouait-il pour eux, mais il était l'un des joueurs-vedettes de l'équipe. Le Marcello d'Andrea était un jeune homme très célèbre et très admiré à travers l'Italie, car il disputait aussi des matchs au niveau national.

Lorsqu'elle nous a écrit, à la description qu'elle a faite de lui et aux photographies qu'elle nous a envoyées, nous avons concédé que c'était un magnifique jeune homme. Ma plus jeune sœur Bertha a souligné qu'elle avait lu des articles à son sujet et qu'il sortait habituellement avec des femmes mannequins blondes, grandes, avec de longues jambes, ou dans ce style. Nous nous demandions donc ce qu'il pouvait trouver chez quelqu'un d'aussi ordinaire que nous. Andrea ne se préoccupait pas de ces choses; elle était déjà folle de lui, et s'attendait assurément qu'il soit tout aussi fou d'elle !

Le fait est, étonnamment, qu'il *était* fou d'elle. Elle nous a écrit et nous a raconté qu'ils s'étaient vus presque quotidiennement, et qu'elle avait rencontré sa famille. Il voulait même qu'elle quitte son travail et vive avec lui dans sa très belle villa juchée sur les collines entourant la ville de Rome. Finalement, nous avons pris l'avion pour lui rendre visite chez Marcello. Allongés au bord de l'immense piscine entourée de collines et des sommets lointains des édifices de Rome, Andrea nous a regardés d'un air rayonnant. Je lui ai demandé : « Alors, Marcello est-il le prince italien dont tu as toujours rêvé ? »

« Oh oui !, Joyce, et plus encore, il m'a demandé de l'épouser ! »

Lorsque nous l'avons rencontré, il ne nous a fallu que cinq minutes pour nous rendre compte qu'il n'était pas simplement amoureux d'Andrea, mais qu'il l'adorait. Il souriait chaque fois que ses yeux se posaient sur elle. « Elle est exceptionnelle, nous a-t-il déclaré. Elle est tellement pétillante; elle est comme une bouteille de champagne, et je ne pourrais revenir au vin. Elle s'envole dans de tels élans de fantaisie; je dois courir derrière elle, essayant de trouver des ailes qui me permettraient de voler avec elle. Je l'aime infiniment. »

Ils sont mariés depuis quinze ans et ont trois enfants. Elle a visité une grande partie du monde comme elle l'avait toujours su, d'une certaine façon. Cependant, elle vit la plupart du temps avec son superbe Italien, dans sa magnifique maison.

Un jour, je lui ai glissé un mot sur ses rêves devenus réalité et elle a ri : « On doit être déterminé à poursuivre ses rêves, comme jeter deux pièces dans la fontaine chaque fois qu'on passe devant, pour être certain qu'ils se réaliseront ! »

Joyce Stark

Six roses rouges

Le monde a vraiment plus besoin d'amour que de paperasses.

Pearl Bailey

Je me souviens encore du jour où j'ai entendu parler de mon mari pour la première fois. C'était le vendredi 14 juin 1985, mais ce n'est que quelques jours plus tard que j'ai enfin pu voir de quoi il avait l'air. Pourtant, le 6 septembre de la même année, nous étions fiancés.

Ce vendredi fatidique, je me préparais à aller luncher lorsque ma directrice m'a appelée : « Lori, il y a un colis pour vous à la réception. »

Je me suis tournée vers Janine, une collègue et amie. « Oh, oh, ça me paraît bizarre », lui ai-je dit.

Nous sommes descendues à la réception et j'ai vu mon « colis ». C'était une longue boîte étroite, et comme je n'avais jamais reçu de fleurs auparavant, je n'ai pas immédiatement compris qu'il s'agissait d'une boîte provenant d'une fleuristerie. Confuse, j'ai froncé les sourcils, et j'ai coupé la ficelle pour ouvrir le paquet. À l'intérieur, il y avait six exquises roses rouges. La carte était signée d'un « X ».

J'ai regardé Janine. « Est-ce une blague ? » ai-je demandé.

Elle a hoché la tête. « Pas à ma connaissance. »

Nul besoin de dire que nous avons passé une bonne partie du reste de l'après-midi à nous demander qui avait envoyé les fleurs. Janine a même téléphoné à la fleuriste pour obtenir des renseignements. Même si elle était très gentille, la dame n'a pu nous indiquer de nom, puisque la transaction avait été payée comptant. Elle pouvait simplement dire qu'« il avait l'air d'un jeune homme très charmant ». J'ai roulé des yeux en entendant ce commentaire. Ma grand-mère aurait probablement utilisé les mêmes mots et, jusqu'ici, ses goûts en matière d'hommes ne correspondaient pas exactement aux miens.

Plus tard cet après-midi-là, ma directrice s'est jointe à notre discussion. « Vous savez, a-t-elle dit, l'autre jour quelqu'un est venu ici pour demander votre prénom. »

Mes yeux se sont agrandis. « Moi ! Pourquoi ? »

Elle a souri. « Bien, maintenant je me le demande. »

J'ai continué à la regarder fixement. Évidemment, cette expérience était totalement nouvelle pour moi. « Bon, qui était-ce ? » ai-je demandé.

« Il se prénomme Gerry. Il travaille en bas. Je crois que son nom est Robidoux. »

Je n'avais jamais entendu parler de lui. J'ai regardé Janine. « Est-ce que tu le connais ? »

Elle a hoché la tête. « Robb-I-doux ? Non, je n'ai jamais entendu parler de lui. »

« Génial, on me court après », ai-je ri.

En quelques minutes, plusieurs employées curieuses sont venues faire un « tour ». Elles sont retournées à leur travail en arborant de larges sourires.

« Alors, combien de cornes a-t-il ? » ai-je demandé.

Elles ont hoché la tête. « Il est mignon ! » ont-elles déclaré d'une petite voix perçante, presque à l'unisson.

J'ai fait une grimace. « Êtes-vous certaines que vous parlez du bon gars ? »

Je ne pouvais toujours pas croire que même le plus humble des mâles puisse m'envoyer des fleurs. J'étais excitée à l'idée qu'il puisse être mignon aussi. Je commençais à croire que quelqu'un avait fait une énorme erreur. Peut-être que j'étais passée précisément au mauvais moment devant la jeune fille dont il avait demandé le nom à ma directrice. Et elle lui avait donné le mien par erreur.

Lorsque j'ai rapporté les fleurs à la maison ce soir-là, ma mère était là. « Veux-tu bien me dire pour qui tu as acheté ces fleurs ? » m'a-t-elle demandé pendant que je les disposais dans un vase. Je lui ai lancé un regard qui voulait dire « Merci beaucoup, maman ». Évidemment, c'était une nouvelle expérience pour chacune de nous.

Le vendredi suivant, ma directrice s'est approchée de mon bureau avec un grand sourire. « Devine qui a encore reçu un colis à la réception ? »

Je suis descendue en courant, et je suis revenue avec une autre boîte de fleuriste. À l'intérieur, j'y ai trouvé six autres roses rouges, un flacon de parfum

Oscar de la Renta, et une autre carte qui se lisait « Bonne journée ! » encore une fois signée d'un simple « X ».

J'ai regardé la foule rassemblée autour de mon bureau. J'étais sidérée, et ma réaction semblait se refléter aussi dans leurs yeux. « Ouais, c'est vraiment bizarre », ai-je dit en gloussant.

Elles ont ri comme je l'espérais, mais je ne pouvais m'empêcher de me demander qui m'avait envoyé tous ces cadeaux. L'autre jour, j'étais passée juste à côté du mignon « Robb-I-doux » et il a même semblé ne pas s'apercevoir de ma présence.

Juste après, je l'ai rayé de ma liste de soupirants potentiels. Maintenant, il ne me restait plus qu'à me demander quelle sorte de psychopathe il pouvait être.

Plus tard ce soir-là (oui, deux vendredis de suite sans rendez-vous si vous suivez bien), j'ai raconté l'histoire à l'une de mes amies. « Ça me donne un peu la chair de poule parce que je doute qu'il puisse s'agir de ce "Robb-I-doux". Premièrement, il est trop mignon. Deuxièmement, il a eu l'occasion parfaite de me parler l'autre jour, et il m'a totalement ignorée. Maintenant, je ne peux m'empêcher d'imaginer un désaxé qui me court après. »

On dit que le monde est petit, et le mien ne faisait pas exception. Le petit ami de ma copine travaillait au même endroit que moi. Ma copine m'a alors promis de lui demander s'il connaissait cet individu du nom de « Robb-I-doux ». Il s'est trouvé que oui. Il le connaissait et lui a parlé.

La semaine suivante, j'ai reçu un appel téléphonique.

« Euh… allô ! Est-ce que je peux parler à Lori, s'il vous plaît ? » a dit la voix.

J'ai souri. J'ai su tout de suite. « Oui, c'est Lori. »

« Oh… eh bien… euh… vous ne me connaissez pas, mais… eh bien… vous savez ces fleurs que vous avez reçues ? Bien… euh… c'est moi qui les ai envoyées », a-t-il bégayé. Je ne pouvais m'empêcher de sourire en moi-même. D'habitude, c'est moi qui suis plutôt timide.

« Qui est-ce ? » ai-je demandé.

« Oh… mon nom est Gerry Robidoux », a-t-il répondu.

Le mignon « Robb-I-doux » ? Je ne pouvais le croire. J'ai pointé le récepteur, faisant signe à ma mère qui était penchée sur moi et qui tentait d'attraper chaque mot.

« C'est M. X », ai-je dit en remuant les lèvres silencieusement.

Après quelques minutes de conversation guindée, nous nous sommes mis d'accord pour nous rencontrer dans une pizzeria du quartier. J'étais encore sceptique, mais je n'étais plus inquiète. Il semblait que le destin ne me désappointerait plus.

Nous nous sommes rencontrés et avons bavardé pendant quelques heures. Tout ce temps, je ne pouvais m'empêcher de penser que je pourrais tomber amoureuse de cet homme. Il semblait si honnête et si sincère, et je pouvais déjà dire combien il paraissait gentil et authentique. Bien sûr, en plus, ses grands yeux bleus étaient assez agréables à regarder.

Comme je l'ai dit, deux mois plus tard, nous nous sommes fiancés. Je sais que, pour d'autres, ce délai peut sembler terriblement court, mais d'une certaine façon, nous savions tous les deux que c'était la bonne décision à prendre. Nous avions hâte de commencer notre vie ensemble, et avions confiance en notre amour.

C'est cela seul qui nous a préparés à l'engagement qui semble terrifier tant de couples.

Même si à ce moment-là cette décision pouvait sembler impulsive, je ne l'ai jamais regrettée, pas un seul instant, et je suis reconnaissante à la vie d'avoir été si intuitive. Je suis reconnaissante chaque fois qu'il me téléphone simplement pour me dire bonjour. Je suis reconnaissante chaque fois qu'il me fait couler un bain chaud après une journée stressante au travail. Et chaque nuit, je suis spécialement reconnaissante lorsqu'il place ses bras autour de moi au moment de nous endormir.

Je me souviens d'une réaction de ma grand-mère lorsque j'ai reçu les premières roses. Elle a soupiré et m'a déclaré : « Oh, c'est tellement romantique. Et ce sera une belle histoire à raconter à tes petits-enfants un jour. »

À l'époque, j'ai roulé des yeux et je lui ai dit qu'elle sautait aux conclusions. Mais après quatorze années de mariage, deux enfants, et un nombre incalculable de roses, je me rends compte qu'elle avait raison.

Lori J. Robidoux

Un conte de fées bien réel

« Ma première blonde ! Ma première blonde ! »

C'était notre quarante-cinquième réunion de retrouvailles de notre promotion. Les bras de Bob Grove se sont tendus alors qu'il avançait vers moi. C'était juste avant qu'il me fasse la plus grosse étreinte que j'avais jamais reçue.

Sa sœur jumelle, une de mes meilleures amies, avait téléphoné et m'avait avertie qu'il arrivait; je l'attendais donc. Nous ne nous étions pas parlé depuis 1938 – il y avait de cela quarante-sept ans. Que c'est émouvant de se faire accueillir ainsi !

Il avait aussi été mon « premier chum ». Il était dans ma classe de géométrie, et il portait des lunettes. Je venais tout juste de commencer à porter les miennes et j'étais très timide. Même si je craignais que les gens fassent des commentaires sur mon apparence, je me disais : *Au moins, il ne se moquera pas de moi. Il ne me fera pas de misère.*

À mesure que notre amitié grandissait, il transportait mes livres d'une classe à l'autre, venait jouer aux cartes à la maison et m'emmenait dans des parties. Mais nous ne nous étions même jamais tenu la main.

Sa sœur m'avait raconté qu'il était maintenant célibataire et retraité, et mon mari était décédé deux années auparavant. Nous savions donc tous les deux que nous n'avions pas d'attache alors que nous passions le reste de la soirée ensemble. Partout où nous allions, il me tenait la main. À la fin de la soirée, comme il était temps pour moi de retourner à la maison (car j'habitais en ville), il a déclaré : « Hé, attends ! Je vais t'accompagner à ta voiture ! »

Il m'a encore une fois pris la main et nous nous sommes dirigés vers le terrain de stationnement. « Voici ma voiture », lui ai-je dit pendant que je déverrouillais la portière.

Sa main pressait plus fermement la mienne alors qu'il m'attirait contre lui, me murmurant gentiment : « Quand nous sortions ensemble, j'étais trop timide pour le faire », et il m'a doucement embrassée sur les lèvres.

J'étais surprise, mais j'ai tellement aimé la sensation de ses lèvres chaudes sur les miennes que je lui ai rendu le baiser avant de monter dans ma voiture.

En route vers la maison, je me suis rendu compte que mon cœur battait, et cela a continué pendant toute la nuit; j'ai pu difficilement dormir. *Et c'est seulement le premier jour de la rencontre,* ai-je pensé.

Le jour suivant, nous nous sommes retrouvés avec de vieux amis, puis l'après-midi, il m'a demandé : « Aimerais-tu m'accompagner à la danse ce soir ? Je ne veux pas y aller seul. Je voudrais m'asseoir à tes côtés. »

« Ça me semble intéressant. »

Ce soir-là, pendant que je m'habillais pour la grande aventure, j'avais hâte de sentir combien il serait bon d'avoir ses longs bras autour de mes épaules. Pendant mes deux années de veuvage, je n'avais pas connu de relation intime ou engageante, mais je m'étais bien adaptée à la situation et je n'avais pas cherché à trouver un compagnon. Je n'arrivais pas à croire à quel point il était excitant d'être avec lui. *Ce n'est qu'une aventure. Il s'envolera avant longtemps.* Je ne cessais de me répéter cela, espérant ainsi retrouver mon calme.

Peu de temps après, il est apparu revêtu de son habit bleu foncé, de son chapeau Stetson et de ses bottes de cow-boy. Dans son cœur, il était encore un cow-boy même s'il avait pris sa retraite comme ingénieur mécanicien.

Pendant la soirée, la musique d'un petit groupe a envahi la salle. C'était plus amusant que je ne l'avais imaginé. Puis une voix retentissante s'est élevée du haut-parleur. « Le petit-déjeuner aura lieu à 9 h 30 ! Pas besoin de se lever tôt ! »

« Pas de chance ! Je ne pourrai pas déjeuner », me dit Bob.

« Quoi ? Tu veux dire que tu ne resteras pas ? »

« Non, mon avion décolle à 10 h 30, alors je serai parti. »

« Mais le déjeuner est le moment le plus amusant. Je ne peux croire que tu ne te sois pas organisé pour rester. » J'étais contrariée et j'étais certaine que cela se voyait.

Il m'a regardée droit dans les yeux et m'a fait une offre. « Si tu promets de passer la journée avec moi, je changerai mes réservations. »

« Bien sûr que je passerai la journée avec toi. J'adorerais cela. »

Ce qui voulait dire que nous aurions tout le dimanche pour nous seuls ensemble, juste nous deux.

Lorsqu'il m'a reconduite à la maison, je l'ai invité à entrer. Nous avons bavardé un moment, mais il se faisait tard et il s'est préparé à partir. Cette fois, lorsqu'il m'a souhaité bonne nuit en m'embrassant, je lui ai rendu son baiser avec tellement d'enthousiasme qu'il en a paru agréablement surpris.

Le matin suivant, j'étais si heureuse que j'ai marché dans la maison en chantant. « Oh, quel beau matin, oh, quelle belle journée ! »

Après le déjeuner, nous avons fait un tour en voiture jusqu'à notre paysage désert préféré, puis nous sommes retournés à l'hôtel.

Assis à une table dans le bar se trouvait l'un de nos anciens copains du secondaire. « Venez vous asseoir ici, a-t-il dit. Qu'est-ce qui arrive avec vous deux ? Vous avez l'air tellement heureux ensemble. »

Bob a pris la parole : « Je n'ai jamais eu autant de plaisir ! »

« C'est la même chose pour moi », ai-je carillonné, encore excitée de la tournure de notre journée.

« Nous avons décidé de passer la journée ensemble, a expliqué Bob. Je vis à Corvallis, en Oregon, à 2 500 kilomètres d'ici. On ne peut pas continuer. »

« Qu'est-ce que tu veux dire *On ne peut pas continuer* ? Ni l'un ni l'autre n'avez de famille qui puisse vous faire obstacle. Et puis, demeurer à 2 500 kilomètres d'ici, ce n'est pas une excuse ! »

Pendant ces quelques minutes, il nous a convaincus de cesser de croire que nos moments heureux n'étaient que passagers. À partir de cet instant, nous n'avons pas eu besoin de beaucoup d'encouragement pour nous sentir plus près l'un de l'autre. C'était un véritable tournant dans nos vies.

Ce soir-là, nous avons soupé assez tard et nous avons passé une soirée romantique qu'aucun de nous n'oubliera jamais.

Ont suivi les appels téléphoniques et la correspondance, une rencontre à San Francisco trois semaines plus tard, et mon départ pour Corvallis pour passer l'Action de grâces en sa compagnie (où nous avons été paralysés par la neige pendant trois jours !). Nous avons ainsi rattrapé nos années d'intimité perdues.

Nous nous sommes mariés en mars 1986, cinq mois après nos retrouvailles. Nous avions tous les deux soixante-trois ans.

À un certain moment dans ma vie, il y a très longtemps, j'avais souhaité découvrir quelque part une personne qui m'aimerait pour ce que je suis vraiment, quelqu'un qui pourrait partager mon âme – un avenir fantaisiste. Quand je pense que mon souhait s'est réalisé !

C'est toujours un grand plaisir de pouvoir passer mes « années dorées » en compagnie d'une personne qui m'est si chère. Nous avons été vraiment bénis de pouvoir nous retrouver. Peu de gens de notre âge (soixante-dix-neuf) peuvent en dire autant !

Norma Grove

À l'infini

En 1974, Ralph et moi sommes devenus de grands amis. Nous avions alors quatorze ans. Nous avions l'habitude de nous asseoir sur sa terrasse avant et de manger des biscuits en bavardant pendant des heures. Ralph avait une petite amie et j'avais aussi un petit copain, mais je croyais qu'il était l'un des plus charmants garçons de notre école.

Quelques années après la fin de mes études, j'ai reçu une invitation pour assister au mariage de Ralph. Je suis arrivée seule et il m'attendait à l'extérieur, avec le gentil sourire de bienvenue que je connaissais si bien. Nous avons parlé un peu et, pour une quelconque raison, je suis retournée à ma voiture et suis rentrée à la maison. Nous nous sommes perdus de vue pendant plusieurs années. Lors des retrouvailles de notre promotion, j'ai levé les yeux pour rencontrer, encore une fois, ce sourire familier. C'était Ralph. « Que t'est-il arrivé ? » ai-je demandé. « J'ai divorcé », m'a-t-il répondu les yeux pétillants. « Où étais-tu passée ? »

« Je me suis mariée », ai-je répondu. Nous nous sommes assis et avons évoqué des souvenirs pendant toute la soirée, promettant de demeurer en contact. Nous nous sommes parlé deux ou trois fois par année et, pendant huit ans, nous nous sommes tenus au courant des événements de nos vies respectives sans jamais nous revoir. Mon mariage s'est terminé et je me suis retrouvée à vivre seule dans un appartement avec ma petite fille. Ralph a téléphoné et m'a demandé : « Est-ce que je peux faire quelque chose pour toi ? Est-ce que ta voiture fonctionne bien? Est-ce que ta fille a besoin de quelque chose? As-tu assez d'argent? »

Je lui ai répondu: « J'ai besoin de voir mon vieil ami. Il y a trop longtemps. » Nous nous sommes donc rencontrés pour une bière et, une fois encore, nous nous sommes assis et avons parlé du bon vieux temps. Les heures ont passé et la première chose que nous avons sue, c'est qu'on nous demandait de partir puisque le restaurant fermait.

Nous sommes sortis ensemble deux ou trois autres fois et nous nous sommes trouvés à parler jusqu'au lever du soleil. Quand Ralph est parti, je me suis sentie triste de le voir me quitter. Un soir, je l'ai invité à manger de la pizza et à regarder un film vidéo. Il est arrivé en apportant des albums de photos. Comme nous passions à travers les albums, je lui ai avoué ma crainte de tomber amoureuse de lui. Mortifiée, je me suis rendue dans la salle de bains et j'ai essayé de voir comment je pourrais m'échapper d'une salle de bains située au deuxième étage sans être remarquée! J'avais peur d'avoir détruit une amitié précieuse. J'avais marché sur une terre sacrée.

Quand je suis revenue dans la pièce, Ralph était assis, un large sourire sur le visage. « Lisa, je t'ai aimée pendant vingt ans. Tu représentais la norme par laquelle j'évaluais toutes les autres femmes. Je ne veux pas laisser passer cette chance. » Je lui ai expliqué ma crainte qu'en cas d'échec, nous perdions cette précieuse amitié que nous avions bâtie au cours des ans. Nous avons convenu que cette amitié serait préservée, et que quelque chose de rare et très précieux pouvait se réaliser.

Bien entendu, nous nous sommes épousés neuf mois plus tard. Sur nos bagues de mariage sont gravés les mots *À l'infini*. Avec ma fille à nos côtés, nous sommes devenus une famille.

Un jour, nous sommes tombés sur son album de promotion et avons décidé de retracer ce que je lui avais écrit à l'époque. Tant d'années s'étaient écoulées que j'avais oublié.

C'était mon écriture. Une page complète, sur laquelle j'avais écrit : « Ralph, tu es le plus gentil garçon que j'ai jamais rencontré. Je sais que nous serons des amis pour le reste de nos vies… En fait, je t'aime tellement que je crois que, lorsque nous grandirons, nous devrions tout simplement nous MARIER. »

Qui aurait pu penser, il y a de nombreuses années lorsque nous étions assis sur la terrasse avant à manger des biscuits, que ces deux jeunes enfants deviendraient réellement des amis… et des amoureux pour toujours… à l'infini.

Lisa Ferris Terzich

Appelle-moi Cupidon

*Le rire est la plus courte distance
entre deux êtres.*

Victor Borge

Lorsque je constate à quel point la Saint-Valentin est devenue une fête commerciale, ça me met en rogne. Comme je l'ai expliqué à Maggie, mon épouse, nous avons perdu l'esprit de cette fête. « À l'origine, un valentin représentait quelque chose de personnel, qui venait du cœur. Un gars pouvait écrire quelques vers à sa petite amie, ou quelque chose de ce genre. »

« C'est certainement moins coûteux de cette façon », a-t-elle répondu.

« Ça n'a rien à voir, ai-je rétorqué. Mais un valentin doit avoir une empreinte individuelle. Aucun ne se soucie de la touche personnelle de nos jours. Prends nos garçons… »

Les garçons nous avaient suppliés d'acheter des valentins pour qu'ils les offrent à leurs camarades de classe. Sammy est en première année et Roy, en troisième.

« Est-ce que ce ne serait pas amusant de les fabriquer vous-mêmes ? » leur ai-je demandé. Ils m'ont répondu par la négative. Maggie a déclaré qu'ils étaient trois de cet avis. Je commençais à être agacé.

« Ne veux-tu pas que tes enfants apprennent à fabriquer des objets par eux-mêmes ? lui ai-je demandé. Au lieu de tout acheter, comme un couple de robots ? »

« Les robots n'achètent pas des objets, dit Roy. Ils fabriquent ce qu'ils veulent. »

Le jour suivant, j'ai décidé de donner une autre chance aux garçons. Je leur ai acheté un ensemble pour fabriquer au moins soixante-cinq valentins. Après le repas, nous avons étalé le matériel sur la table de la salle à manger. Je leur ai montré comment découper les pièces et comment coller les cœurs et le ruban. Il y avait de la colle partout sur la table et ils ont commencé à se battre avec les ciseaux. Je leur ai dit de s'arrêter. « Vous allez apprendre tous les deux la joie de fabriquer quelque chose de vos propres mains, leur ai-je déclaré. Vous le ferez même si je dois vous frotter les oreilles. » Je suis sorti pour me préparer un verre.

Quand je suis revenu, les garçons étaient partis. Maggie est venue s'enquérir des événements. J'ai ramassé un valentin pour le lui montrer et le ruban s'est détaché. De la colle bon marché. Ça ne collait pas sur le papier. Ça collait bien partout ailleurs ! Sur mon verre. Mon cigare.

Les garçons n'étaient toujours pas revenus. Je me suis préparé un autre verre car le premier s'était renversé. Vers 11 h, Maggie est arrivée. Elle a pris une gorgée de mon verre et a ramassé un valentin. « C'est intéressant, a-t-elle fait remarquer. Le verre goûte la colle et le valentin sent le bourbon. » J'ai répondu que je m'en étais aperçu. « Tu en as fait huit, a-t-elle poursuivi. Il t'en reste seulement cinquante-sept. »

J'ai cédé et j'ai acheté deux ou trois boîtes de valentins tout faits. Ils étaient vraiment laids, et après que les garçons ont eu inscrit les noms dessus, j'ai glissé un cœur en chocolat dans chaque enveloppe pour la surprise. Quand je suis revenu à la maison le jour suivant, les garçons ne me parlaient pas. Il semblait que tous les enfants de la classe avaient reçu un cœur en bonbon sauf Roy et Sammy. Je n'avais pas pensé à cela.

« D'accord ! ai-je dit à Maggie. Je vais retourner au magasin et leur en acheter quelques-uns. »

Sammy voulait qu'on aille déposer un valentin au domicile d'une petite fille. Lorsque nous avons finalement trouvé la maison, Sammy ne voulait pas monter jusqu'à la porte – il disait qu'il n'était pas capable de rejoindre la boîte aux lettres. J'ai donc livré l'enveloppe moi-même. Deux ou trois coins de rue plus loin, il a déclaré : « C'est ici, c'est la maison de Sharon. » Nous avions laissé le valentin au mauvais endroit.

Nous sommes retournés à la première adresse et j'ai sorti le valentin de la boîte aux lettres. Alors que je commençais à descendre l'escalier, j'ai croisé un homme qui montait. « Vous me cherchez ? » J'ai dit que je voulais livrer un valentin à une fille nommée Sharon.

« Il n'y a pas de Sharon ici », déclara-t-il. J'ai répondu que j'étais au courant mais que j'avais laissé le valentin chez lui par erreur et que j'avais dû revenir le chercher. Je le lui ai montré. L'homme a reniflé. « Vous avez bu ? » J'ai dit non, c'est le valentin. J'ai descendu les marches. Il m'a suivi. « Nous avons été importunés par des rôdeurs ici dernièrement », a-t-il déclaré, en m'attrapant par la manche. J'ai montré ma voiture du doigt. « Si je voulais rôder, est-ce que j'emmènerais avec moi un petit garçon de six ans ? »

« Je n'ai jamais rencontré un rôdeur avant, a-t-il dit. Comment diable voulez-vous que je sache comment fonctionne votre cerveau ? »

De l'intérieur de la maison, une femme a crié, voulant savoir ce qui se passait. L'homme a répondu : « Le type ici dit qu'il a un valentin pour quelqu'un qui s'appelle Karen. » « Sharon », ai-je corrigé. « Sharon », répéta l'homme. La femme a répliqué que personne du nom de « Sharon » ne demeurait ici. « Oh, pour l'amour de Dieu, dit l'homme, tu ne penses pas que je le sais ? » Ils étaient encore en train de se disputer quand je suis revenu à la voiture.

Sammy dit : « Ça t'a pris beaucoup de temps. »

« Si tu n'aimes pas ma façon de livrer tes valentins, dis-je, tu peux t'en charger toi-même. »

Quand nous sommes revenus de la confiserie, Maggie a déclaré que les garçons avaient été invités à passer la nuit avec leur ami Buster. Je les y ai donc conduits. Je leur ai suggéré de remettre le reste des cœurs en chocolat à la mère de Buster – un petit présent de la Saint-Valentin. De retour à la maison, j'ai pris la boîte contenant le cadeau de Maggie sur le siège arrière et je l'ai apportée dans la maison.

Elle a paru surprise. « Un valentin ? » Elle a ouvert la boîte et a regardé. « Mmm – des chocolats. » Je lui ai demandé ce qu'elle voulait dire par chocolats. Elle m'a tendu la boîte.

« Les garçons étaient censés donner ces chocolats à la mère de Buster, lui ai-je expliqué. Mon Dieu, ils ont dû lui avoir remis *ton* cadeau. J'avais placé les deux boîtes sur le siège arrière. »

Elle a dit : « Peut-être qu'ils ne lui ont rien donné. »

« Oui, ils l'ont fait, ai-je répondu. Elle est venue à la porte et m'a remercié pour le valentin. Je lui ai suggéré de bien en profiter et de penser à moi. Je pensais que c'étaient les chocolats. »

Maggie me regarda. « Ce n'était pas du chocolat ? »

« Non, ai-je répondu, c'était une chemise de nuit avec des cœurs. Une chemise de nuit en dentelle. » Maggie a pouffé de rire.

« Merde !, ai-je dit, je voulais juste essayer de faire quelque chose de gentil, et voilà où ça me mène ? »

Maggie a placé ses mains sur son visage et a hoché la tête. Elle semblait pleurer. J'ai tapoté son épaule. « Je suis désolé, ai-je déclaré. Je voulais te faire une belle surprise. »

« Tu as réussi. » Elle a essuyé ses yeux. « Juste la pensée… », et elle s'est remise à rire.

« Je me rends compte que j'ai voulu faire l'intéressant en essayant d'être original, ai-je expliqué. Alors cette année, je voulais t'acheter un valentin comme tous les autres maris. Je voulais… quelque chose de sentimental et de romantique… »

« Viens ici. » Elle m'a tendu les bras. Je me suis approché d'elle. « Est-ce que j'ai besoin de porter une chemise de nuit spéciale pour être sentimentale et romantique ? »

« Pas pour moi », ai-je répondu.

Après une minute, elle a déclaré : « C'est le plus beau jour de Saint-Valentin dont je me souvienne. » Je commençais moi aussi à voir les choses d'un autre œil. Le téléphone a sonné.

« C'est probablement la mère de Buster », a dit Maggie. J'ai répondu que c'était probablement elle. Le téléphone a continué de sonner. « C'est peut-être le père de Buster », a-t-elle dit. « C'est peut-être lui », ai-je suggéré.

« Laisse-le sonner », a répondu Maggie.

Will Stanton

2

L'AMOUR ROMANTIQUE

*Dès le moment où apparaît dans votre cœur
cette chose extraordinaire qu'on appelle
l'amour et que vous en ressentez
la profondeur, les délices, l'extase,
vous découvrirez que pour vous
le monde entier s'est transformé.*

J. Krishnamurti

Recommencer

D'après moi, si tu veux l'arc-en-ciel,
tu dois supporter la pluie.

Dolly Parton

Le restaurant était bondé, et j'attendais au bar qu'on nous appelle, ma femme et moi, pour nous assigner une table. Un foyer crépitait tout près et un arbre naturel était placé simplement dans le coin, uniquement décoré de minuscules lumières blanches. J'ai commandé un verre de vin pour mon épouse et je sirotais ma bière en fût pendant qu'elle s'attardait dans la salle de bains.

Nul doute qu'elle est en train de sécher ses larmes et de remettre une troisième couche de mascara, ai-je songé amèrement alors que je me rappelais les mots explosifs et les pointes acérées échangés pendant la première étape de notre voyage de la Caroline du Nord vers la Floride.

Nous retournions à la maison pour divorcer. C'était loin d'être agréable comme situation. Ni elle ni moi ne voulions même plus essayer…

Nous nous étions arrêtés au premier bon restaurant que nous avions vu. Bien entendu, nous étions passés devant une centaine d'autres qui ne convenaient nullement à ses attentes ni à mes exigences en matière de prix. Plus nous avions faim, plus nous nous blâmions l'un l'autre.

J'ai grogné quand l'hôtesse nous a appris qu'il y aurait plus d'une heure d'attente. Ma femme a soupiré et est disparue dans les toilettes pour dames.

Pendant que je mâchouillais des arachides desséchées et commandais une autre bière, j'observais les couples heureux au bar qui se prélassaient à la lueur du feu et qui attendaient impatiemment la nouvelle année qu'ils passeraient sans doute ensemble de manière romantique.

Mon épouse et moi avions passé la première journée de la nouvelle année à mettre la maison sens dessus dessous, répartissant la collection de disques laser et les factures de cartes de crédit. Nous avions été mariés pendant quatre ans, il nous restait donc beaucoup de détails à régler.

J'ai observé un jeune couple qui s'embrassait. Un couple plus âgé se tenait la main. Je me souvenais de jours meilleurs, il n'y a pas si longtemps, où nous nous serions retrouvés avec eux au même endroit, mon épouse et moi. À nous attarder exprès au bar, à siroter des cocktails au lieu de simplement nous hâter de prendre une table, de manger et d'en finir.

Je pensais à la dernière année, à ses quelques hauts et à ses nombreux bas. Tout avait commencé par un changement d'emploi, et la situation s'était envenimée à partir de ce moment-là. Ma femme avait dit au revoir à ses élèves de quatrième année, puis nous avions rempli la voiture et déménagé à dix heures de là. Nous n'avions ni amis ni famille, et notre première facture mensuelle d'appels téléphoniques était exorbitante.

Elle a rapidement trouvé du travail et obtenu de l'avancement alors que, de mon côté, je me suis vite rendu compte que mon nouvel emploi se résumait à une grande déception. Sa famille et ses élèves lui manquaient. Je m'ennuyais de mon ancien travail, et rien ne marchait rondement. Le déménagement avait coûté plus cher que prévu, nous avions loué un appartement onéreux dont nous n'avions pas réellement besoin, et il n'y avait rien à faire dans notre nouvelle ville à part manger et regarder la télévision. Et nous disputer…

Chaque mois passé augmentait notre ressentiment. Mais au lieu de nous parler l'un l'autre et de nous confier nos problèmes comme par le passé, nous avons continué à ronchonner, à râler, à nous ergoter et à nous disputer.

Comment pouvais-je lui dire que je me sentais insatisfait et frustré dans mon nouvel emploi? Cet emploi qui avait déraciné sa vie entière et l'avait obligée à suivre son mari dans une petite ville des montagnes de la Caroline du Nord.

Comment pouvait-elle me dire qu'elle détestait se rendre au travail chaque matin et qu'elle n'éprouvait aucune satisfaction en dehors d'une salle de classe?

À la fin, nous ne nous disions plus un mot, sauf pour crier ou accuser, ou critiquer, ou aboyer.

Mon épouse est apparue dans le bar, belle malgré ses yeux bouffis à force d'avoir pleuré. Je me sentais coupable de ses larmes, et chaque goutte agissait comme un couteau dans mon cœur. À une certaine époque de notre vie, la seule pensée de la faire pleurer aurait fait jaillir des larmes de mes propres yeux. Mais maintenant, chaque nouvelle larme n'était qu'un point stupide sur un invisible tableau d'affichage.

Je l'ai regardée traverser la pièce et j'ai eu une impression de nausée en imaginant ma vie sans elle.

« Qu'est-ce que j'ai l'air ? » a-t-elle demandé instinctivement, et j'ai dû rire. Elle posait continuellement cette question, nuit et jour. Une plaisanterie entre nous depuis des années, et que bientôt nous ne partagerions plus.

Elle a cru que je riais de son maquillage, et elle a rapidement avalé son vin avec une expression acide sur le visage, nullement liée au millésime choisi.

On a finalement appelé nos noms, et nous nous sommes précipités sur la soupe et les petits pains. Les couverts d'argent cliquetaient contre la vaisselle de porcelaine et nous mangions en silence. Je voulais lui dire tellement de choses mais, après tout ce que nous avions décidé, à quoi bon ?

Notre décision n'en serait que bien plus difficile si je devais lui déclarer que je l'aimais toujours…

Après avoir commandé le repas, je me suis excusé pour me rendre aux toilettes, m'arrêtant un moment pour placer une main rassurante sur son épaule. Comme je pouvais m'y attendre, elle s'est raidie à mon toucher.

Pendant que je me trouvais à l'intérieur des toilettes, j'ai entendu la porte s'ouvrir brusquement derrière moi, puis le bruit de l'eau qui coule; mais alors que je sortais du cabinet, même le bruit de la chasse d'eau n'avait pu couvrir les sanglots.

Vêtu d'un chandail à col roulé et d'un pantalon Dockers, un homme d'âge mûr pleurait à chaudes larmes en face de l'évier. Il a reniflé et a grogné en me voyant; j'ai pris plusieurs serviettes de papier que je lui ai tendues sans cérémonie. Il les a prises pour sécher ses yeux, mais des larmes coulaient encore. Il avait le visage coloré et rougi, et ses yeux fatigués m'imploraient de comprendre pendant qu'il s'expliquait à travers ses sanglots.

« Je suis désolé, dit-il en s'étouffant. C'est seulement… l'arbre et ses lumières. Je croyais que j'étais prêt. Je pensais que je pouvais tout faire ça. Puis j'ai entendu la musique de Noël et j'ai seulement… c'est déjà la nouvelle année. Pourquoi est-ce qu'ils continuent à faire jouer cette musique? Je ne suis tout simplement pas capable. Je suis désolé. J'ai essayé. »

« Essayé quoi? » lui demandai-je doucement, espérant ne pas être trop indiscret. Sa douleur semblait si intense, c'est tout ce que je pouvais faire sans me laisser emporter moi-même.

« D'être… normal, expliqua-t-il, mouchant son nez. Mon épouse. Vous voyez… elle est morte il y a six semaines et je… »

« Six semaines! » ai-je crié, la peur écrasant mon jeune cœur. « Je ne pourrais même pas me lever du lit si mon épouse était décédée il y a six semaines. » Malgré le contexte actuel de mon mariage, je me suis soudainement rendu compte que cette déclaration n'était que trop vraie.

Il a hoché la tête, comme si je n'avais aucune idée de la souffrance qui l'étouffait.

« Je sais, hocha-t-il encore la tête. Je sais. Mais… j'ai réussi à passer à travers l'Action de grâces en levant le coude dans une croisière tropicale. J'ai aussi réussi à traverser Noël en mangeant et en dormant. Et… je pensais que je serais bien maintenant. »

« Mais Noël a toujours été sa fête préférée. Je ne me suis jamais arrêté à écouter toutes ces chansons de Noël idiotes jusqu'à ce soir. Mon entrée est arrivée, mes consommations, ma salade. Tout est resté là sur la table pendant que j'écoutais les paroles. Encore et encore. Puis j'ai commencé à brailler. Je suis désolé, vous devez me prendre pour un fou. »

Juste à ce moment, la porte des toilettes des hommes s'est encore une fois ouverte violemment, me jetant presque par terre. Deux jeunes hommes d'âge universitaire se sont empressés d'entourer l'homme en pleurs. Ils portaient des chandails coûteux et avaient une expression grave. Ils l'appelaient « papa ».

Ils lui ont demandé s'il allait bien et m'ont tourné le dos pour aider leur père à se débarbouiller en privé.

La petite toilette commençait à devenir encombrée, et je les ai laissés à leur tâche. Je voulais demander à l'homme combien de temps lui et sa femme avaient été mariés, mais d'après l'âge de ses fils adultes, j'ai présumé que cela devait faire plus de vingt ans.

J'ai regardé le jeune visage de mon épouse illuminé par la chandelle, ses jolies mains recourbées autour du pied de son verre de vin. Les jambes lourdes, je l'ai rejointe à notre table. Je me suis assis sur la chaise à côté d'elle et l'ai prise dans mes bras, juste au moment où je fondais en larmes.

« Qu'est-ce qui ne va pas ? » a-t-elle chuchoté dans mes cheveux alors que je me cramponnais à elle. Son ton n'exprimait aucun mépris, seulement la simple préoccupation que son mari puisse avoir de la peine.

Après tant de mots haineux, tant de critiques acerbes, j'étais encore son époux.

« Je suis désolé », ai-je dit en la regardant dans les yeux.

Ses larmes à elle exprimaient ses véritables peurs et, en quelques secondes, nous nous abreuvions d'excuses réciproques. Nos cœurs s'apaisaient avec nos paroles.

« Je trouverai un emploi au retour de la maison, ai-je bafouillé. Je prendrai deux emplois, je ferai tout ce qu'il faut. Notre famille me manque, je… »

« Nous trouverons des emplois tous les deux, a-t-elle ajouté. Tu verras. Nous irons bien. Nous allons tout recommencer. L'année dernière a été horrible. Cette année sera nouvelle et… »

Après que notre flot d'excuses et nos projets pour l'avenir ont été apaisés, elle m'a tenu contre elle et a murmuré dans mon oreille : « Qu'est-ce qui est arrivé ? »

Mais comment pouvais-je lui expliquer qu'en une rapide visite dans une salle de toilettes, je l'avais perdue, puis retrouvée, tout cela au même moment.

Rusty Fischer

« On doit se rendre à l'évidence, Paul.
Notre divorce ne marche pas. »

Reproduit avec l'autorisation de George Abbott.

Notes d'amour

En fait d'amour, vois-tu, trop n'est pas même assez.

Pierre de Beaumarchais,
dramaturge français

Je pourrais dire qu'une brise hivernale avait soufflé des tourbillons de neige qui dansaient contre la fenêtre pendant que nous nous enlaçions devant un feu rougeoyant, en sirotant un cidre épicé, nous blottissant l'un contre l'autre et roucoulant en alternance sur la profondeur de notre amour.

C'est ce que je pourrais raconter – mais ce serait un mensonge.

La neige laissée par les tempêtes du début de novembre avait fondu, dessinant à perte de vue un paysage d'arbres gris et de terre verte boueuse. Cette vision correspondait bien à nos humeurs. Mon mari et moi hésitions entre l'extraordinaire joie que nous ressentions aux côtés de notre fils de deux mois et l'extrême détresse résultant de notre manque de sommeil ou de temps à nous consacrer mutuellement. Plus particulièrement depuis les deux dernières semaines, notre conversation ressemblait beaucoup moins au roucoulement de tourtereaux et beaucoup plus à l'aboiement de bull-terriers.

J'étais retournée travailler après un bref congé de six semaines, avec le cafard du post-partum qui n'était pas encore complètement disparu. Je me sentais grosse et incompétente. Mon époux se sentait coupable et exclu. Les rares paroles chaque matin, la brève étreinte et le baiser du soir constituaient, au mieux, de maigres témoignages de l'attention que nous avions désespérément besoin de nous donner l'un l'autre.

Après une journée particulièrement épuisante, je me suis étendue près de notre précieux bébé, observant d'un air rêveur le duvet de ses joues, et le satin de son cou et de son bras jusqu'à ses doigts soyeux, quand je… eh bien, je suis tombée endormie. J'ai dormi du sommeil sans rêves d'une femme fatiguée pendant que mon cher époux attendait, espérant que je me réveillerais pour terminer la conversation commencée deux jours plus tôt. J'ai senti vaguement sa présence dans l'embrasure de la porte de notre chambre, mais je suis doucement retombée endormie.

Je me suis réveillée plusieurs heures plus tard alors que notre bébé hurlait de faim et j'ai vu mon mari dormir profondément tout près de moi. Après avoir installé notre fils dans un bien-être délicieux, je me suis levée pour me verser un verre d'eau. J'ai trébuché dans le corridor et j'ai allumé la lumière. Là, j'ai trouvé la première note, accrochée au cadre de notre photo de famille : « Je t'aime… parce que nous sommes une famille. »

J'ai cessé de respirer pendant un instant, puis je me suis aventurée plus loin dans le corridor, et… j'ai vu une autre note : « Je t'aime parce que tu es gentille. »

Pendant la demi-heure suivante, je me suis promenée à travers la maison, recueillant les précieuses notes de chaleur et d'affection. Sur le miroir de la salle de bains : « Je t'aime parce que tu es magnifique. » Sur mon cartable de dissertations : « Je t'aime parce que tu es un professeur. » Sur le réfrigérateur : « Je t'aime parce que tu es délicieuse. » Sur le téléviseur, sur la bibliothèque, sur le placard, sur la porte avant : « Je t'aime parce que tu es drôle… tu es intelligente… tu es créative… tu me donnes l'impression que je peux faire n'importe quoi… tu es la mère de notre fils. » Finalement, sur la porte de notre chambre : « Je t'aime parce que tu as dit oui. »

C'était enivrant, apaisant – une étreinte pour me soutenir à travers les nuits sans sommeil et me ramener à la joie de tous les jours. Je me suis glissée dans notre lit et me suis blottie contre mon merveilleux époux.

Gwen Romero

Je t'aime malgré tout

C'était un vendredi matin. Un jeune homme d'affaires a finalement décidé de demander une augmentation de salaire à son patron. Avant de quitter la maison pour le travail, il a fait part de ses intentions à son épouse.

Toute la journée, il s'est senti nerveux et inquiet. Finalement, vers la fin de l'après-midi, il a rassemblé son courage pour approcher son employeur et, à sa grande joie, ce dernier a accepté sa demande d'augmentation.

Au comble de l'allégresse, le mari est arrivé à la maison où une table était mise, décorée de leur plus belle porcelaine et de bougies allumées. Sentant l'arôme d'un repas de fête, il s'est dit qu'une personne du bureau avait téléphoné à son épouse et lui avait raconté l'heureux événement. Il l'a retrouvée dans la cuisine et a partagé avec enthousiasme les détails de la bonne nouvelle. Ils se sont embrassés et ont dansé autour de la pièce avant de s'asseoir devant le magnifique repas préparé par son épouse.

Près de son assiette, il a trouvé une note écrite d'une manière artistique qui se lisait ainsi : « Félicitations, mon chéri ! Je savais que tu obtiendrais l'augmentation ! J'ai préparé ce repas pour te montrer à quel point je t'aime. »

Plus tard en se dirigeant vers la cuisine pour aider son épouse à servir le dessert, il a remarqué qu'une seconde carte était tombée de la poche du pantalon de sa femme. La ramassant sur le sol, il a lu : « Ne t'inquiète pas de ne pas avoir obtenu l'augmentation ! Tu la mérites de toute façon ! J'ai préparé ce repas pour te montrer à quel point je t'aime. »

Joe Harding

La valeur ultime d'un homme ne se mesure pas à son attitude lorsque tout est confortable et facile, mais plutôt dans les moments de défi et de controverse.

Martin Luther King Jr.

Un moment dans le temps

Dès que j'ai ouvert les yeux, la journée a commencé à se transformer en un désastre total. Le chien a décidé que le chat était le jouet le plus intéressant à mâcher, d'où les cris d'indignation du chat. Et si ce n'était pas assez, la toilette a débordé sur le tapis nouvellement installé. Le chat, de nouveau dans le pétrin, levait chacune de ses pattes en secouant l'eau, tout en me regardant d'un air accusateur comme si j'avais fait exprès pour lui rendre la vie misérable.

En entrant dans la cuisine pour une tasse de café, j'ai entendu un bruit de grattements venant de mon armoire. J'ai lentement ouvert la porte, aussi doucement que possible, et j'ai découvert, assise au fond et mâchouillant une boîte de Cheerios, la plus grosse souris que j'avais jamais vue !

J'ai soupiré et refermé la porte, espérant qu'elle appréciait son déjeuner. Après tout, les Cheerios étaient gâchés de toute façon, elle pouvait bien avaler le reste ! Avant le soir, j'essaierais de trouver un moyen de la sortir de la maison et de la retourner dans le jardin, sa véritable place.

J'attendais douze personnes pour souper et je n'avais pas fait l'épicerie. Le temps filait, et mes nerfs ont fini par me faire crier : « Je te l'avais bien dit ! »

J'ai enfermé le chat dans la chambre à coucher et j'ai grondé le chien qui me regardait avec des yeux innocents, se demandant ce qu'il avait bien pu faire. Puis j'ai mis mon manteau et, à bout de nerfs, je me suis dirigée vers le magasin.

L'air était frais alors que je m'engageais dans le stationnement de l'épicerie. Les doigts glacés du vent tiraient sur mon manteau pendant que je me dépêchais d'atteindre la porte du supermarché. J'ai empoigné un panier, et évidemment les roues ont refusé de se diriger dans la bonne direction, s'entrechoquant dans les allées. *Excellent!,* ai-je ronchonné pour moi-même. *Une fin parfaite pour une journée déjà parfaite.* J'ai décidé que je gagnerais au moins la bataille du panier d'épicerie. J'ai poussé le panier près de l'allée des caisses et j'en ai choisi un autre qui se montrait plus coopératif. Ah, le bruit du silence et des roues qui tournent bien; ça ne m'en prenait pas beaucoup ce jour-là pour qu'un rayon de soleil illumine ma vie.

Alors que je me tenais dans la section des fruits et légumes en train de pincer les avocats, j'ai entendu ce bruit familier et agaçant de roues grinçantes, et je me suis tournée vers la personne malchanceuse qui avait de toute évidence choisi mon ancien panier, pour lui dire : « Vous avez hérité de ce sacré panier ! » Mais ce que j'ai vu a transformé le reste de ma journée en une journée que je n'oublierai jamais.

Un vieil homme aux cheveux blancs et au visage gravé de rides poussait une civière d'hôpital d'une main et tirait le panier récalcitrant de l'autre. Il n'avait pas remarqué le cliquetis ou même les roues qui allaient dans toutes les directions. Il était occupé à guider sa femme, étendue sur la civière, plus près des fruits et légumes pour qu'elle puisse les regarder.

C'était une femme frêle avec des tempes grises et de grands yeux bleus. Ses mains et ses pieds étaient étrangement tordus et elle pouvait à peine lever la tête. Il a ramassé un fruit et, avec un gentil sourire, l'a placé près d'elle; elle hochait la tête et lui retournait son sourire. Ils saluaient tout le monde avec un sourire et un signe de la tête, et ne semblaient pas se préoccuper d'être l'objet des regards curieux. Certaines personnes secouaient la tête de dégoût devant la présence de cette civière dans une épicerie; d'autres chuchotaient avec désapprobation considérant que ce couple n'était pas à sa place.

J'observais l'homme pendant qu'il ramassait une miche de pain et touchait très doucement la main de sa femme. Le lien entre les deux époux remplissait l'espace avec tellement d'amour que celui-ci était palpable. Je me suis rendu compte que je les regardais fixement, comme si j'avais voulu immortaliser ce moment d'enchantement. Soucieuse à l'idée de passer pour une intruse, je me suis obligée à regarder ailleurs. Je suis retournée à l'avocat qui reposait dans le creux de ma main et j'ai remarqué que je l'avais serré un peu trop fort. Je l'ai replacé sur l'étagère et me suis dirigée vers la section des produits laitiers, essayant de capter un autre moment fugitif de ce couple qui était comme un aimant pour mon cœur.

Ils s'étaient déplacés vers une autre section du magasin, et je ne les ai plus revus avant d'avoir terminé mes emplettes et d'être revenue à ma voiture. J'ai démarré le moteur et, soudainement, j'ai remarqué que le vieil homme et son épouse se tenaient tout près. Sa fourgonnette était stationnée à côté de la mienne. Pendant qu'il plaçait les sacs d'épicerie à l'avant, sa femme attendait patiemment sur la civière.

Il s'est hâté de revenir à l'arrière de la fourgonnette et une rafale de vent froid a fait tomber la couverture qui couvrait le corps frêle de la dame. Il l'a replacée avec amour autour d'elle comme on borderait un enfant avant de dormir, s'est penché vers elle et a déposé un baiser sur son front. Elle a alors levé sa main tordue et touché le visage de son homme. Puis les deux se sont tournés vers moi en souriant. Je leur ai souri aussi, des larmes roulant sur mes joues.

Si mon cœur s'était serré et des larmes avaient jailli, ce n'était pas à cause de la situation qu'ils vivaient tous les deux. C'étaient leur amour et ces rires qu'ils partageaient en se rendant ensemble au magasin et en étant comme ils avaient toujours été… amoureux, ayant besoin l'un de l'autre.

L'homme a placé la civière à l'arrière de la four-gonnette en s'assurant qu'elle était bien attachée, puis s'est dirigé du côté du conducteur et a pris place. Comme ils partaient, il m'a regardée encore une fois et m'a souri en me faisant un signe de la main. En quittant l'espace de stationnement, j'ai aperçu une petite main me faire un signe de l'arrière de la fourgonnette, et les plus merveilleux yeux bleus pleins de vie m'ont rendu mon regard.

Il arrive parfois dans la vie qu'une incroyable prise de conscience nous frappe – qu'en un court instant, qui semble se dérouler au ralenti, on puisse saisir l'absolue beauté de la vie et de l'amour dans sa forme la plus pure. La scène se joue devant vos yeux comme un vieux film noir et blanc, avec simplement le bruit du silence et le mouvement des acteurs qui, sans un mot, toucheront votre cœur. Dans ce fragment de temps, assise dans le stationnement, j'ai ressenti le pur rayonnement de l'amour profond et inconditionnel de deux parfaits étrangers qui ont croisé mon chemin au cours de ce que j'avais cru être une journée catastrophique.

J'ai démarré ma voiture remplie de sacs d'épicerie et je me suis dirigée vers la maison, le cœur aussi rempli d'espoir. Ce couple m'avait enseigné une leçon inestimable : que les petites choses n'ont pas d'importance, et que les grosses choses sont seulement de petits obstacles quand il y a suffisamment d'amour.

Victoria Robinson

Emménager avec Frank

Même s'il est un homme intelligent et capable, mon mari est presque complètement impuissant lorsqu'il doit affronter même la plus simple tâche ménagère. Un jour, exaspérée, je lui ai fait remarquer que notre amie, Beaa, avait enseigné à son mari, Frank, à cuisiner, à coudre et à faire la lessive. Si quelque chose arrivait à Beaa, Frank serait alors capable de prendre soin de lui-même. Puis, je lui ai demandé : « Que ferais-*tu* si quelque chose m'arrivait ? »

Après avoir réfléchi à cette possibilité pendant un instant, mon mari m'a déclaré, joyeusement : « J'emménagerais avec Frank. »

LaVonne Kincaid

Le cadeau de la vie

*Les problèmes font partie de la vie; si vous ne
les partagez pas avec la personne qui vous
aime, vous ne lui laissez pas la chance de vous
aimer suffisamment.*

Dinah Shore

Je suis tombée amoureuse de mon mari, Mike,
après notre premier rendez-vous. Je l'avais invité à une
danse. Il n'était pas mon premier choix, mais je suis si
heureuse que le destin me l'ait donné comme mon
second préféré! Un ami m'avait encouragée à l'inviter,
me déclarant: « Mike est le type de gars avec lequel tu
pourrais vivre pour le reste de ta vie. » Quelle sagesse
de la part d'un jeune de seize ans!

Il avait toutes les qualités qu'une femme pouvait
souhaiter. Beau, gentil, respectueux, aimant et atten-
tionné... tout compte fait, vraiment le meilleur ami
qu'une jeune fille puisse avoir! Il était bon joueur de
football au secondaire, et je me sentais comme une
princesse en sa compagnie.

Nous sommes sortis ensemble pendant nos études
universitaires et, la guerre du Viêt-nam arrivant à nos
portes, nous avons décidé de nous marier. Oui, nous
étions trop jeunes, mais nous ne voulions pas revenir
sur notre décision, même sans le soutien et la bénédiction de nos familles. L'amour ne connaît pas les obstacles.

Pendant notre courte lune de miel à Corpus Christi, Texas, Mike a souffert de sérieux maux de ventre. Terrifiée, j'ai appelé la réception de l'hôtel pour qu'on nous dirige vers un médecin local. Le médecin a expliqué que Mike avait une pierre au rein et que nous devions retourner immédiatement à la maison. Je me rappelle le long trajet de retour qui avait duré quatre heures. Il ventait épouvantablement et, à cette époque, les voitures n'étaient pas dotées de servodirection ! Je n'arrivais pas à maintenir la voiture sur la route, alors Mike, malgré des douleurs incroyables, a pris le volant et nous a ramenés sains et saufs à la maison. Il était mon héros.

Avec cet incident a commencé le long périple d'une maladie rénale chronique. Mike n'est jamais allé au Viêt-nam, car on l'a immédiatement libéré de son service. Il a terminé ses études universitaires et a commencé une carrière comme représentant manufacturier dans l'industrie du meuble. Nous avons eu deux merveilleux garçons. Et j'ai fait une carrière d'épouse et mère à temps plein.

Au cours d'une période de vingt ans, Mike a dû séjourner maintes fois à l'hôpital, a dû subir des biopsies du rein et vivre certains moments très angoissants. Mais étant donné son caractère et son attitude positive, il retombait rapidement sur ses pieds et redevenait un père et un mari normal. De l'extérieur, nous semblions être une famille heureuse, mais de l'intérieur, je vivais en me demandant quotidiennement à quel moment le nuage noir au-dessus de nos têtes finirait par éclater.

En 1987, son temps arrivait à expiration, et il ne lui restait qu'une seule possibilité : être relié à un appareil à dialyse et se placer sur la liste pour une transplantation. Avant de commencer les traitements, je lui ai fait une surprise en l'emmenant en voyage à la plage, où il a joué l'une des meilleures rondes de golf de sa vie. Il était si faible et avait le teint si gris. C'était aussi son quarantième anniversaire. Pour la première fois depuis notre mariage, il m'a dit qu'il se sentait vaincu. Il avait lutté aussi longtemps qu'il avait pu pour éviter d'être branché à une machine. J'avais le cœur brisé, même si j'étais reconnaissante que cet appareil puisse le garder en vie.

Il a abordé la dialyse de la même façon qu'il avait abordé tous les autres aspects de sa vie. Il en a fait un jeu et ne s'est jamais laissé abattre. Les traitements terminés, il était faible comme un chat, mais il mangeait un repas et retournait travailler tout de suite après. Les gens étaient tout simplement stupéfaits par son attitude.

Pendant ce temps, la liste des malades devant lui était longue, et les parents étaient exclus pour la transplantation. À ce jour, je ne peux encore expliquer d'où m'est venu cet étrange sentiment, mais je me souviens de façon très nette que j'étais assise avec la sœur de Mike dans le bureau du médecin. Celui-ci était en train de lui expliquer pourquoi elle ne pouvait être donneuse quand une petite voix dans ma tête a suggéré : *Tu vas le faire.* C'était tellement clair et tellement précis, et je n'avais jamais entendu auparavant – ni après d'ailleurs – une voix m'interpeller ainsi. À partir de ce moment, je n'ai jamais douté que je serais la donneuse, même si cela semblait impossible à l'époque.

J'ai continué à y songer, et la réponse m'est venue aisément. Lors de ma visite subséquente chez le médecin, je lui ai dit : « Regardez, Mike et moi avons le même groupe sanguin, d'accord ? Le rein d'une personne décédée doit simplement correspondre au groupe sanguin, n'est-ce pas ? Donc, si je suis frappée par une voiture aujourd'hui et que je meurs, un de mes reins pourrait fonctionner pour lui, on s'entend ? » Le médecin me regardait pendant que je plaidais ma cause. « Alors, donnons-le-lui pendant que je suis vivante pour que nous puissions profiter du reste de notre vie ensemble… Qu'en pensez-vous ? »

Cela semblait certainement facile pour moi, mais il m'a répondu par un non catégorique. Un donneur vivant non apparenté ne pouvait donner un rein. Me dire non, c'était comme agiter un drapeau rouge en face d'un taureau enragé.

J'ai passé des heures à faire des recherches et j'ai découvert que, dans l'État du Wisconsin, on avait plusieurs fois réalisé des transplantations entre mari et femme. Donc, pourquoi pas au Texas ?

J'ai obtenu le soutien de quelques médecins, et on a présenté le cas devant le conseil d'administration de l'hôpital. Ils ont mis du temps pour prendre une décision et nous ont même fait subir une évaluation psychologique. (J'imagine qu'ils voulaient s'assurer que je n'étais pas folle.) En revenant à la maison, nous avons tous les deux ri de l'évaluation, parce que nous pouvions presque lire dans l'esprit l'un de l'autre. « Je savais que tu donnerais cette réponse à cette question », et je répliquais : « Ouais, et je savais laquelle tu choisirais aussi ! » Grâce à Dieu, nous avons pu rire un peu !

Finalement, le conseil d'administration et le personnel du Methodist Hospital à Dallas ont fini par se laisser convaincre et se sont dit prêts à agir. Je n'avais jamais imaginé que le délai puisse provenir de mon propre mari ! Plus il y pensait, plus il lui était difficile d'accepter que j'aille en chirurgie pour lui. Après tout ce qui était arrivé, il m'a expliqué qu'il ne croyait pas pouvoir passer à travers. En un moment rempli de douceur et de beaucoup d'émotion, je lui ai seulement posé une simple question : « Je t'ai vu te battre et être présent pour notre famille pendant les dix-neuf dernières années. Nous avons passé à travers ces épreuves *ensemble*. Maintenant, qu'arriverait-il si c'était moi qui étais branchée à cette machine et que tu savais que tu pourrais m'aider à guérir ? Que ferais-TU ? » Tout a été planifié pour la chirurgie.

Il y a quatorze ans, Mike et moi avons écrit une page mémorable dans l'histoire du Texas, comme ayant été l'objet de la première transplantation entre mari et femme (vivante, non apparentée). J'ai reçu des appels téléphoniques de gens de partout dans le pays qui voulaient suivre notre exemple. Maintenant, il n'est pas inusité de permettre aux donneurs non apparentés de faire don du « cadeau de la vie ».

Faire l'histoire ne m'a jamais tellement impressionnée, mais il m'est beaucoup plus important d'avoir un mari en santé depuis les quatorze dernières années, et d'anticiper qu'il y aura encore beaucoup d'autres années à venir.

Margo Molthan

Le cœur et le béton du Texas

Dès le moment où le cœur est touché,
il ne peut se tarir.

Louis Bourdaloue

Comme beaucoup d'entre nous, j'ai grandi en croyant qu'une douzaine de roses rouges et une boîte de chocolats représentaient un cadeau passable, sinon idéal, pour la Saint-Valentin.

J'avais tort.

Des amis communs m'ont présentée à Alfred pendant le temps des fêtes. Nous nous sommes bien entendus dès le début et, moins de deux mois plus tard, nous étions à seulement quelques jours de célébrer ensemble notre première Saint-Valentin. Comment pourrions-nous en faire un événement spécial ?

« As-tu jamais fait quelque chose de romantique pour une femme ? Jamais ? » lui ai-je demandé. Il y a eu un silence méditatif pendant qu'il parcourait ma salle à manger d'un regard vague. « Non. J'peux pas dire que j'l'ai fait », a-t-il répondu d'une voix traînante. Alfred vient du Texas.

Maintenant, si ma question semble brutale, c'est que mon cher Alfred est surintendant dans la construction de restaurants, et qu'il a travaillé dans ce domaine la plus grande partie de ses quarante et quelques années de vie. De manière stéréotypée, il a horreur de porter des complets, il aime passer une partie de sa journée à échanger des farces vulgaires avec les gars, et il est capable d'ouvrir une bouteille de bière avec ses orteils puisque ses mains sont souvent trop occupées à essayer de décoincer la porte de la toilette portative.

Bref, ce n'est pas à cause de leurs gestes romantiques envers les femmes que l'on se souvient particulièrement des travailleurs mâles de la construction. Du moins, pas les gestes qu'on juge acceptables en bonne société.

Ce même soir, Alfred m'a expliqué que, le lendemain, il devait remplir les trottoirs de béton pour son tout nouveau projet de restaurant.

« Tu devrais graver nos deux initiales dans le béton frais », ai-je suggéré, mi-sérieuse et mi-blagueuse.

« Ouais. Ça, ça serait romantique, n'est-ce pas? »

Deux jours après, il m'a invitée sur les lieux de son travail. « À part luncher avec toi, y'a quelque chose que j'veux t'montrer. »

Pendant que nous marchions autour du restaurant sur les trottoirs fraîchement secs, il m'a montré l'endroit où il avait gravé mes initiales, non seulement une fois, mais à TROIS ENDROITS DIFFÉRENTS !

« Est-ce que ça signifie que notre relation est *de béton*? » ai-je blagué. Mais le sourire qui ne voulait pas quitter mon visage indiquait à quel point sa gentillesse m'avait rendue heureuse.

Et durant notre repas de célébration de la Saint-Valentin le samedi soir, il m'a offert une planche de pin. Cela semblait bien ordinaire, je sais. Sauf qu'il l'avait sciée et sablée en forme de cœur.

« Quand as-tu fait ça? » ai-je demandé.

« Cet après-midi au travail. »

« Est-ce que les autres gars t'ont vu faire ? Est-ce qu'ils t'ont taquiné à ce sujet ? »

« Oh, non. En fait, deux d'entre eux m'ont demandé de leur en fabriquer une pour leur valentine. »

« As-tu accepté ? »

« Non, madame. Je l'ai fabriquée *spécialement pour toi*. Parce que j'crois que j'suis amoureux de toi. »

C'est alors que je me suis rendu compte que toutes les fleurs, tous les bonbons, et Dieu sait quels autres présents traditionnels ne pourront jamais se comparer à mon extraordinaire pièce de bois gravée et découpée sur mesure en forme de cœur, et à mes initiales incrustées de façon permanente dans des dalles de béton d'un restaurant à proximité.

Malgré tous ses démentis subséquents, ce fou de Texan m'avait donné les plus romantiques cadeaux de Saint-Valentin de toute ma vie.

Ai-je mentionné à quel point j'adore les Texans ?

Barbara Zukowski

Trois fois amoureux

Le jour de la Saint-Valentin, Tom m'a demandé de souper avec lui. Il a insisté pour que mes deux filles, âgées de neuf et de onze ans, soient à la maison lorsqu'il viendrait me chercher.

Lorsqu'il est arrivé, il nous a demandé de nous asseoir sur le canapé. De sa poche, il a tiré trois petites boîtes. L'une contenait une bague de fiançailles à diamants. Chacune des deux autres renfermait une bague en forme de cœur avec un minuscule diamant incrusté au centre.

Il nous a fait sa demande en mariage à toutes les trois et, nul besoin de le dire, je n'ai pas eu une seule chance de dire non.

Nous sommes maintenant mariés tous les quatre depuis près de trente ans.

Sherry Huxtable

L'amour romantique : des roses ou le paillis dans lequel elles poussent ?

Je suis une proie facile pour les agences de publicité. Aussitôt que la douce image floue du logo de présentation d'un diamant traverse l'écran de mon téléviseur, je louche vers ma main gauche où ne brille aucun solitaire. Sans doute les diamants sont-ils éternels, mais dans mon cas, il ne s'agit que d'un simple anneau doré.

Les annonces de parfum évoquent en moi des rêves où je tourbillonne revêtue de mousseline, où je valse sur les terrasses en contemplant distraitement une mer azurée. Je m'extasie à n'en plus finir sur la lingerie présentée dans les catalogues; plus je vois de dentelle victorienne et de soie ondoyante, plus je me persuade que les femmes vêtues de déshabillés de luxe sont plus aimées que celles qui portent de la flanelle. Personnellement, le soir, je porte plutôt de la flanelle, et le jour, un survêtement taché de peinture.

Je dévore les romans d'amour, et l'amour romantique me séduit. Je saute même parfois les scènes sexuelles pour arriver à la « belle partie » – celle où le héros dit à l'héroïne combien elle est unique, comment son humour, sa vulnérabilité, son indépendance, sa sensibilité, sa force ou autre qualité l'ont attiré à ses côtés. J'apprécie tout spécialement les auteurs qui commencent leurs scènes d'amour par un dialogue plein d'esprit, et qui ont l'intelligence d'éviter les vains bavardages du genre : « As-tu besoin de quelque chose à l'épicerie ? » ou « Il faut que je répare cette toilette. »

Lorsque mon utile ordinateur fait surgir sur Internet des annonces de fleurs, je presse mon nez sur l'écran. Quand je surfe sur des annonces de chambres avec petit-déjeuner inclus, pourvues de bains à remous, de fleurs fraîches et de champagne bien frappé, les vilains démons du ressentiment tourbillonnent dans ma tête.

J'oublie que je n'aime même pas le champagne. Je peux me convaincre que je ne suis pas aimée, et c'est tellement loin de la vérité. À l'extérieur de ma fenêtre, il y a des centaines de roses, avec leur parfum de printemps naissant pénétrant l'air du soir. Ces fleurs en abondance poussent dans des parterres surélevés construits par mon mari, et leurs racines sont protégées par le paillis qu'il fait avec les feuilles d'automne. Les roses trémières et les hibiscus tapissent la clôture qu'il a érigée autour de la cour pour protéger le minuscule beagle que je voulais pour mon fils. Nous avons négocié avec notre enfant – un chien contre de meilleures notes. Le bulletin scolaire n'était pas à la hauteur, mais j'ai pensé que tout chien a besoin d'un petit garçon. Ce n'est pas moi qui me suis éreintée à installer la clôture. Je n'ai pas conduit quatre-vingts kilomètres à l'extérieur de la ville pour trouver le parfait chiot. Pourtant, j'étais celle qui voulait et la clôture et le chiot. Tout cela est plus précieux qu'une valse sur le pont d'un bateau de croisière en compagnie de quelques centaines d'étrangers.

Mon mari ne valse pas. Il répare le plafond de la douche, sort les poubelles, change l'huile de ma voiture et va à l'épicerie.

Nous n'avons jamais passé une nuit dans un gîte touristique, vantant les biscuits fraîchement cuits sur notre terrasse privée. Nous avons fait le tour de l'Europe équipés d'un sac à dos et nous avons habité dans des pensions bon marché avec la salle de toilettes au fond du corridor. Nous ne vivrons jamais dans le luxe, mais nous pourrons toujours nous rendre à Paris – surtout en utilisant les milles accumulés avec notre programme pour grands voyageurs.

Et ce diamant? Je suis mariée à un homme qui ne clignerait pas des yeux si je prenais « mon argent » pour acheter un diamant. Alors, pendant que je succombe un moment à l'image du héros romantique qui offre un bijou scintillant à l'héroïne souriante, je chéris la liberté de mon mariage.

Je peux dépenser des centaines de dollars pour mes passe-temps. Acheter quatorze paires de souliers noirs ou me précipiter à mon rendez-vous de soins faciaux hebdomadaires. Il ne dirait jamais un mot. Je suis mariée mais complètement libre d'agir comme il me plaît et d'être ce que je suis. C'est vraiment moi qui glisse mes pieds dans des chaussures de tennis déla-brées au lieu d'escarpins à talons hauts. Je paresse dans une flanelle au lieu de me bichonner dans le satin. Les rêves romantiques sont un besoin d'être appréciée.

Il y a plusieurs années, une femme sage m'a dit ceci: « Il vous traite comme si vous étiez une fine por-celaine. C'est très résistant. » Ça l'est, en effet.

Les roses sont-elles un signe d'amour romantique? Peut-être, si vous aimez élaguer et étendre du paillis. Est-ce une croisière sous les étoiles? Bien, nous avons tous les deux le mal de mer. L'amour romantique n'a rien à voir avec la prise de bonnes photos, c'est plutôt la gentillesse quotidienne qui fait que la vie est confortable. L'amour romantique, est-ce un dîner aux chandelles avec des serveurs qui s'activent autour de nous? Mon mari concocte un super sauté.

J'ai intérêt à fermer le téléviseur et à déposer le livre. J'ai tout l'amour romantique dont j'ai besoin.

Diane Goldberg

« Juste le fait que ton père n'a pas enregistré
une partie de football par-dessus notre vidéo
de mariage prouve que c'était un jour
très spécial pour lui. »

Le grand amour

*Si vous l'avez [l'amour], vous n'avez pas
besoin d'autre chose; si vous ne l'avez pas, ce
que vous avez d'autre importe peu.*

Sir James M. Barrie,
dramaturge britannique

Je les ai vus qui marchaient, lui avec son déambulateur, fier et grand, elle derrière lui, incertaine du sort
qui l'attendait. C'était une période d'affluence et le
matin avait passé comme un tourbillon. Ce couple
détonnait dans l'ensemble des visiteurs. À ce moment
de l'année, il était rare de voir un couple marié à mon
bureau, à plus forte raison un couple de soixante ans. Je
recevais plutôt des séries de demandes remplies par des
jeunes femmes, presque des adolescentes, pour récla-
mer le toujours populaire crédit sur les revenus gagnés.
Ces jeunes filles croyaient en fait que c'était une bonne
chose, ces importants remboursements qu'elles rece-
vaient après une année entière à ménager et à se conten-
ter de peu. Elles ne voulaient pas gagner plus d'argent
pour ne pas perdre l'énorme remboursement d'impôt.
Comme elles étaient naïves ! Elles étaient mères, mais
pourtant encore des enfants. Je me suis demandé si
elles finiraient par ressembler à cette femme que j'avais
vue entrer avec son mari.

Prête pour un changement, j'ai levé les yeux alors
que je terminais avec la personne à mon bureau. Dans
mes pensées, j'en étais venue à souhaiter être celle qui
recevrait ce couple âgé lorsque ce serait son tour. Ces

gens avaient quelque chose qui captivait mes yeux et mon cœur. Au beau milieu d'un divorce, j'étais loin de songer à l'amour romantique. Mais j'avais pu deviner cet amour dès leur entrée. Ce sentiment d'autrefois où l'amour a tellement grandi qu'il enveloppe les deux âmes. Je pouvais saisir cela sur leur visage. Dans leur façon de s'asseoir presque entrelacés.

En prenant mon bloc-notes, j'ai vu que la femme levait les yeux avec anxiété. Apparemment, elle savait qu'ils étaient les suivants. « Clarence ? » ai-je lancé d'une voix forte. Et le couple s'est levé, se dirigeant vers mon bureau. Je me sentais soulagée tout en me demandant quelle serait l'histoire de ces personnes. Elle tremblotait comme la plupart des femmes de son âge, pas tant physiquement qu'émotionnellement et mentalement. Il était évident qu'il l'avait protégée et qu'il en avait pris soin pendant toute leur vie maritale. Elle avait ce regard empreint d'une confiance et d'une dépendance totales. Pourtant, je savais que les choses étaient en train de changer pour eux. La présence du déambulateur indiquait cruellement que ce couple se trouvait à la croisée des chemins.

Je me suis présentée, et elle l'a fait à son tour pour elle-même et son mari d'une manière très distinguée. Il y avait une question sur son visage. Elle avait eu soixante-cinq ans durant l'année d'imposition et la question des prestations de sécurité sociale qu'elle avait reçues la préoccupait. Il essayait de la faire taire. « Oublie ça, ils ne traitent pas ce genre de dossiers ici », a-t-il dit en repliant ses papiers et en les replaçant dans le sac à main de son épouse. Je lui ai donné assez d'information pour la calmer. Elle avait travaillé durant l'année d'imposition, probablement pour la première fois depuis des décennies. Maintes nouvelles expériences l'attendaient à présent.

Clarence n'avait jamais utilisé un service fiscal par le passé. Sa fille préparait habituellement sa déclaration de revenus, mais elle était maintenant trop occupée et il ne voulait pas la déranger. Avec l'avènement du remboursement rapide, nombre de personnes qui n'utilisaient pas habituellement un service fiscal venaient pour faire remplir leur déclaration et obtenir rapidement leurs remboursements. Ce couple ne faisait pas exception. Il avait besoin d'argent et mon cœur s'est contracté lorsque j'ai compris la raison invoquée. Au beau milieu de la conversation, j'ai entendu le vieil homme dire : « Il est possible que je ne sois bientôt plus capable de travailler, j'ai le cancer. » J'ai senti mon cœur faire un bond dans ma poitrine; c'est tout ce que j'ai pu faire pour ne pas laisser échapper mes larmes.

J'ai vu sa femme retenir son souffle en entendant ces mots. Je savais que ces yeux innocents cachaient de la terreur. Son chéri, sa vie et sa raison d'être lui seraient enlevés. Elle n'était même pas capable de conduire elle-même la voiture. Elle n'avait jamais eu besoin de se procurer un permis de conduire puisqu'il lui avait servi de chauffeur partout où elle devait se rendre depuis plus de quarante ans. C'était une véritable idylle, de l'amour dans sa plus subtile expression. Il était incapable de faire bouillir de l'eau ou de faire fonctionner la machine à laver. Ça n'avait jamais été nécessaire. Elle y voyait.

J'ai remarqué que l'anniversaire de son époux tombait le lendemain et mon cœur s'est arrêté de battre un instant. Puisqu'ils faisaient une demande de remboursement rapide, je savais donc que j'aurais peut-être la chance de les revoir encore, et ce, le jour de son anniversaire.

Le jour suivant, une autre de leurs filles est venue me rencontrer, envoyée par eux. J'ai reconnu le nom sur le coupon. Je lui ai demandé ce que la famille avait l'intention de faire pour lui et elle m'a expliqué que tout ce qu'il voulait, c'était cette journée, aucun cadeau, pas de tralala. Il voulait la passer dans la simple reconnaissance de pouvoir disposer d'une journée supplémentaire à vivre. Mon cœur se languissait de célébrer non seulement cet homme, mais aussi ce couple, la force de ces gens et leur détermination. La dure épreuve du cancer ne les avait pas défaits. Ils avaient seulement appris à être reconnaissants devant la vie.

Comme je l'ai fait maintes fois durant la brève période depuis notre première rencontre, je songeais à eux et je me suis rendu compte à quel point j'étais tombée éperdument amoureuse. Ce couple, qui avait croisé mon chemin au moment où je commençais à douter de l'existence de l'amour véritable, m'a transformée à jamais. J'espérais sincèrement que le dossier serait traité sans délai et que je pourrais revoir Clarence et Dorothy. Le jour suivant, il était prévu que je serais absente, alors si le chèque de remboursement n'était pas prêt dans la journée, je ne les reverrais pas.

Deux heures plus tard, au moment où je remettais un chèque de remboursement, j'ai remarqué leur nom sur le registre. Je me suis demandé si j'aurais le privilège de souhaiter bonne fête à cet homme et de revoir son épouse. J'ai entendu la porte s'ouvrir et j'ai senti mon cœur tressaillir alors qu'ils entraient. Lui et son déambulateur, elle sur ses talons. Leurs visages rayonnaient de joie. Lui d'avoir atteint un autre anniversaire et elle d'avoir encore son amour à ses côtés.

Fidèle à sa nature, Dorothy avait docilement apporté sa carte d'identification avec elle. Comme Clarence cherchait son portefeuille, j'ai arrêté son geste. Ils n'avaient pas besoin d'identification, mon cœur savait immédiatement qui étaient ces personnes. « Bon anniversaire ! » ai-je déclaré en lui remettant son chèque. J'ai cependant remarqué du soulagement dans les yeux de Dorothy. Ils avaient besoin de l'argent. Non seulement le savait-il, mais il n'avait pas été capable de le lui cacher. « Merci », a-t-il répondu le regard lumineux. Après avoir bavardé avec eux autant que j'en ai eu l'audace, je leur ai dit au revoir. Les regardant se diriger vers la porte, j'ai scandé : « À l'an prochain », comme nous le faisons couramment après avoir remis les chèques de remboursement. Je l'ai entendu répondre : « Je l'espère. »

Je ne pouvais que demeurer là, à observer comme si je venais de perdre mon grand amour. Des larmes me sont montées aux yeux en pensant à l'épreuve qui les attendait encore tous les deux. Mais je savais à n'en point douter que leur amour résisterait même au plus cruel des voyages.

Valerie Cann

À cœur ouvert

Le plus grand cadeau de l'amour est ce don de rendre sacré tout ce qu'il touche.

Barbara De Angelis

Mes parents sont tombés amoureux la première fois qu'ils se sont vus, et ils le sont demeurés pendant plus de cinquante-deux ans. Ils ne sont pas seulement à l'aise l'un avec l'autre, ou simplement tolérants des défauts de l'autre. Ils sont encore vraiment, profondément amoureux, avec toute la passion et le chagrin qu'implique cet état si émotionnel.

Mon père a toujours été plus taquin que romantique et, pendant toute notre vie, il nous a régalés des récits de ses exploits. Par exemple, lui et maman se sont parlé la première fois après la Seconde Guerre mondiale, après le retour de papa du Japon. Il conduisait la voiture toute neuve de son frère à travers la ville lorsqu'il a vu ma mère entrer dans un magasin de meubles. Se rangeant sur le côté de la rue, il a sauté de sa voiture et s'est arrangé pour se glisser juste derrière elle. Ma mère de vingt-six ans, qui songeait à se trouver un appartement, a demandé au propriétaire du magasin de lui montrer le mobilier de lits jumeaux qu'elle avait admiré la semaine précédente. Mon père – qui était pour elle une vague connaissance – s'est approché d'elle et lui a lancé : « Voyons, Maude, nous n'allons pas dormir dans des lits jumeaux. »

Ils se sont épousés trois mois plus tard, et ils ont dormi dans l'un des lits jumeaux jusqu'à ce qu'ils puissent se payer un lit à deux places. Cinquante-trois ans plus tard, ils dorment encore dans le même lit.

À soixante-dix-huit ans, mon père a dû subir une chirurgie à cœur ouvert. Ma mère de soixante-seize ans a passé chaque nuit à l'hôpital, et chaque journée à côté de son lit. La première chose que papa a dite lorsqu'on a retiré le tube trachéal de sa gorge est l'une des paroles les plus romantiques que j'ai jamais entendues. Il a dit : « Maude, tu sais ce que le médecin a trouvé quand il m'a ouvert ? Il a découvert ton nom gravé sur mon cœur. »

Rickey Mallory

Message reçu

Je connaissais la réponse avant même qu'il ne pose la question.

Mon petit ami depuis deux années s'est agenouillé sur un genou, a sorti une boîte de velours en forme de cœur, et m'a demandé : « Veux-tu m'épouser ? »

Louis avait l'air si adorable. Un homme si grand, fort, transformé soudain en un être si vulnérable. Je ne pouvais avoir trouvé meilleur partenaire, si beau, si chaleureux, si facile à vivre. Il était devenu mon meilleur ami, et je savais dans mon cœur que je l'aimais.

« Oui », ai-je répondu.

Un immense soulagement a envahi son visage, puis un large sourire enfantin a précédé un baiser passionné. « Merci de faire de moi l'homme le plus heureux du monde ! »

Cette semaine-là, nous avons fixé la date du 8 août de l'année suivante, et j'ai commencé à choisir les cartes pour l'annonce de nos fiançailles – et les souvenirs sont immédiatement remontés à la surface.

Ce n'était pas la première fois que je préparais un mariage. Cinq ans auparavant, Jono, mon premier fiancé, était décédé subitement seulement six mois avant la date fixée pour l'événement. La douleur paralysait mon cœur alors que le chagrin encore vif et la nostalgie remontaient en moi. Je me suis rendu compte que la planification d'un autre mariage ramenait tous mes sentiments à la surface. Je me suis demandé si je me remettrais jamais de cette perte.

Je croyais m'être consolée de l'avoir perdu. À cause de mon jeune âge – seulement vingt-trois ans – à la mort de Jono , la famille et les amis s'attendaient à ce que je passe à autre chose et que je sorte avec d'autres, ce que j'ai fait… mais le mariage? À mesure que les mois passaient, j'ai commencé à méditer et à me demander si Jono, l'ange, était en colère contre moi du fait que je veuille en épouser un autre. Après tout, je lui avais un jour promis d'être sa femme et seulement la sienne.

Le matin suivant, je me suis retrouvée à prier.

Cher Dieu,

Dites à Jono que je sais bien que je lui ai promis d'être sa femme. Mais puisque Vous l'avez rappelé auprès de Vous, je suis tombée amoureuse d'un homme extraordinaire qui se conduit merveilleusement bien envers moi. Je suis très heureuse, mais je crains que Jono puisse être fâché si je manque à ma parole.

S'il vous plaît, demandez-lui de me pardonner. Dites-lui que je suis désolée, et que j'espère qu'il m'enverra un signe pour que je sache qu'il m'approuve.

Juste à ce moment-là, un coup frappé à la porte m'a surprise. J'ai sursauté, espérant presque que Jono soit là.

Louis est entré. « Es-tu prête ? »

« Prête pour quoi ? »

« Nous devons nous rendre à notre séance de préparation au mariage aujourd'hui. Tu te rappelles, le pasteur a changé la date pour ce matin. »

« Oh, c'est vrai ! » Je me suis préparée rapidement, et nous avons décidé de prendre ma voiture puisqu'elle était plus rapide que la sienne.

« Est-ce que ça va ? » demanda Louis en démarrant la voiture.

« Oui, oui », ai-je répondu en hochant la tête sans conviction.

« Tu veux toujours m'épouser, n'est-ce pas ? »

Je me suis tournée vers lui, sachant que je ne pourrais renoncer à cet homme. Si seulement Louis savait à quel point je l'aimais vraiment. À ce moment, je savais sans le moindre doute que je voulais l'épouser et que j'étais prête à briser une promesse solennelle faite un jour à quelqu'un d'autre, pour aller de l'avant et épouser Louis.

« Oui », ai-je répondu.

Louis a arrêté la voiture dans le stationnement de l'église. Il est descendu et est venu de mon côté pour m'aider à descendre. « As-tu vu mon portefeuille quelque part ? » Il a soudainement commencé à tapoter ses poches.

« Peut-être est-il tombé sous le siège. »

Louis est revenu du côté du siège du conducteur pendant que je marchais autour de la voiture pour l'aider à chercher.

Il a fini par trouver son portefeuille sous le siège, mais quelque chose d'autre a attiré son attention. Il a fouillé plus loin et en a tiré un objet doré brillant. « Qu'est-ce que c'est ? »

J'ai placé subitement mes mains sur mon visage. Six ans auparavant, j'avais perdu ce bracelet en or sur lequel étaient gravés des X et des 0. C'était le cadeau de Jono pour mon anniversaire. Il me l'avait donné le dernier jour où il m'avait dit à quel point il m'aimait. J'avais fouillé à maintes reprises dans ma voiture pour trouver ce bracelet unique et j'avais perdu espoir de le retrouver un jour.

« Oh, il est magnifique », dit Louis, impressionné.

Un peu hésitante, je lui ai expliqué qui m'avait offert ce bracelet tant d'années auparavant.

Pendant un moment, Louis n'a fait que regarder fixement l'objet qui brillait au soleil. Puis il a pris ma main et il a attaché avec tendresse le bracelet de Jono à mon poignet.

« Ça ne te fait rien si je le porte ? » ai-je demandé.

« Non, a-t-il répondu. Maintenant tu peux le considérer comme un présent de la part de nous deux. »

Des années auparavant, j'avais fouillé cette voiture pendant des jours pour trouver ce bracelet avec son message de « baisers et étreintes » de mon premier amour. Comme je le regardais qui brillait à mon poignet, j'ai compris que ma prière pour recevoir des nouvelles de Jono avait été exaucée. Je me suis imprégnée de ce moment divin et du symbolisme qui y était rattaché maintenant que le bracelet, Jono, Louis et moi avions été réunis à notre église.

Louis a pris ma main et nous nous apprêtions à entrer dans l'église. Près de la poignée de porte en laiton, il y avait une plaque où était gravée la parole de la Bible : « L'amour pardonne tout. » Louis a ouvert la porte pour moi, et j'ai jeté un dernier regard à la plaque. Pendant que nous passions le porche de l'église, mes yeux se sont attardés aux mots suivants : « L'amour ne jalouse pas. »

Michele Wallace Campanelli

3

MOMENTS ROMANTIQUES

Quelle force est plus puissante que l'amour ?

Igor Stravinsky

Il n'y a point
de laides amours

*Le suprême bonheur dans la vie,
c'est la conviction que nous sommes aimés.*

Victor Hugo

Il y a tant à faire dans la vie. Je crois que parfois nous nous égarons tellement dans le tumulte de la vie quotidienne que nous oublions la raison même qui nous a fait tomber amoureux de notre conjoint. Heureusement, je m'en suis souvenue.

Mon mari travaille beaucoup et souvent pendant de longues heures; de plus, son travail l'éloigne de la maison environ trois mois par année. Attention, je ne me plains pas, car c'est ce même emploi qui m'a permis d'être une maman à la maison et de poursuivre mon rêve d'écrivaine. Oui, je suis mère de trois garçons infatigables et une auteure de romans qui ont été publiés. Bien entendu, vous devez penser que ma vie est remplie de romantisme. C'est vrai. Mes journées se passent à scénariser et à organiser la vie romantique de mes personnages pour arriver au légendaire *Ils vécurent heureux jusqu'à la fin de leurs jours*. J'adore les histoires heureuses pour toujours. Celle-ci est une de ces histoires.

Je n'ai jamais cru que mon époux depuis dix-neuf ans se classait vraiment dans la catégorie des romantiques. Aussi adorable qu'il soit, il n'est pas du genre à réserver une place pour souper dans un restaurant chic, ni à m'acheter une carte à l'eau de rose et roucoulante « juste parce que ». Bien sûr, je reçois des fleurs accompagnées de cartes à toutes les occasions appropriées, mais est-ce vraiment romantique ? Je ne l'ai jamais cru, d'autant plus que la vaste majorité de la population féminine en reçoit aussi. J'avais toujours souhaité un peu plus…

Un jour, pendant que je travaillais, plusieurs étranges « manifestations », puisque je n'ai pas trouvé de meilleure expression, ont envahi mon cerveau. J'essayais de me concentrer sur mon travail en cours, mais « elles » ne me laissaient pas en paix. « Elles » n'avaient rien à voir avec une importante révélation ni avec un spectaculaire élément d'intrigue que je pourrais utiliser pour mon héros propriétaire de ranch, dans le roman sur lequel je travaillais à ce moment-là. Pas plus qu'avec l'insaisissable héroïne que j'essayais encore de comprendre. Non. Celles-ci étaient différentes. Très différentes. Elles concernaient mon époux. Pour une raison inexplicable, je ne pouvais cesser de penser à son dernier voyage d'affaires. Il m'avait rapporté un demi-kilo de chocolats maltés Ghirardelli et le roman d'amour que j'avais l'intention d'acheter. Puis j'avais reçu une télécopie qui disait simplement « Je t'aime ». Ces deux marques d'attention pouvaient-elles se classer dans la catégorie romantique ? J'ai décidé que oui. Elles devaient certainement l'être. J'ai ensuite pensé à d'autres moments particuliers, comme si un petit gardien avait libéré dans ma tête un « flot de souvenirs ». Je me suis souvenue intensément d'un moment où mon époux avait mis les enfants tôt au lit. Tout un exploit, laissez-moi vous le dire ! Je me trouvais dans le sous-sol en train de frotter un uniforme de baseball, me demandant ce qui m'avait mise le plus en colère : ces entraîneurs qui encouragent les enfants à glisser quand il pleut et que le terrain est couvert de boue, ou la ligue qui a acheté les pantalons de couleur blanche. Quand je suis remontée après avoir terminé ma corvée, il m'avait fait couler un bain moussant parfumé, m'avait versé un verre de vin et avait allumé des chandelles. L'une d'entre vous s'est-elle jamais fait préparer un bain dans une telle atmosphère par son conjoint ou une autre personne significative ? D'expérience, je peux vous affirmer que, ça, c'était romantique ! J'ai rapidement oublié les pantalons blancs de baseball et j'ai pardonné à tous les entraîneurs du monde. Puis, je me suis rappelé avec tendresse un autre moment alors que les enfants se trouvaient chez grandmère. Mon soi-disant non romantique époux avait préparé des sandwiches pour nous deux, et nous nous sommes rendus à vélo jusqu'au pont couvert de notre ville. Nous nous sommes assis à cet endroit, en nous tenant la main, en mangeant et en observant les oies et les canards. Juste nous deux, juste « être ».

Cela m'a frappée à ce moment, alors que je regardais fixement mon écran d'ordinateur, les mots *Ray aime Tina* – flottant interminablement sur l'écran – mon rusé de mari avait changé l'économiseur d'écran un jour avant de partir à l'extérieur de la ville. Comme j'avais été injuste de nourrir de telles pensées. Mon mari était-il romantique ? Grand Dieu, oui ! Je me suis rendu compte que je pouvais passer et repasser ces moments spéciaux jusqu'aux premiers temps de notre mariage. Peut-être ne trouverez-vous pas romantique qu'un homme fasse un voyage d'affaires avec un flacon de déodorant sur lequel une photographie de son épouse est apposée, ou bien que je trouve des chocolats Hershey Hugs and Kisses, cachés stratégiquement partout dans la maison, parce qu'il veut me faire savoir que je lui manque et qu'il pense à moi pendant son absence mais, moi, je le crois certainement.

Il a été dit qu'il n'y a point de laides amours. Je crois que c'est aussi le cas de l'amour romantique. Nous avons tous besoin de rechercher ces moments particuliers – et de les chérir ! Je suis simplement reconnaissante que cette auteure de romans ait finalement réfléchi et se soit rendu compte, encore une fois, qu'elle avait épousé un véritable héros !

Tina Runge

Chérissez l'amour que vous recevez plus que tout. Il survivra longtemps après que votre argent et votre santé vous auront quitté.

Og Mandino

Des valentins fabriqués
de tout cœur

Lorsque nous nous sommes épousés en 1966, à Welch, en Virginie-Occidentale, j'avais atteint l'âge tendre de seize ans et mon mari n'avait que dix-sept ans. Dans notre petite ville, les emplois étaient rares. Nous étions mariés depuis à peine deux mois quand mon mari a découvert que Trailways Bus Lines recherchait des candidats pour différents postes.

Mon mari a conduit cent soixante kilomètres jusqu'à Roanoke, Virginie, pour poser sa candidature à un poste au sein de la compagnie d'autobus. On a pris contact avec lui la semaine suivante pour qu'il revienne passer un test, l'une des exigences d'embauche. Ainsi, il a refait les cent soixante kilomètres pour passer le test. Quelques semaines plus tard, on l'a avisé qu'il avait été accepté pour un poste d'apprenti mécanicien. Cette offre d'emploi était une occasion formidable pour nous, mais j'ai eu le cœur brisé quand j'ai découvert que le poste à combler se trouvait à Roanoke et que nous devions déménager. Nous ne connaissions personne là-bas. J'étais si jeune et c'était très difficile pour moi de partir si loin de ma famille et de mes amis. Nous avons trouvé un petit appartement meublé, et j'ai eu la chance de dénicher un emploi de jour comme commis aux ventes dans un Woolworth pendant que mon mari devait travailler de minuit à huit heures du matin. Donc, chaque matin, quand il revenait du travail, je me préparais à partir pour aller moi-même travailler.

Bien entendu, nous n'avions pas beaucoup d'argent. Ainsi, la première année, à l'approche du jour de la Saint-Valentin, je savais que nous ne pouvions nous permettre de nous acheter l'un l'autre un cadeau. Je me sentais tellement malheureuse de ne pouvoir lui acheter un présent – pas même une carte.

Après son départ pour le travail le jour précédant la Saint-Valentin, je ne pouvais dormir. J'ai donc décidé de me lever et de lui fabriquer une carte. Je n'avais pas de papier de bricolage, j'ai donc dû utiliser le papier d'une tablette à écrire. J'ai travaillé tellement fort pour lui composer un poème. Je savais ce que je voulais lui dire, mais je n'arrivais pas à mettre les mots sur papier. J'y ai passé la plus grande partie de la nuit. À son arrivée le matin suivant, le poème était composé.

J'avais fabriqué un valentin pour mon valentin. Je me sentais ridicule et puérile alors que je lui tendais mon valentin fait maison, en espérant qu'il ne s'en moquerait pas. J'ai retenu mon souffle et je l'ai observé pendant qu'il l'ouvrait et qu'il commençait à le lire. Sur le dessus d'un simple morceau de papier, j'avais écrit les lignes suivantes :

Nous n'avons peut-être pas beaucoup d'argent
Pour acheter une carte jolie et amusante.
Mais ce que nous possédons peut remplacer
Un cœur de papier orné de dentelle.
Nous nous avons l'un l'autre,
et c'est la meilleure part.
Maintenant ouvre la carte et lis le reste.

À l'intérieur, j'avais coloré en rouge un immense cœur et j'avais écrit : « Je t'aime ». Debout, j'attendais et je le surveillais, craignant à tout moment qu'il ne se mette à rire. Après avoir terminé sa lecture, il a lentement levé la tête et m'a regardée. Puis les commissures de ses lèvres ont commencé à remuer ! Mais il n'a fait que me sourire tendrement.

Pendant qu'il me regardait dans les yeux, il a fouillé dans sa poche. Lorsqu'il a retiré sa main, il tenait un objet. Il m'a expliqué qu'il l'avait fabriqué pour moi durant son heure de lunch, mais il craignait de me le remettre. Il croyait que je pourrais trouver cela ridicule et m'en moquer.

J'ai pris sa main dans la mienne et je l'ai retournée. Comme je baissais les yeux, il a lentement ouvert ses doigts, et j'ai aperçu un petit cœur en aluminium. Pendant que j'étais restée debout toute la nuit à lui fabriquer une carte de la Saint-Valentin, il m'avait découpé un cœur dans un morceau d'aluminium. Il m'a raconté que ses collègues de travail s'étaient moqués de lui parce qu'il avait fabriqué ce cœur, et il avait eu peur de me l'offrir.

J'ai toujours conservé ce cœur en aluminium et je le garde dans mon bureau. De temps à autre, lorsque j'ouvre le tiroir et que je le vois posé là, tous ces souvenirs refont surface. Au cours des années, nous avons pu nous acheter l'un l'autre de très beaux cadeaux dispendieux pour la Saint-Valentin. Mais aucun ne m'a été aussi cher ou n'a signifié autant que ces cadeaux fabriqués de tout cœur, la première année de notre mariage.

Evelyn Wander

La robe de Norma Shearer

*Nous sommes formés et façonnés
par ce que nous aimons.*

Johann Wolfgang von Goethe

Avant la Seconde Guerre mondiale, mon mari et moi résidions à Ardmore, Pennsylvanie, en banlieue de Philadelphie, dans un appartement dont le loyer était de cinquante dollars par mois. C'était presque la moitié du salaire mensuel de mon époux. Même si nous ne pouvions nous acheter un appareil radio, nous avons entrepris de nous payer deux bébés. À l'occasion, lorsque mon mari insistait, j'allais au cinéma. Nous ne pouvions y aller tous les deux et, de toute façon, qui se serait occupé des enfants?

Nous étions merveilleusement heureux pendant ces années où nous avions de la difficulté à joindre les deux bouts. L'après-midi, lorsqu'il faisait soleil, j'installais les enfants dans une poussette et je me rendais dans les bazars, juste pour regarder. La chose que je désirais le plus était une pocheuse à un œuf, qui coûtait quinze cents. Je la prenais dans mes mains, je l'examinais sous tous les angles et je la replaçais sur le comptoir. Je n'avais pas quinze cents à dépenser. Chose incroyable, je ne m'en sentais pas vraiment malheureuse. À cette époque, nous acceptions tout simplement les choses comme elles étaient.

Lorsque nous recevions, nous accueillions les gens avec de la conversation, des jeux et des bols remplis de pommes rouge vif.

La seule chose qui faisait que mon époux se sentait pauvre, c'était la robe que je portais pendant mes grossesses. Elle avait appartenu à une sœur plus âgée et plus grosse. Elle était fabriquée d'un imprimé jaune moutarde déprimant, assez large pour que je puisse « la remplir ». Dans la journée, je portais une robe portefeuille, mais le soir, c'était toujours le même imprimé couleur moutarde.

Le soir où nous nous sommes rencontrés pour la première fois, mon mari m'avait déclaré que je lui rappelais Norma Shearer, une grande idole du cinéma de l'époque. J'avais, moi aussi, les cheveux foncés qui tombaient sur un côté de mon visage, comme c'était la mode en ce temps-là. Mais là, j'en suis certaine, s'arrêtait toute ressemblance.

Un soir, mon mari m'a parlé d'une robe qu'il avait aperçue dans une vitrine. « J'aimerais te l'acheter, a-t-il déclaré. Ça te ressemble; ça ressemble à Norma Shearer. »

« Et à quelle occasion pourrais-je la porter?, ai-je demandé. Sois raisonnable. »

Mais chaque jour par la suite, quand je me promenais avec les enfants, je jetais un regard à La Robe. Elle était fabriquée de mousseline de soie, avec un motif à losanges pastel, aux couleurs délicates mais intenses et naturelles. La robe moulait le mannequin de la taille aux genoux, s'évasant autour de ses pieds chaussés d'escarpins argent. Une ceinture de velours noir était fixée sous sa poitrine par une fleur dont les pétales étaient confectionnés du même tissu que la robe. C'était non seulement mon style de robe, mais le rêve que caressait toute femme de la robe parfaite – superbe et intemporelle. Elle coûtait vingt dollars.

J'ai dit à mon mari de cesser de ruminer à propos d'un luxe que nous ne pouvions nous permettre. Si j'avais eu vingt dollars, j'aurais acheté des souliers neufs pour tout le monde, ce dont nous avions le plus besoin.

Un jour, alors que je cherchais de la craie, j'ai trouvé vingt dollars ! Le Noël précédent, la compagnie de mon mari avait annoncé le versement d'un bonus imprévu – une semaine de salaire, vingt-sept dollars supplémentaires. N'ayant pas l'habitude d'une telle richesse, nous avions dilapidé sept dollars dans l'achat de crevettes, d'artichauts, d'anchois et de vin. Nous avions glissé le billet de vingt dollars restant à l'intérieur d'une boîte de craies dans le tiroir de la commode pour le mettre de côté. Puis, nous l'avions complètement oublié.

Comment avions-nous pu oublier une somme aussi importante ? Nous gérions notre budget de manière stricte depuis si longtemps que l'argent supplémentaire avait simplement constitué, pendant un moment, un sublime morceau de papier vert, à ne pas convertir immédiatement en souliers, en denrées ou en loisirs.

Quand mon mari est revenu à la maison, nous avons ri et ri encore, tripotant le billet tout neuf. Puis, nous l'avons remis à sa place.

Il pleuvait le jour suivant, je n'ai donc pas fait ma promenade habituelle. Ce soir-là, mon mari est arrivé avec une grande boîte sous le bras. Nous nous sommes regardés sans dire un mot. Il a placé la boîte dans la chambre à coucher. Nous avons soupé paisiblement, mis les enfants au lit, puis mon mari a déclaré, d'une voix surexcitée : « Mets-la, ma chérie. Mets la robe. »

Je me suis rendue dans la chambre à coucher, j'ai enfilé la robe par-dessus ma tête et je me suis regardée dans le miroir. C'était ma robe. Elle était, en effet, parfaite. Et moi aussi, je l'étais. J'étais Norma Shearer.

La robe est devenue dans notre maison le symbole de la joie la plus pure, illuminant nos vies comme rien d'autre ne le ferait jamais. Chaque samedi soir, je la revêtais et j'avais un rendez-vous spécial avec mon mari. Nous dansions au son de la musique silencieuse de nos cœurs et nous parlions pendant des heures, comme nous en avions l'habitude avant de nous marier.

L'espoir s'est ranimé entre nous. Des projets audacieux. Bien sûr, nous n'avons jamais parlé de l'argent rangé dans la boîte de craies, qui n'avait été, après tout, qu'une illusion. Il n'y avait pas assez d'argent en ce monde pour payer ce que nous avions de toute façon.

Maintenant, la robe repose dans le tiroir du bas de la commode en cèdre. Elle y est depuis très longtemps, et même si les pétales de la fleur se sont légèrement déformés, les couleurs sont aussi vives qu'avant. Je n'ai qu'à penser à cette robe pour ressentir encore la chaleur et les délices de ce temps. Parfois, quand je suis éveillée la nuit, je me souviens que mon mari se tournait vers moi et me demandait : « Pourquoi est-ce que tu ne dors pas ? À quoi penses-tu ? »

« À la robe », que je lui répondais alors.

Et de nouveau, je peux sentir son frou-frou. Je me rappelle avoir dansé sans musique. Je ferme les yeux et je suis Norma Shearer, seulement pour ce soir.

Marion Benasutti

Lune de miel

Nous aimons parce que c'est la seule véritable aventure.

Nikki Giovanni

Dennis et moi avons presque manqué notre vol de voyage de noces et nous n'avons pu occuper des sièges côte à côte. Après le décollage de l'avion, j'ai écrit à mon nouvel époux une note séductrice : « À l'homme qui occupe le siège 16C. Je vous trouve très séduisant. Aimeriez-vous vous joindre à moi pour une soirée inoubliable ? La dame du 4C. » Une agente de bord la lui a remise.

Quelques minutes plus tard, elle est revenue avec un cocktail. *L'homme du 16C a été flatté*, m'a-t-elle expliqué, *mais il a déclaré ne pouvoir accepter votre offre, car il est en voyage de noces.* J'en riais encore à l'atterrissage. « Merci pour le drink », ai-je dit à mon jeune époux.

« Mais je ne t'ai rien envoyé », a-t-il répliqué.

Il était assis au 14C.

Cindy J. Braun

La surprise

Le meilleur mari qu'une femme puisse avoir est un archéologue; plus elle vieillit, plus il s'intéresse à elle.

Agatha Christie

J'ai légèrement écarté le rideau de ma chambre d'hôtel et j'ai jeté un rapide coup d'œil à l'extérieur. La porte et la fenêtre de ma chambre du rez-de-chaussée donnaient sur la promenade animée en face de l'hôtel. Non seulement pouvais-je voir les gens qui arrivaient, mais un passant pouvait aussi voir à l'intérieur. Et lui ou elle se serait certainement rincé l'œil. J'étais vêtue (si on peut appeler ça vêtue) d'un bustier de dentelle noire, de bas-cuissardes de nylon noirs à liséré de dentelle et d'un porte-jarretelles noir. Et, comme le suggérait un article intitulé « Comment mettre du piment dans votre mariage », j'avais complété ma tenue légère avec ce à quoi un homme ne pouvait résister d'après un nombre incalculable de sondages effectués par les magazines féminins : des escarpins à talons aiguilles noirs. Cet accoutrement faisait partie d'une entreprise de séduction planifiée à l'intention de mon mari. Un rôle de vedette dans un spectacle érotique, ce que je n'étais pourtant pas. J'avais déjà vécu suffisamment d'embarras en une seule journée. Mon arrivée à l'hôtel, seule au milieu de l'après-midi, pratiquement sans bagages, avait soulevé bon nombre de froncements de sourcils curieux et méfiants. Je n'avais pas prévu attirer

ainsi l'attention – même pas pour « mettre du piment »
dans mon mariage.

Comme je ne voyais pas mon mari approcher, j'ai
laissé retomber le rideau. J'ai marché jusqu'au grand
miroir. Alors que j'examinais le reflet de ma silhouette,
je n'ai pu m'empêcher de penser que l'auteur de l'article qui avait inspiré ce rendez-vous romantique avait
sans aucun doute omis certains détails essentiels. Premièrement, il avait négligé de mentionner que le liséré
élastique de dentelle des bas-cuissardes serrait si fortement le haut des cuisses qu'à moins d'être dotée d'une
silhouette de mannequin – ce qui n'était absolument
pas mon cas – un bourrelet de graisse déborderait des
bas. Pour quelle raison l'expert matrimonial et auteur
de l'article sur les surprises érotiques et les vêtements
provocants n'avait-il pas inclus une mise en garde ?
« Attention : si vous avez plus de vingt-cinq ans, ou si
vous avez déjà été enceinte, cette tenue peut être auda-
cieuse pour vos cuisses. » Pourquoi n'exige-t-on pas
des fabricants de ces bas peu flatteurs qu'ils inscrivent
un démenti sur l'emballage qui se lirait : « Ces bas de
nylon peuvent faire paraître les cuisses plus larges
qu'elles ne le sont en réalité. »

Je me suis retournée pour essayer de voir l'allure
de mon postérieur dans le nouveau slip. La vendeuse de
lingerie oh-tellement-mince, oh-tellement-jeune tenait
absolument à me convaincre que ce slip paraîtrait sen-
sationnel avec les autres vêtements en dentelle que
j'avais choisis. Elle sous-estimait évidemment l'importance de la cellulite que j'avais cachée dans mes jeans.
J'ai alors décidé sur-le-champ de deux choses l'une :
enlever cet accoutrement ridicule ou commencer à

boire. Étant donné tout le temps et tous les efforts consacrés à choisir cet ensemble de dentelle – sans mentionner l'argent dépensé – j'ai ouvert une bouteille de champagne.

En fait, je n'étais pas angoissée par la réaction de mon mari à la vue de mon corps. Après tout, j'avais porté devant lui un ou deux sous-vêtements, il avait pu observer l'expansion de mon ventre à chacun de nos trois enfants, et avait été un témoin privilégié des changements dans mon corps depuis les dernières seize années. Je ne m'étais juste jamais présentée à lui de manière si érotique. Je ressemblais à une strip-teaseuse. Qu'arriverait-il s'il n'appréciait pas de me voir paraître si… sexuelle ? Et qu'arriverait-il s'il n'appréciait pas l'idée de dépenser tout son argent pour une nuit à faire l'amour – quand nous aurions pu faire presque autant à la maison, gratuitement ?

J'ai versé de nouveau du champagne dans mon verre. J'avais besoin de me détendre. Je me suis dit que c'était son retard qui me rendait nerveuse. Bien sûr, il adorerait cette surprise. Pendant nos seize années de mariage, Ron avait toujours été réceptif à ma nature quelque peu imprévisible et romantique, même à l'époque où nous nous sommes payé une deuxième lune de miel à l'occasion de notre dixième anniversaire. Nous attendions près du convoyeur à bagages quand je lui ai déclaré : « J'ai une idée fantastique. »

« Mon Dieu, a-t-il gémi pour plaisanter. Qu'est-ce qui peut bien m'attendre ? »

« Eh bien, est-ce que ça ne serait pas amusant de prétendre que nous sommes en lune de miel ? »

« Pourquoi ? »

« Parce que les gens vous traitent différemment. Ils vous font ce petit sourire qui veut dire : *Ah, ces jeunes amoureux ne sont-ils pas des plus mignons ?* Et ensuite, comme par magie, nous avons l'impression d'être des nouveaux mariés. » Avant qu'il ait eu le temps de me répondre, je lui ai réservé mon sourire le plus persuasif et j'ai supplié : « S'il te plaît, ce serait tellement romantique. »

« D'accord, tout ce que tu veux », a-t-il répondu.

Il n'a jamais regretté de jouer ma comédie des nouveaux mariés ; nous avons prétendu être des nouveaux mariés lors de ce voyage et de tous les autres qui ont suivi.

Je ne suis pas certaine si c'est à cause des souvenirs ou du champagne, mais je me suis soudainement sentie tout excitée. J'allais me verser un autre verre lorsque j'ai entendu frapper à la porte. Il n'était pas censé frapper. Pourquoi aurait-il frappé ? J'avais suivi toutes les instructions de l'article. J'avais attendu qu'il soit à l'extérieur du bureau et j'avais laissé la clé de la chambre dans une petite boîte à bijoux enveloppée. J'avais attaché une note, sur laquelle j'avais légèrement vaporisé son parfum préféré, qui se lisait comme suit :

Cher Ron,

Rencontre-moi au Danford's Inn
à 19 h 30, chambre 102.
Je peux te promettre ceci – tu ne seras pas déçu !

Amour,
Tu-sais-qui

Comme j'entendais frapper plus fort à la porte, une pensée ridicule m'est venue à l'esprit : *Qu'est-ce qui arriverait s'il ne savait pas qui est la Tu-sais-qui ? Ou pire, qu'arriverait-il s'il pensait qu'il savait, mais qu'il ne savait pas réellement, et qu'il était maintenant fâché contre Tu-sais-qui pour avoir fomenté ce plan insensé ?* J'ai dû prendre une grande respiration. La panique et la nervosité, et fort probablement l'alcool, transformaient Tu-sais-qui en Tu-sais-quoi – c'est-à-dire complètement folle.

« Es-tu là ? l'ai-je entendu appeler. Kath ? Es-tu là ? »

« Oui, ai-je répondu, en lâchant un soupir. Juste une seconde. » Au moins, il ne semblait pas fâché. Et, heureusement pour nous deux, il savait que c'était moi qui lui avais écrit la note.

J'ai fait glisser le verrou pour ouvrir. En faisant attention de me tenir derrière la porte pour ne pas qu'on me voie du passage piétonnier, je l'ai ouverte.

« Oh Ron ! me suis-je exclamée. Elles sont magnifiques ! »

« Tout pour ma belle épouse », a-t-il dit en me tendant une douzaine de roses.

« Merci », ai-je répondu, presque timidement. Je ne pouvais le croire, mais j'étais en train de rougir.

Après avoir fermé et verrouillé la porte, il s'est retourné et m'a examinée attentivement. Il a visiblement écarquillé les yeux pendant qu'il encaissait la surprise de mon accoutrement audacieux. Je ne suis pas certaine si son doux sourire résultait du plaisir ou du

choc, mais il a lancé : « Merci. C'est une belle surprise. »

J'ai souri en retour et j'ai murmuré : « Tout pour
toi. »

C'était comme si j'avais toujours fait cela.

Katherine Gallagher

Un appel interurbain

Si nous découvrions tous que nous n'avons plus que cinq minutes pour dire tout ce que nous avons à dire, toutes les cabines téléphoniques seraient occupées par des gens qui appellent d'autres gens pour leur dire qu'ils les aiment.

Christopher Morley

J'ai lu une histoire à propos d'un homme qui a appelé sa femme depuis un téléphone payant d'un aéroport. Lorsqu'il a eu utilisé toutes ses pièces de monnaie, l'opératrice l'a interrompu pour l'avertir qu'il lui restait une minute. L'homme a essayé en toute hâte de terminer sa conversation avec son épouse, mais avant qu'ils aient pu se dire au revoir l'un l'autre, la ligne s'est coupée. Avec un soupir, l'homme a raccroché le récepteur et allait quitter la petite cabine téléphonique. Juste à ce moment, le téléphone a sonné. Croyant que c'était l'opératrice qui voulait plus d'argent, l'homme a failli ne pas répondre. Mais quelque chose lui a suggéré de prendre l'appel. C'était certainement l'opératrice. Mais elle ne voulait pas d'argent. Au lieu de cela, elle avait un message pour lui.

« Après que vous avez raccroché, votre épouse a dit qu'elle vous aimait, a dit l'opératrice. J'ai pensé que vous vouliez le savoir. »

Barbara Johnson

Nourrir le feu de l'amour

Un jeune amour est une flamme; très belle, souvent très chaude et très intense, mais encore fragile et vacillante. L'amour du cœur plus âgé et plus discipliné est comme des charbons, qui brûlent en profondeur, inextinguibles.

Henry Ward Beecher, pasteur américain

Imaginez que vous ayez décidé de faire un feu, peut-être en camping, ou dans le foyer de votre maison. Vous choisissez avec soin les bûches, le bois d'allumage et, après avoir gratté une allumette pour activer le feu, vous le surveillez jusqu'à ce que vous soyez certain que le feu brûle vigoureusement et uniformément. Puis, vous vous assoyez et vous profitez de la chaleur réconfortante, de la délicieuse chorégraphie des flammes, de la magie lumineuse. Pour le moment, vous ne devez pas être aussi vigilant pour entretenir le feu ardent, puisque le combustible est suffisant. Mais, à un certain moment, quand vous remarquez qu'il fait un peu plus frais, que la lumière perd de son intensité, vous vous rendez compte que le feu redemande votre attention. Vous mettez vos occupations de côté et vous vous levez pour ajouter des bûches supplémentaires ou ajuster leur position pour que les flammes puissent de nouveau s'élever.

Même si vous avez négligé le feu pendant un moment, même s'il paraît éteint, vous remarquez que les braises irradient encore une intense lueur orangée, que seules des heures d'extrême chaleur ont pu créer. Les braises sont trompeuses, et leur lueur paisible renferme un immense pouvoir. Même si elles ne produisent pas de flammes elles-mêmes, elles peuvent enflammer en quelques secondes un nouveau morceau de bois, ranimant soudainement toute la force du feu, et transformant les charbons somnolents en une flambée rugissante.

Nous pouvons apprendre beaucoup sur la passion entre deux amoureux en songeant à ce que nous connaissons intuitivement sur la naissance et le maintien d'un feu. Lorsque vous rencontrez quelqu'un pour la première fois et que vous tombez amoureux, vous courtisez soigneusement cette personne pour la séduire, ajoutant la bonne dose d'intimité, la somme d'engagement parfaite, jusqu'à ce que le feu de la passion s'embrase entre vos cœurs et vos corps. Pour un moment, ce feu brûle intensément par lui-même et vous commencez à vous habituer à la joie qu'il apporte dans votre vie. *Que nous sommes chanceux*, vous dites-vous, *de vivre une relation aussi passionnée !*

Mais un jour, vous vous rendez compte que la lumière s'amenuise, que la chaleur entre vous et votre partenaire diminue, et que, en fait, c'est ainsi depuis un bon moment. Vous n'êtes pas aussi intensément attirés sur le plan physique, vous ne ressentez plus le même désir de vous unir, vous ne vous sentez plus aussi stimulés l'un par l'autre. *La passion est disparue*, pouvez-vous conclure. *Je crois que je ne suis plus amoureux. Cette relation est terminée.*

133

À ce point critique d'une histoire d'amour, combien de gens se demandent si le feu de la passion a disparu simplement parce que personne ne l'a nourri, parce que personne n'a ajouté le combustible nécessaire pour le garder vivant. Combien de personnes s'éloignent des braises fumantes de leur mariage, convaincues que le feu s'est éteint, sans s'apercevoir que les charbons de l'amour contiennent assez de chaleur pour raviver la flamme si seulement on leur donnait une chance?

Respectez le feu de la passion, le feu de l'amour. Comprenez que, pour rester vivant, il a besoin qu'on le révère, qu'on en prenne soin, qu'on l'entretienne avec autant de zèle que si vous deviez entretenir un feu que vous avez fait naître dans une région sauvage pour vous aider à vous garder au chaud et vous protéger du danger. Nourrissez le feu de votre amour avec bienveillance, intimité, compréhension et gratitude, et il brûlera toujours intensément et vivement pour vous.

Barbara De Angelis

Se donner des rendez-vous

Lorsque tous nos enfants sont partis de la maison, j'ai lu un article destiné à aider les couples à vivre dans un nid vide. J'ai expliqué quelques-unes des idées à mon mari. Il a hoché la tête pour approuver tout ce que je lui disais.

Puis, je lui ai expliqué que l'article suggérait que nous pimentions notre mariage en nous donnant des rendez-vous.

Il a répondu : « Moi avec toi ? »

Mary J. Davis

L'amour consiste en deux solitudes
qui se protègent, qui s'affectionnent
et s'accueillent l'une l'autre.

Rainer Maria Rilke

Prête à s'amuser

Nous avions tous les deux vécu une semaine complètement folle au travail. Quand nous sommes revenus à la maison le vendredi soir, nous savions qu'il était temps de nous servir de notre carte Blockbuster, de choisir un film et de commander de la pizza.

En chemin vers le club vidéo, mon épouse, Nikki, m'a demandé quel genre de film j'avais le goût de regarder. Après la longue semaine que nous venions de passer, j'ai su tout de suite que je voulais me distraire. « Pourquoi pas une comédie ce soir ? » Elle a tout de suite accepté.

Dans le magasin, nous avons commencé notre recherche du film parfait, celui qui nous donnerait mal aux côtes à force de rire. À un certain moment, comme nous examinions les films sur les rayons, nous nous sommes éloignés l'un de l'autre.

Quelques minutes plus tard, Nikki est arrivée et a agrippé mon bras comme si elle était terrifiée. « Qu'est-ce qui se passe ?, lui ai-je demandé. Est-ce que ça va ? »

D'une voix tremblante, elle m'a répondu que, non, elle n'allait pas bien du tout. Il semble que, lorsque nous nous sommes éloignés l'un de l'autre, elle s'est retrouvée à côté d'une personne… qui portait exactement la même couleur de pantalon et de souliers que les miens. Sans lever les yeux pour vérifier si c'était moi, elle s'est nonchalamment penchée sur lui et, d'une voix aguicheuse, a demandé à l'étranger : « Alors, tu files pour t'amuser, hein ? »

L'étranger abasourdi s'est retourné vers Nikki, le regard perplexe, se demandant si cette femme qu'il n'avait jamais rencontrée n'était pas carrément en train de lui faire une proposition au beau milieu du magasin. Se rendant compte de son erreur, Nikki a bégayé des excuses embarrassées et s'est lancée dans ma direction.

Je ne me souviens pas du film que nous avons regardé ce soir-là, mais je sais qu'il n'était pas aussi drôle que ce qui s'était produit lorsque nous l'avons choisi. Je taquine toujours Nikki sur sa manie d'essayer de ramasser des étrangers dans le vidéoclub. Mais je n'ai pas retenu sa suggestion d'écrire mon nom sur le dessus de mes souliers de façon à ce qu'elle soit certaine que c'est bien à moi qu'elle parle lorsque nous y sommes.

Dennis Rach

Le voyage de camping

L'important, ce n'est pas l'endroit où vous vous rendez ou ce que vous faites, c'est la personne qui vous accompagne.

Anonyme

Il pleuvait à verse et il tonnait si fort que la maison en tremblait. Anne était assise au beau milieu du plancher de bois franc, entourée de sacs de couchage, d'un réchaud, de victuailles et d'une tente. Elle se demandait si la tente pourrait flotter dans les flaques immenses qui se formaient sur le terrain couvert de feuilles.

Sam devait arriver d'un moment à l'autre pour leur voyage d'anniversaire en camping. Au cours des dernières semaines, ils avaient difficilement pu se voir l'un l'autre. Ils avaient été tous les deux débordés par leur thèse de doctorat et leurs projets de recherche. Outre leur travail scolaire, Anne enseignait deux cours par semaine et Sam travaillait à temps plein pour son mentor. Ils savaient que la seule façon de pouvoir passer du temps ensemble, c'était de sortir de la ville, loin des téléphones, des ordinateurs et des professeurs qui demandaient des faveurs de dernière minute. Ce serait leur voyage de retrouvailles et de célébration de leur premier anniversaire de mariage.

« C'est bien ma chance, a dit Anne tout haut. Nous avons enfin des projets et il faut qu'il pleuve pendant notre voyage de camping. La malchance nous poursuit ! »

La porte avant s'est ouverte et Sam est entré, vêtu de bottes de randonnée trempées et de vêtements si mouillés qu'ils semblaient en train de fondre.

« Qui parle de malchance ? » a-t-il demandé, dégoulinant sur les sacs de couchage déployés. « Certainement pas nous. Deux nouveaux mariés follement amoureux s'apprêtant à partir pour le plus merveilleux voyage de camping ? »

Anne a hoché la tête. « Tu ne veux pas vraiment aller en camping par ce temps ? »

« Bien sûr que je le veux ! »

Avant qu'Anne puisse répondre, Sam s'est levé et a marché autour de la pièce. Il a d'abord débranché le téléphone, puis l'ordinateur. Il a baissé les stores et recouvert le téléviseur du jeté orange qui ornait le canapé. Il a ensuite commencé à installer la tente au beau milieu du salon. Il a apporté le gril George Foreman de la cuisine et l'a installé à côté de la tente, puis a allumé un feu dans le foyer qu'ils utilisaient rarement.

« Maintenant, a-t-il demandé en souriant, as-tu déjà vu un terrain de camping aussi beau ? » Il a ouvert les bras, et Anne s'est levée et s'est laissé enlacer, riant en même temps qu'elle examinait leur terrain de camping.

« Jamais. »

Cette nuit-là, après avoir rôti des hot-dogs sur le gril et fait griller des guimauves dans le foyer, ils se sont glissés dans leur sac de couchage. Sam a mis ses bras autour de la taille d'Anne.

« Sam, a dit Anne, quand nous avons planifié cette soirée, j'imaginais déjà que, en ce moment même, nous serions en train de regarder le coucher de soleil derrière House Mountain et de siroter du champagne mais, en fait, les circonstances rendent le tout encore plus spécial. Nous n'avons pas besoin d'un coucher de soleil romantique, ou d'une bouteille de champagne de luxe, ou d'un magnifique paysage – nous n'avons besoin que de nous deux, pour toujours. Ensemble nous pouvons nous arranger pour tirer avantage de chaque situation. »

Anne et Sam viennent de fêter leur dixième anniversaire de mariage. Pour le célébrer, ils ont fait comme à l'accoutumée; ils sont allés en voyage de camping romantique – juste là, dans leur propre salon.

Meghan Mazour

Allô, les jeunes amoureux

Plus on partage, plus on possède.
Voilà le miracle.

Leonard Nimoy

Il paraissait presque lilliputien, écrasé par l'immense berceuse de noyer qu'il occupait sur la véranda du vieil hôtel Riverside à Gatlinburg, Tennessee. Mais nous pouvions difficilement ne pas le remarquer en cette chaude journée de la mi-avril. Pendant que d'autres paressaient dans des vêtements décontractés, il portait un costume rayé bleu foncé, une cravate Harvard cramoisie et un canotier de paille. La chaîne en or d'une montre accrochée à sa veste parfaitement boutonnée étincelait au soleil pendant qu'il se balançait si paisiblement.

Comme je descendais de la Jaguar XK-150 – ma fierté et ma joie – et me dirigeais vers le côté opposé pour ouvrir la porte à Diane, ma nouvelle épouse, il nous observait d'un air perplexe. Pendant que nous marchions timidement derrière le chasseur qui portait nos bagages, ses yeux nous ont suivis et il a fait un sourire entendu lorsque nous nous sommes approchés de sa berceuse.

« Allô, les jeunes amoureux », a-t-il dit. Nous ne pouvions cacher notre statut de jeunes mariés.

Tard le matin suivant, lorsque nous sommes entrés dans la salle à manger, l'homme que nous avons fini par connaître sous le nom de Monsieur B. s'y trouvait, assis seul devant une tasse de thé. En nous apercevant, ses yeux se sont animés. Il s'est levé avec un certain effort et nous a fait signe de nous approcher.

« Vous rendriez un vieil homme très heureux si vous vous joigniez à moi », a-t-il déclaré avec la solennité d'un octogénaire. Même maintenant, je me demande pourquoi nous avons accepté. Peut-être était-ce à cause de l'expression angélique sur son visage. Peut-être était-ce, fort probablement, en raison de notre malaise de jeunes mariés – nous avions été découverts par un aîné et nous nous sentions obligés d'obtempérer à ses désirs.

Il était un Canadien, un avocat, disait-il, et pratiquait encore à Winnipeg. Mais il passait invariablement tous les mois d'avril à Gatlinburg depuis presque cinquante ans. Lui et son épouse venaient avec leur fils et leur fille et exploraient les montagnes à cheval, découvrant chaque angle du panorama de Mount Le Conte, chaque tournant des eaux tumultueuses de la rivière Little Pigeon.

Après la mort de son fils et après que sa fille eut atteint l'âge adulte, Monsieur B. et son épouse ont continué leurs visites. Et même si son épouse était décédée trois années auparavant, il y faisait toujours son pèlerinage annuel. Les montagnes et la vallée étaient pour lui des pierres de touche, des sites remplis de plaisants souvenirs qui se ravivaient chaque fois qu'il les visitait.

« J'ai eu un amour bien à moi », a-t-il lancé, les yeux embués. Il nous a posé des questions précises sur notre mariage et nous a parlé du sien en détail, quelque soixante années auparavant. Durant de brefs moments où la conversation languissait, il fredonnait doucement « Hello, young lovers » (« Allô, les jeunes amoureux »), une chanson tirée du film *Le roi et moi*.

Ce soir-là, il s'est assis seul durant le dîner, soucieux de ne pas « gêner l'amour », comme il nous l'a expliqué plus tard. Mais il jetait souvent un regard dans notre direction, et nous savions qu'il n'était pas seul; il était plongé dans une rêverie profonde, dînant avec son propre grand amour. Lorsque nous sommes revenus à notre chambre après une promenade à la fin de notre repas, nous avons trouvé une bouteille de champagne garnie d'un ruban. Une carte d'accompagnement se lisait ainsi : « Voyez Monsieur B. demain avant-midi pour connaître les directives d'utilisation. »

Il nous attendait sur sa berceuse après le petit-déjeuner, le regard d'un lutin sur son visage. Il m'a tendu un morceau de papier sur lequel il avait dessiné la rivière, un emplacement où nous pourrions laisser notre voiture, un sentier et des endroits où de gros galets permettaient de traverser à pied le torrent froid de la montagne. Le chemin tracé d'une main tremblante menait à un bassin naturel indiqué par un X.

« Le champagne doit être refroidi dans le bassin, a-t-il déclaré. Vous étendez votre pique-nique sur la butte gazonnée à droite du bassin. C'est très isolé. Un endroit très romantique. » Nous ne pouvions que demeurer muets devant lui, convaincus qu'il plaisantait.

« Votre panier de pique-nique vous sera déposé ici sur la véranda à midi tapant. » Il s'est ensuite levé et s'est éloigné. Se retournant, il a ajouté : « C'était notre endroit préféré, notre place secrète. »

Nous n'avons pas revu Monsieur B. durant notre lune de miel. Nous nous demandions s'il était tombé malade. Mais quand nous avons interrogé le personnel de l'hôtel, on nous a répondu : « Oh, il est dans les parages » ou « Il aime souvent être seul. »

Notre premier-né avait presque trois ans lorsque nous avons visité Gatlinburg la fois suivante, et Diane était enceinte de six mois de notre deuxième fils. Nous nous sommes approchés du vieil hôtel, non pas dans la Jaguar, mais dans une berline pratique. Notre arrivée n'avait pas été remarquée.

Mais lorsque nous sommes entrés dans le hall de l'hôtel le matin suivant, notre fils trottinant devant nous, le vieil homme était assis dans un fauteuil rembourré. Voyant l'enfant, il a étendu les bras, et notre fils, comme attiré par un aimant, a couru vers lui.

« Monsieur B. ! » nous sommes-nous exclamés à l'unisson.

Il a souri de son sourire bienheureux.

« Allô, les jeunes amoureux », a-t-il dit.

Philip Harsham

Qui a le plus de chance ?

Lorsque vous aimez la femme
dont vous êtes tombé amoureux,
c'est un dividende supplémentaire.

Clark Gable

Lucky avait soixante ans ce jour-là et était mariée depuis quarante et un ans. Le mari de Lucky avait organisé une grande fête en son honneur. Toute leur famille était présente.

Juste avant d'apporter le gâteau et de chanter *Bon anniversaire*, une de leurs petites-filles a demandé à son grand-père pourquoi tout le monde appelait toujours grand-mère du nom de *Lucky*.

« Oh, c'est un surnom que j'ai donné à grand-mère juste après notre mariage. »

« Bien, est-ce que tu l'appelles Lucky parce qu'elle est vraiment chanceuse ? » a demandé l'enfant curieuse.

« Oh, je crois que grand-mère est définitivement gâtée par la chance, mais ce n'est pas pour cette raison que je lui ai donné ce nom. »

« Est-ce que tu l'appelles Lucky parce qu'elle t'apporte de la chance ? »

« Je crois que grand-mère m'a toujours apporté de la chance, mais ce n'est pas pour cette raison que je lui ai donné ce nom. »

« D'accord, je donne ma langue au chat, a répondu la fillette. C'est quoi la raison ? »

Son grand-père s'est mis à parler comme s'il pensait tout haut. « J'ai toujours appelé grand-mère *Lucky* pour me rappeler à moi-même à quel point je suis chanceux de l'avoir épousée. »

Rob Gilbert
Tel que cité dans Bits & Pieces

De la tête aux pieds

Depuis l'âge de vingt-cinq ans, j'ai eu quatre enfants, et mon corps montre maintenant certains signes d'usure. Ainsi, quand nous avons pris des vacances dans une station côtière de Washington, j'étais – je l'admets – jalouse des ventres plats, des jeunes célibataires-sans-vergetures qui s'ébattaient dans la piscine.

Quand les enfants ont enfilé leur maillot de bain, j'ai lancé un air suppliant à mon époux, Andy. « Je t'en prie, emmène-les, lui dis-je. Je ne suis pas capable de porter un maillot de bain devant toutes ces jeunes filles dans la vingtaine. » Il m'a jeté un œil perplexe, mais il a emmené les enfants nager pendant que je surveillais le bébé tout près.

Ce soir-là, Andy est arrivé avec un mystérieux sac, duquel il a retiré une bouteille de vernis à ongles fuchsia !

« Je vais peindre tes ongles d'orteils », a-t-il annoncé.

« Tu vas faire quoi ? »

« Peindre tes ongles d'orteils », a-t-il répété en m'enlevant mes bas.

C'est ridicule, ai-je pensé. *Je ne peins même pas mes ongles d'orteils.*

Mais mon mari a insisté.

« Pourquoi fais-tu ça ? » ai-je demandé.

« Parce que, a-t-il répondu en appliquant la première couche, je veux que tu saches que tu es belle de la tête aux pieds. »

J'ai regardé l'homme qui m'avait accompagnée pendant quinze années de factures et de bébés. Non seulement, il m'avait protégée de situations embarrassantes, mais en plus il me mettait en valeur. J'ai repensé à ces filles dans la vingtaine aux ventres plats, et ma jalousie s'est évanouie. Je me suis plutôt sentie reconnaissante.

Katherine G. Bond

4

ROMANTISME ET MARIAGE

L'amour d'un être humain pour un autre,
c'est peut-être l'épreuve la plus difficile
pour chacun de nous, c'est le plus haut
témoignage de nous-mêmes;
l'œuvre suprême dont toutes les autres
ne sont que des préparations.

Rainer Maria Rilke

Le cadeau spécial de Hubby

Je me tenais là, debout, près de l'embrasure. Et j'ai observé. Et j'ai écouté. Et j'ai souri. Il ignorait ma présence. Et il a appliqué du plâtre. Et il a chanté. Et il a sacré parce que les vis n'étaient pas de la bonne grosseur. Et il a chanté. Et il a mesuré. Et il a frappé sur une boîte de clous. Et il a lancé des jurons. Et j'ai ri bêtement. Doucement. Avec amour.

Hubby était en train de construire une pièce dans la maison. Une pièce juste pour moi. Une pièce « convenable » où je pourrais écrire. Et je jure, même si je peux me tromper, qu'il se disait : *Elle va adorer cette pièce !* Et je jure, même si je peux me tromper, que je me suis dit tout bas : *Oui, elle va adorer cette pièce – parce que tu l'as construite, juste pour moi.* Puis j'ai souri, un peu trop fort je présume. Il a levé les yeux et m'a aperçue.

Perplexe, il a relevé sa casquette et m'a demandé : « Qu'est-ce que tu regardes ? » J'ai ri bêtement. « Toi. » Il a souri. « L'aimes-tu ? Est-ce que tu aimes ta nouvelle pièce ? » J'ai souri. « Je l'adore. J'adore ma nouvelle pièce. » Et il a souri. Largement.

Puis il a proclamé : « Tu ne t'assoiras plus sur un banc dur sans dossier, tu n'écriras plus sur un ridicule établi dans un minable atelier sans fenêtres, avec peu de lumière… »

« Et, l'ai-je interrompu, tu ne t'assoiras plus sur ton ridicule fauteuil en cuir à me déranger pendant que j'écris. » Je lui ai fait un clin d'œil. Et lui de même. Puis, très sérieux, il a déclaré : « Maintenant tu as une pièce convenable, avec équipement et éclairage convenables, et je vais t'installer un taille-crayon convenable afin que tu puisses garder tes crayons convenablement taillés pour que tu puisses écrire convenablement. » Je n'ai pas eu le cœur de lui dire que j'écrivais avec une plume. Il avait construit cette pièce juste pour moi – le taille-crayon et tout le reste. J'adorais ça.

Peu après, j'étais installée dans ma nouvelle pièce convenable, prête à écrire. Convenablement, bien sûr. J'avais la bonne chaise, le bon bureau, le bon éclairage et même mon taille-crayon personnel. J'étais organisée. Mais quelque chose « ne convenait pas ». J'étais incapable d'écrire. Je ne comprenais pas pourquoi. La pièce était parfaite et bien adaptée – un rêve. Puis j'ai compris. J'ai pris mon bloc de papier et ma plume et je suis retournée dans le minable atelier peu éclairé, et je me suis assise sur le banc dur sans dossier. Perplexe, Hubby m'a regardée de son fauteuil en cuir. « Qu'est-ce qui ne va pas ? »

« Je n'arrivais pas à écrire », ai-je répondu. Sérieusement, il a demandé : « Est-ce qu'il y a quelque chose qui ne va pas avec ta nouvelle pièce ? »

« Sérieusement, ai-je répondu, oui… tu n'es pas là. » Il a souri, rayonnant de bonheur. Et puis j'ai écrit. Convenablement.

Lisa Bade Goodwin

« Non, je ne suis pas heureuse que tu m'aies
acheté des fleurs pour aucune raison
particulière. C'est notre anniversaire. »

Les cadeaux pratiques
mènent à l'échec romantique

Aucun homme ne devrait se marier avant d'avoir étudié l'anatomie et disséqué au moins une femme.

Honoré de Balzac

L'autre jour, mon fils et moi étions en train de parler et le sujet des femmes a surgi. Je me suis rendu compte qu'il était temps que lui et moi ayons une conversation sérieuse. Un entretien que tout père devrait avoir avec son fils; et pourtant, bien trop souvent, nous, les pères, évitons le sujet, parce que c'est tellement délicat.

Le sujet auquel je me réfère est l'achat de cadeaux pour une femme.

En ce domaine, de nombreux hommes sont plongés dans l'incertitude la plus totale. Le premier exemple : mon père. Il était un homme très prévenant, mais un jour, il a offert à ma mère pour leur anniversaire ce signe de son amour, de son engagement et, oui, de sa passion pour elle : une couverture électrique. Honnêtement, il a été incapable de comprendre pour quelle raison elle lui a jeté *ce* regard lorsqu'elle a ouvert la boîte ! (Vous, les vieux routiers, vous comprenez de quelle sorte de regard je veux parler.) Après tout, c'était le modèle de couverture électrique de luxe ! Muni d'un thermostat automatique ! Qu'est-ce que toute femme aurait pu VOULOIR de plus ?

Un autre exemple : j'ai travaillé avec un type nommé George, qui, pour Noël, – et je ne l'invente pas – a offert une tronçonneuse à son épouse, pour son *gros* cadeau. (Comme il l'a plus tard expliqué : « Hé, nous AVIONS BESOIN d'une tronçonneuse. ») La scie n'était heureusement pas en état de marche quand son épouse l'a déballée.

George et mon père ont commis l'erreur, celle de beaucoup d'autres hommes, de penser qu'on doit offrir quelque chose d'utile en cadeau à une femme. C'est faux ! La première règle pour acheter des cadeaux aux femmes est la suivante : LE CADEAU NE DEVRAIT AUCUNEMENT ÊTRE UTILE, SINON ÊTRE TOUT AU PLUS D'UNE PIÈTRE UTILITÉ.

Par exemple, envisageons deux cadeaux possibles, qui, théoriquement, exécutent la même fonction.

PREMIER CADEAU : une lanterne au propane ultramoderne avec allumage électronique et double manchon pouvant produire douze cents lumens de lumière pendant dix heures avec un seul réservoir de combustible.

SECOND CADEAU : une chandelle de cire d'abeilles parfumée, contenant des particules visibles de crottes d'abeilles et fournissant approximativement la même luminosité qu'une saucisse tiède enrobée de pâte de maïs sur bâtonnet.

Pour un homme, le Premier Cadeau est manifeste-ment supérieur, car vous pouvez l'utiliser pour voir dans l'obscurité. Alors que, pour une femme, le Second cadeau est un BIEN meilleur choix, parce que les fem-mes aiment s'asseoir dans la pénombre entourées de chandelles crachotantes et puantes, et ne ME demandez pas pourquoi. J'ignore aussi la raison pour laquelle une femme serait ennuyée si vous lui donniez un jeu de clés à douilles de cinquante-six pièces et une clé à rochet réversible munie de soixante-douze dents, mais qu'elle serait séduite par une minuscule ampoule remplie d'un liquide coûteux qui porte un nom comme « L'essence de Nooquie Eau de Parfum de Cologne de Toilette de Bidet », qui pour des narines mâles sans défense n'a pas meilleure odeur qu'une dragée de Juicy Fruit. Tout ce que j'essaie de dire, c'est que les femmes veulent ce type de cadeau. (C'est pourquoi les bijoux sont les cadeaux suprêmes; ils sont totalement inutiles.)

La seconde règle concernant l'achat de cadeaux pour une femme? CE N'EST JAMAIS TERMINÉ. C'est la partie angoissante, celle que mon fils et ses amis viennent tout juste de découvrir. Si vous avez une petite amie, elle vous donnera, au MINIMUM, un cadeau d'anniversaire de naissance, un cadeau d'anniversaire de votre rencontre, un cadeau de Noël/Hanoukka/Kwanzaa, et un cadeau pour la Saint-Valentin, et chacun de ces cadeaux sera joliment emballé ET accompagné d'une gentille carte. Quand elle vous offre ce présent, VOUS DEVEZ LUI EN DONNER UN EN RETOUR. Vous ne pouvez tout simplement pas ouvrir votre portefeuille et dire : « Voici, disons… dix-sept dollars ! »

Et, comme je l'ai expliqué à mon fils, ça empire avec le temps. Viendront ensuite les fêtes prénuptiales, les mariages, les réceptions-cadeaux pour bébé, la fête des Mères et autres occasions incontournables d'offrir un cadeau qui n'EXISTERAIENT même pas si les hommes, comme ils l'affirment, dirigeaient vraiment le monde. Les femmes observent TOUTES ces occasions, et PLUS. Mon épouse achètera des cadeaux pour TOUTES LES RAISONS INIMAGINABLES. Elle ira dans l'une de ces boutiques-cadeaux du centre commercial où les hommes ne rentrent jamais, et elle trouvera quelque chose, peut-être une minuscule boîte toute mignonne qui ne peut rien contenir de plus grand qu'une molécule, et qui est par conséquent inutile, et elle l'achètera, PLUS une gentille carte, et ELLE NE SAIT MÊME PAS ENCORE À QUI ELLE DONNERA CET OBJET. Des millions d'autres femmes sortent pour les mêmes raisons, et vont de plus en plus loin, pendant que nous, les hommes, demeurons à la maison à regarder des reprises sportives à la télé. Nous n'avons aucune chance de gagner cette guerre.

C'est ce que j'ai expliqué à mon fils. Ce n'était pas agréable, mais il était temps qu'il apprenne la vérité. À un autre moment, lorsqu'il sera plus âgé et plus solide, nous nous attaquerons à un problème bien plus complexe, à savoir *Que faire quand une femme nous demande :* Est-ce que j'ai l'air plus grosse dans ces pantalons ? (Réponse : *Prenez la fuite.*)

Dave Barry

Les samedis soir

L'amour parfait est rare, en effet – être amou-
reux exigera continuellement de vous la subti-
lité d'un grand sage, la souplesse de l'enfant,
la sensibilité de l'artiste, le discernement du
philosophe, l'acceptation du saint, la tolé-
rance de l'érudit et la force de la certitude.

Leo Buscaglia

Je crois que j'ai besoin d'un samedi soir.

Oh, certainement, j'ai mon lot de samedis soir. Il y en a un à la fin de chaque semaine – cette soirée spéciale où je peux veiller pour regarder la télévision parce que (a) je n'ai pas travaillé toute la journée, donc je ne suis pas totalement épuisée, et (b) je n'ai pas à me rendre au travail le matin suivant, donc je peux dormir si je décide de regarder à la télévision un film de fin de soirée.

Mais, bien sûr, il n'y a rien de bon à regarder à la télévision. Et – même si je ne dois pas aller au bureau le lendemain – il me faudra malgré tout faire l'épicerie, nettoyer la maison, planifier les repas pour la semaine et faire du covoiturage pour conduire plusieurs enfants aux parties de soccer, aux fêtes d'anniversaire et aux patinoires. C'est samedi soir, mais je m'endors pourtant avant minuit.

D'ailleurs, je ne parle pas de ce genre de samedi soir. Je suis assez à l'aise avec ces activités du « samedi soir bouclant une autre semaine remplie d'action et de plaisir ». Ce dont j'ai besoin, c'est d'un samedi soir comme autrefois, lorsque chaque fin de semaine recelait sa propre promesse, sa propre perspective et même sa propre magie. Quand l'air était riche de possibilités, et la nuit – danser d'un rire nerveux tout en lançant des regards furtifs – était remplie de « peut-être ».

Et le moindre de ceux-ci était bien entendu : « Peut-être que ce soir est un début. »

Vous vous souvenez à quoi ressemblent les débuts, n'est-ce pas ? Il y a habituellement la douce lueur des bougies et une musique d'ambiance. Vos yeux se portent de l'autre côté de la table vers votre compagnon, soutenant son regard aussi longtemps que possible avant de baisser le vôtre. Votre conversation est chuchotante et intense, suffisamment remplie de références aux événements mondiaux pour témoigner de votre culture et de votre intelligence, assez meublée de commentaires narquois sur la culture populaire pour signifier que vous êtes informée sans être trop impressionnée. Puis arrive ce moment du premier contact – vos doigts se frôlent quand vous passez la corbeille à pain, ou quand vos talons hauts se heurtent à ses souliers sous la table pendant que vous vous déplacez si subtilement sur votre siège – et soudainement vous ressentez cette étincelle, cette chaleur, et votre tête est remplie de cette unique et inapaisable pensée – *peut-être que celui-ci est LE BON.*

Bien sûr, aucun de ces compagnons du samedi soir n'était vraiment LE BON, mais de toute façon ce n'est pas ce qui importe. Ce qui importe, c'est ce sentiment – l'excitation, l'attente, les papillons qui vous chatouillent l'estomac. Il semble que j'ai échangé ce sentiment contre autre chose – et j'ai fait une bonne affaire, troquant ces possibilités et cette excitation contre un compagnon intègre, un amoureux fidèle, quelque chose de réel, de fiable, de solide. Pourtant, il arrive à l'occasion que je m'ennuie des perspectives et des questions, de l'espoir et de l'incertitude. Parfois, je regrette ce sentiment ressenti en présence de quelque chose de nouveau, au lieu de « la même vieille paire de pantoufles ».

Il m'arrive parfois de m'ennuyer du samedi soir.

Et je me languis de bien plus que du rendez-vous proprement dit, les restaurants aux lumières tamisées et les repas dispendieux et les conversations entre adultes (même si, en soi, on peut en avoir très envie pendant que l'on observe nos enfants qui dévorent leurs joyeux festins à la lumière éblouissante des néons). Je m'ennuie des préparatifs, de l'anticipation, de l'agitation et des flatteries exagérées qui mènent à cet instant où la sonnette de la porte d'entrée retentit, et où vos paumes commencent à transpirer à la seule idée qu'il se trouve de l'autre côté.

Des heures avant ce moment, je commençais à me préparer. Il y avait d'abord la douche très chaude, le savonnage en profondeur, le shampoing moussant et le revitalisant particulièrement riche en protéines. Je souhaitais alors beaucoup plus que l'extrême propreté – je voulais éliminer toutes les odeurs monotones de la semaine de façon à pouvoir appliquer généreusement mon « parfum saisonnier » (habituellement quelque chose de grisant, de romantique et d'inoubliable – tout comme la soirée que j'anticipais).

Me glissant dans mon peignoir en tissu éponge, je branchais tous les produits de première nécessité – le séchoir à cheveux, les rouleaux chauffants, la brosse électrique. Je frisais chaque mèche de cheveux autour d'un rouleau pendant que je m'exerçais à paraître intéressée et un brin séductrice, levant un sourcil et inclinant le menton à la vue de mon reflet dans le miroir. « Oh, vraiment ? C'est fascinant », observais-je pendant que je m'épilais les sourcils. « Raconte-moi », ajoutais-je pendant que j'appliquais de la crème hydratante sur mes coudes et que j'attachais mon soutien-gorge en dentelle.

Je trouvais juste la bonne tenue – pas trop sophistiquée (je ne voulais pas lui faire croire qu'il s'agissait pour moi d'une « occasion importante ») mais pas trop décontractée (rien de romantique n'a jamais commencé en portant des pantalons de survêtement gris). Quelque chose d'attrayant, de séduisant, qui flotterait autour de moi pendant que je tourbillonnerais dans ses bras sur le plancher de danse – juste au cas où nous nous retrouverions joue contre joue.

J'enlevais mes rouleaux et je secouais la tête pour bien assouplir mes cheveux, pour leur donner le bon volume. Puis je saupoudrais de la poudre pour bébé dans mes souliers, je vaporisais mes cheveux avec de l'eau de Cologne et j'appliquais un peu de fard à joues. Je jetais un dernier coup d'œil dans le miroir alors que la sonnette d'entrée retentissait. Les ailes de papillon commençaient à s'agiter, mais j'étais prête.

« Prête à te coucher ? »

Une voix m'a ramenée à la réalité. Bon, d'accord, la voix est familière, les papillons se sont calmés. La journée a été longue, un samedi, le genre de samedi que nous vivons maintenant. Celui qui est rempli d'enfants et de covoiturage, de vidéos Power Ranger et de longues parties compétitives de « Aggravation ». Le genre de samedi où je me retrouve en baskets (c'est ainsi plus facile de courir après un petit de cinq ans !) et en T-shirt (généreusement décoré de gelée aux raisins).

Le genre de samedi que je ne changerais pas pour tous les samedis soir du monde.

Pourtant, je me sens un petit peu nostalgique, un petit peu mélancolique, et plus qu'un petit peu vieille. Je me suis réveillée tôt le matin suivant (pourquoi pas ? J'étais endormie à 23 heures) et j'ai touché l'épaule de Scott.

« Je veux un samedi soir, ai-je déclaré, tout près de son oreille. Je veux être jeune et amoureuse, être ouverte aux nouvelles choses, être emportée à en perdre la tête. Je veux une nuit qui dure jusqu'aux petites heures du matin et me laisse étonnée devant les possibilités. »

Il s'est retourné et a lissé mes cheveux, décoiffés par un sommeil agité. « Euh, est-ce que tu accepterais un dimanche matin ? » a-t-il murmuré. J'ai soutenu son regard un peu plus longtemps que j'aurais dû, et nous avons commencé notre danse en survêtement alors que le soleil se levait sur une autre semaine.

Mary Lebeau

Follement amoureuse

Treize années de vie commune avec un homme vous transforment en défenseur bien préparé du statut de non marié. Alors que les gens mettent rarement en doute la décision de se marier, il faut continuellement plaider en faveur de celle de ne pas le faire. Aussi régulier que le rappel de l'hygiéniste dentaire pour votre visite de routine, on vous demande de justifier votre choix. Votre mère, vos amis, le livreur de UPS, plusieurs vous posent la question.

Personne ne me harcèle ces jours-ci. On m'envoie des cartes fleuries où il est écrit : « Pour vos fiançailles ».

Je n'épouse pas l'homme avec lequel je vivais depuis treize ans. Cette relation est terminée. (Vous voyez ? C'est une bonne chose que nous n'ayons pas été mariés.) Ce qui a commencé une année plus tard m'a fait faire un tour à 180 degrés, comme un treuil sur un chantier maritime.

Notre premier rendez-vous a eu lieu le 3 juillet. Dès le mois d'août, il avait été ajouté à ma liste de numéros de téléphone en composition abrégée. À la mi-octobre, le mot commençant par *M* a fait son apparition. C'était un homme qui aimait certaines choses à mon sujet dont j'ignorais totalement l'existence (la façon dont je sifflais mes s, pour l'amour de Dieu). Il me courtisait avec des cœurs en papier de bricolage (« J'ai trouvé ceci sur ma manche. Je suis certain qu'il t'appartient ») et des pique-niques sur le plancher du salon. Il m'emmenait à ses rendez-vous en cardiologie et me montrait son cœur sur l'échogramme. « C'est à toi », me disait-il, alors que ces vantouses branchées à des fils pendaient de sa poitrine et que le médecin regardait par-dessus ses lunettes de lecture. Il déposait sur mon bureau une photographie datant de l'époque du collège (cravate mal assortie, longs cheveux brossés comme Lassie) signée « Où es-tu, Marie ? Quand pourrais-je te rencontrer ? » Tout cela quand il n'était nullement nécessaire de me courtiser. J'étais amoureuse de tout, l'ensemble de la situation et les détails quotidiens. Ses enfants, son cou, la façon dont il pliait la lessive.

Je fais une digression. Cela n'a rien à voir avec l'amour. Personne ne met en doute l'amour. Être amoureux, le chanter haut et fort, organiser une fête, manger un gâteau. Mais pourquoi changer la tranche d'imposition de nos revenus pour cette raison ? Voilà la chose étrange : me voici, irrémédiablement en route vers l'autel, pourtant je ne vois aucune raison rationnelle de restreindre l'amour à un document légal. Le mariage est né d'une entente d'affaires ancestrale : je garderai le feu bien vivant dans notre foyer et tu y apporteras la nourriture. Mon univers ne fonctionne pas ainsi. J'apporte à la maison mes propres biftecks gargantuesques : j'aime que les choses se passent de cette façon.

Également désuète est cette conception du mariage à vie. Seulement un fou (et ma mère) soutiendrait que le mariage permet de garder le couple ensemble pendant les périodes difficiles. Divorcer, ce n'est pas entreprendre un périple autour du monde. C'est simple et banal. Si quelqu'un veut sérieusement partir, il ou elle partira.

Pourtant, pourtant, pourtant, pourtant. Si mon homme me présentait les arguments précédents dans un effort pour me convaincre des vertus de la cohabitation plutôt que du mariage, je serais profondément déçue. Écrasée. Morte sur le plan affectif. Dieu, aidez-moi, je veux être l'épouse de cet homme. Je veux aller où il va et connaître ceux qu'il connaît. Je veux porter un anneau en or même si toutes mes boucles d'oreilles sont en argent. Je veux être la moitié d'un tout – unie, consumée, capturée, liée aussi étroitement que possible, tant que nous vivrons.

En partie, je suppose, le changement vient avec la maturité. À vingt-cinq ans, je voulais un avenir prodigieux. J'étais sur ma lancée, j'étais en mouvement. Si vous n'avez pas pris conscience de votre potentiel, comment pouvez-vous savoir qui vous convient? Qu'arrive-t-il si vous devenez riche et célèbre? Seriez-vous, pourriez-vous encore être heureuse avec le type qui projette le diaporama au planétarium? La vie change rapidement quand vous êtes dans la vingtaine. Vous êtes à bord d'un véritable bolide. Le mariage, c'est comme un vieux schnock conduisant le pied sur les freins.

Mais finalement, les nuages se dissipent et vous pouvez entrevoir l'avenir. Ce n'est pas tout à fait ce que vous aviez imaginé – qui, en pleine jeunesse, peut imaginer une incorporation, une périménopause, une conversion en condo? – mais c'est solide et vrai, et c'est réconfortant de connaître, plus ou moins, l'avenir. Et vous finissez par vous rendre compte que si vous pouvez trouver quelqu'un de vraiment bien, quelqu'un que vous aimez comme le meilleur ami que vous ayez jamais eu et la pire toquade que vous ayez jamais vécue, il serait terriblement plaisant que cette personne se retrouve sur le siège à côté de vous le long du trajet.

J'ai maintenant trente-huit ans, et le mariage ne me semble plus un sacrifice. C'est un peu comme détenir le billet gagnant à la loterie. Rien de plus parfait que cela, je suis certaine, ne se révélera jamais sur la carte routière mal pliée et tachée de café de ma vie. Je comprends les paroles de Johnny Cash : *I find it very, very easy to be true* (je trouve qu'il est très très facile d'être vrai).

Autrefois, l'idée de fidélité à vie me répugnait. Je voulais la dimension liée à la « chute » dans le fait de tomber amoureux. Mais des vies ont été gaspillées à poursuivre cette chimère. Qu'ai-je gagné pendant une décennie et demie de relative liberté, de mes flirts, de ma soi-disant relation ouverte ? Quelques aventures grisantes, des rencontres fortuites loin de chez soi. Le cœur sautant d'une falaise et planant dans les airs. Puis, peu après, l'atterrissage. Le cœur brisé. Culpabilité et regret. La conscience d'avoir détruit une relation en refusant de m'y engager pleinement.

Je ne comprenais rien au romantisme. Comme l'a dit un homme que j'appellerai Bob, après m'avoir entendue chanter les splendeurs du romantisme improvisé et sans attaches : « Ce n'est pas du romantisme. Le romantisme, c'est refuser de céder à de simples passades, retourner à ton hôtel et téléphoner à celle que tu aimes. » (À cette époque, Bob trompait sa petite amie avec moi. Mais, croyez-moi, il était déchiré.)

Il existe une autre chose que je n'ai pas comprise, c'est que tous les mariages sont des mariages de groupe. J'épouse un homme; ses charmants et superbes enfants; ses chaleureux et accueillants parents; sa sœur; ses cousins; leurs familles. Un clan entier de cœurs et d'esprits qui veut que je m'engage. Existerait-il quelque chose de plus merveilleux? Ma propre famille était restreinte et dispersée, un astéroïde isolé échappé de son orbite. Dans ma jeunesse, je n'avais pas de grands-parents et je n'ai pas connu mes tantes et mes oncles. J'imaginais mon arbre généalogique comme l'un de ces pins dépouillés et secs sur le flanc calciné d'une montagne. Pas étonnant que je sois devenue une jeune fille si indépendante. L'indépendance est douce, mais pas aussi douce que l'appartenance. Le mariage est une seconde chance de faire partie d'un tout.

Ressentirais-je ce sentiment d'appartenance si nous avions simplement vécu ensemble? L'expérience passée me dit que non, pas vraiment. Pour moi, partager une maison avec une personne mais sans se marier envoie un message: à lui, à nos familles, à toutes les personnes qui me sont chères. Je n'ai plus envie d'envoyer ce message qui signifie: j'aime cet homme, mais je ne suis pas certaine que c'est le bon.

Bien sûr, aucun mariage n'est garanti. Mais vous devez vous y engager en croyant, en sachant, le cœur à nu et les yeux mouillés, que c'est pour le meilleur et pour le pire, dans la richesse et la pauvreté, avec des taches brunes et de l'arthrite. Si vous le faites et si vous y croyez, les « si » du divorce deviennent de pures spéculations.

Je me demande parfois si je n'ai pas cédé aux pressions de la société, si je ne suis pas lasse d'être différente, de ne pas profiter des prestations de maladie du conjoint, d'ignorer quelle case cocher sous « état civil ». Pourtant, ce n'est pas la société dans son ensemble qui a fini par gagner, mais plutôt mon propre cercle. Je ne pouvais ignorer ce fait immuable : les gens que j'aime le plus sont tous, sans exception, mariés, ou aimeraient l'être. Aucun d'entre eux ne prend des décisions en suivant les conventions. Il doit y avoir une raison à cela.

À certains moments, je pensais que les gens qui voulaient que je me marie souhaitaient simplement me voir casée. *Cesse de voyager à travers le monde,* disaient-ils, *cesse d'avoir des aventures. Ennuie-toi et sois prévisible comme nous.* Je ne le crois plus. Je crois qu'ils voulaient me voir mariée parce qu'ils me voulaient du bien. Ils voulaient que j'aie une raison de rester à la maison.

Mary Roach

L'Action de grâces
avec une seule patate douce

Le chagrin se supporte seul,
mais la joie doit être partagée.

Elbert Hubbard

Au début d'octobre, il y a eu un premier appel. Notre deuxième fils avait décidé qu'il ne ferait pas le voyage de l'université à la maison pour le jour de l'Action de grâces – trop de travaux à remettre, et la Californie, c'était trop loin. Mais comme il avait déjà été invité à se joindre à la famille d'un ami pour le dîner, nous ne devrions donc pas nous faire de souci; il ne serait pas seul.

Plus tard, notre fils aîné a téléphoné; le frère de son épouse, qu'elle n'avait pas revu depuis leur mariage au mois d'août, se trouverait à New York pour l'Action de grâces. Alors voyions-nous une objection à ce qu'ils passent le week-end avec lui plutôt qu'avec nous au Texas ? *Pas de problème*, avons-nous répondu, sachant à quel point notre bru s'ennuyait de sa famille française.

La semaine suivante, quand notre plus jeune fils a décidé qu'il ne valait pas la peine de voyager pendant deux jours de son collège du Vermont pour passer deux journées avec nous à l'occasion de l'Action de grâces, nous n'étions pas trop déçus. Après tout, nous attendions encore mes parents et ma sœur pour fêter. Et puis, ma mère a téléphoné. « Chérie, je suis désolée, mais le médecin a dit que ton père ne devait absolument pas voyager pendant les prochains mois. Peux-tu venir en Oklahoma ? » Après avoir rapidement réfléchi au voyage de vingt heures pour une célébration de quatre jours, j'ai répondu à contrecœur que nous ne le pouvions pas.

C'est ainsi que, dans la froide lumière d'après-midi en cette veille de l'Action de grâces, mon mari et moi avons chargé la voiture et y avons installé notre vieux chien, puis nous avons quitté Houston pour New Braunfels et pour notre première Action de grâces seuls en tant que couple – la première fois. Comment nous sentirions-nous ? Quand ses parents vivaient, ils avaient toujours passé leur fête de l'Action de grâces avec nous, habituellement dans notre condo de New Braunfels. Après leur mort, nous avons perpétué le rituel de passer l'Action de grâces à cet endroit, mais toujours en compagnie de quelques membres de notre famille. Habitués au festin traditionnel et à la visite de la famille, allions-nous être désespérément tristes ?

Sans l'habituelle préparation de la veille de la fête, nous nous sommes couchés tôt et nous sommes blottis l'un contre l'autre. J'ai dormi pendant dix heures. L'Action de grâces s'est levée éclatante et froide ; nous avons passé le matin côte à côte sur une causeuse. Un feu flambait, et nous avons pris plaisir à cette absence de contraintes ; j'ai lu des magazines accumulés depuis des mois pendant que mon mari regardait la partie des Oilers.

Tôt dans l'après-midi, environ une heure avant l'heure prévue du repas, je me suis rendue dans la cuisine pour commencer le dîner. Je me rappelais les autres années quand je me levais à l'aube pour faire la farce, préparer la dinde à rôtir, abaisser la pâte à tarte et dresser la table, m'asseyant pour la première fois après de nombreuses heures lorsque le dîner était prêt, puis me retrouvant moi-même trop fatiguée pour vraiment apprécier le repas. Je n'étais donc pas vraiment désolée de préparer le dîner pour deux au lieu de huit – ou dix-huit.

Affamé, mon époux flânait dans la cuisine et a remarqué une seule patate douce déposée sur le comptoir. D'un air mêlé de surprise et de regret, il a demandé avec nostalgie : « Seulement une patate douce ? » Je savais qu'il se souvenait des autres fêtes de l'Action de grâces – des cuisines chaudes et embuées, parfumées de clous de girofle, de beurre et de dinde rôtie, chaque surface horizontale couverte de plats délicieux. Comme je l'enlaçais pour le réconforter, je me suis, moi aussi, rappelé le rituel de l'Action de grâces de mon enfance.

À la ferme de mes grands-parents au Kansas, il y avait toujours assez de tantes, d'oncles et de cousins présents pour mettre des couverts sur au moins deux tables, avec des nappes empesées et brodées, garnies en leur centre de feuilles d'automne et de dindes décoratives faites de pommes de pin et de papier d'emballage. Ma grand-mère Mary servait une énorme dinde juteuse et à la peau dorée et croquante; des casseroles de farce croustillante sur le dessus, humide et chaude à l'intérieur; des patates douces confites et recouvertes de guimauve fondante; du rôti de porc et un plateau de poulet pour ceux qui n'aimaient pas la dinde; des petits pains à la levure; de la sauce aux pommes parfumée de cannelle; des pêches macérées dans du vinaigre et piquées de clous de girofle; du maïs en crème; des haricots verts cuits avec du bacon; des pommes de terre blanches fouettées en forme de pics et dorées au beurre; et un bol de cristal rempli de punch. Plus tard, il y aurait des tartelettes au mincemeat et des tartes à la citrouille, bien sûr, mais aussi aux cerises et aux pêches, un gâteau fourré recouvert de noix de coco, des biscuits aux noix et des cerises enrobées de chocolat, les préférées de grand-père. Et des histoires et des souvenirs à profusion, après être sortis de table, somnolents et repus.

Me distançant légèrement, j'ai regardé mon époux que j'enlaçais toujours et je lui ai dit : « C'est une patate grosse comme au Texas – et d'ailleurs, ni toi ni moi n'aimons vraiment les patates douces. » Il a acquiescé, nous nous sommes embrassés, et sommes ensuite retournés vers le foyer pour déguster un verre de champagne et du foie gras avec des biscottes. J'ai mis la table, et j'y ai placé un couple de pèlerins fabriqué de façon artisanale, un petit bouquet de fleurs, et des serviettes de papier à motifs de dindes. Nous nous sommes assis, avons béni notre nourriture et nos familles absentes, et avons parlé de notre reconnaissance pour ce que nous avions accompli comme parents. Nous nous sommes félicités du fait que ce nouveau rituel de passer une fête seulement à deux prouvait que nous avions donné à nos enfants la permission de mener leur propre vie indépendante.

Nous avons mangé ce simple repas – une petite poitrine de dinde glacée au miel, du riz sauvage, du brocoli, des haricots verts et cette unique patate douce cuite au four – et nous avons partagé une bonne bouteille de Chardonnay. Le dessert a consisté en un gâteau au fromage et à la citrouille provenant de notre pâtisserie préférée. Nous avons pris dix minutes pour nettoyer la cuisine, et avons ensuite tous les deux fait une longue sieste. Non, les heures que les femmes passaient à remettre de l'ordre dans la cuisine de grand-mère après le repas de fête ne me manquaient pas.

Nous avons passé le reste du week-end à faire ce qu'il nous plaisait. Nous avons parlé de la retraite, des enfants et de nos emplois. Nous avons magasiné, regardé un film; mon mari a joué au golf, j'ai lu et j'ai écrit. Au cours d'un après-midi ensoleillé, nous avons marché dans le parc et la montagne. À la fin des trois jours, nous sommes retournés à Houston, reposés, revigorés et plus amoureux après cette intimité non encombrée par les tâches et les responsabilités habituelles de la fête.

Depuis cette première fois, nous avons passé deux autres fêtes de l'Action de grâces avec une seule patate douce; le menu change d'année en année, mais cette unique patate douce demeure un élément de base, le symbole d'une fête que nous passons seuls en couple. Peut-être que, un jour, notre maison sera à nouveau remplie de gens venus célébrer l'Action de grâces, et je polirai gaiement l'argenterie, repasserai les nappes, planifierai les menus et cuisinerai pendant des jours. Ou peut-être que non. En passant des fêtes comme une famille de deux, nous avons appris à ne pas pleurer sur ce qui ne peut être, mais plutôt à savourer ce que nous possédons – de la solitude et du temps pour être ensemble.

SuzAnne C. Cole

Une pièce de monnaie
plus précieuse qu'un diamant

L'actrice Elizabeth Taylor a reçu de son époux d'alors, le fameux acteur Richard Burton, un diamant aussi célèbre qu'elle. Tous les médias ont repris l'événement : le diamant était si extraordinaire, et si rare, et si inestimable.

J'ai aussi reçu quelque chose de tout à fait inestimable. Laissez-moi vous raconter. Vous qui êtes sentimentale, poursuivez votre lecture. Il y a longtemps, au début des années 1960, mon époux depuis près de dix ans et moi avons fait une longue promenade tranquille et romantique à la campagne le long d'une voie ferrée. C'était une journée magnifique du début de l'automne, le soleil nous réchauffait le dos. Nous avions une occasion de pouvoir parler sans être interrompus par les enfants, ou même d'être silencieux pendant que nous nous tenions la main et que nous marchions. Nous arrêtions et riions à l'occasion, profitant pleinement de la compagnie l'un de l'autre, ainsi que du grand air. Nous avions marché un bon moment quand le sifflement d'un train s'est fait entendre au loin. Mon galant mari a subitement laissé ma main et a couru rapidement une certaine distance, gravissant une pente vers la voie ferrée. Je ne comprenais pas pourquoi il se pressait tant, et il a refusé de le dire à son retour.

Lorsque nous sommes arrivés à la maison plusieurs heures plus tard, il m'a demandé de lui remettre mon bracelet à breloques, sans m'en donner la raison. J'ai accepté et j'ai commencé à préparer le souper alors qu'il disparaissait dans le garage. Quelques minutes plus tard, il est revenu en me tendant le bracelet à breloques, et j'ai compris en le voyant. Comme il s'agissait d'un bracelet en or et non en argent, il avait sorti une pièce de monnaie de sa poche, aplati cette pièce à l'effigie de Lincoln sur le rail, de sorte que la gravure soit à jamais effacée. Il a ensuite percé un trou minuscule et attaché la nouvelle et inestimable breloque à mon bracelet, en me disant : « Ceci est pour que tu te souviennes toujours de nos promenades ensemble. »

Il y a quelques années, mon merveilleux époux est décédé, mais je n'ai qu'à tenir ma pièce de monnaie dans mes mains rongées par l'arthrite et je le retrouve. Je revois aussi cette journée des années 1960. Et la breloque a autant de valeur à mes yeux que la « pierre » d'Élizabeth en avait pour elle, mais en mieux.

Mrs. B. Bartlett

L'amour véritable vient doucement,
sans banderoles ni lumières clignotantes.
Si vous entendez des cloches,
faites examiner vos oreilles.

Erich Segal

Heureuse Saint-Valentin, ma chérie

Cent hommes peuvent faire un campement, mais seule une femme peut faire un foyer.

Proverbe chinois

Noël est officiellement terminé. Aujourd'hui, j'ai traîné l'arbre avec ses quinze aiguilles restantes jusqu'au bord du trottoir, j'ai attaché les lumières de Noël en un gros paquet comme je les avais trouvées, et j'ai jeté les restes bizarres de deux sandwiches et d'un morceau de fromage au piment jalapeño dans le bol du chat, ce qui l'a fait sauter aussitôt sur le meuble de téléphone et chercher l'adresse de la Société protectrice des animaux.

Mais c'est fait. Kaput. *Finita*. La période de Noël est terminée. Et ce n'est pas trop tôt, car maintenant, c'est le temps de… la Saint-Valentin.

Mais je ne m'inquiète pas, car cette année, je suis prêt. En février dernier, je me suis fourvoyé à cause du pacte que mon épouse et moi avions conclu à l'effet de ne pas nous occuper de la Saint-Valentin. Ce que j'ai cru qu'elle voulait dire, c'était qu'elle ne s'attendait pas à recevoir un cadeau. Ce qu'elle voulait réellement exprimer, c'était que seulement un idiot pourrait croire qu'il était acceptable de ne pas donner un cadeau à sa femme – qui a été placée sur cette Terre pour aucune autre bonne raison que celle de satisfaire les moindres besoins de son mari, même si ledit mari doit s'attendre à devoir satisfaire certains besoins lui-même jusqu'à nouvel ordre.

Et même s'il s'agissait d'une expérience aussi agréable que de camper dans ma cour arrière en février avec mon beau-frère, qui s'était demandé pourquoi tout le monde achetait des fleurs le jour de l'anniversaire de Washington, je crois que je passerai plutôt la saison des pluies à l'intérieur cette année.

J'ai donc traîné le sac de vidanges rempli de cartes de Noël et de papier d'emballage pour le déposer au site d'enfouissement local, et je me suis dirigé vers le magasin Hallmark – ce lieu magique rempli de ces magnifiques rêveries poétiques que les femmes adorent. J'ai choisi une carte avec une photographie romantique et floue d'un jeune couple riant et s'embrassant dans une étroite vallée boisée, prise sans aucun doute quelques secondes avant qu'ils ne se rendent compte qu'ils se tenaient jusqu'à la taille dans une variété quelconque de sumac vénéneux.

Puis je me suis dirigé vers le centre commercial à la boutique de lingerie. L'endroit était envahi de types qui tenaient tous de la fine lingerie dans leurs mains, essayant d'imaginer leur femme ainsi vêtue. Un homme tenait son choix de cadeau à l'envers, se demandant, j'imagine, pourquoi la chose avait des boutons-pression au cou. J'allais lui expliquer quand une vendeuse, arborant un macaron mentionnant « Tous nos soutiens-gorge sont à moitié prix », s'est approchée. Elle paraissait exténuée. Ses cheveux étaient décoiffés. Son maquillage avait coulé, et elle avait des poches sous les yeux.

« Laissez-moi deviner, a-t-elle dit. Un cadeau pour votre femme ? »

Avant que j'aie pu la féliciter d'avoir si rapidement évalué la situation, elle m'a poussé de côté et a crié par-dessus mon épaule. « Veuillez ne pas mélanger les petites culottes en satin avec celles en soie. »

Deux types, qui tenaient chacun une douzaine de paires de petites culottes, ont souri d'un air penaud, comme s'ils s'étaient fait prendre lors d'une incursion de minuit dans le dortoir des filles.

« Je déteste la Saint-Valentin », a-t-elle marmonné. Puis avec un sourire forcé, elle a demandé : « Alors, qu'est-ce que vous avez en tête ? »

« J'sais pas. Quelque chose de sexy, je suppose. »

« C'est une idée originale. Quelle est sa couleur préférée ? »

« Heu… brun ? »

« Brun ? Brun est sa couleur préférée ? »

« Vert ? »

« Vous ne le savez pas, c'est ça ? »

« Bien, notre chat est gris et blanc et elle l'aime beaucoup. » J'ai pensé un bref instant au chat et je me suis demandé s'il serait encore là lorsque je reviendrais à la maison. Pendant ce temps, la vendeuse m'a encore une fois poussé de côté.

« Monsieur. Monssssssieur. »

Un homme énorme, chauve, dans un habit trois pièces a levé les yeux.

« C'est du velcro, a-t-elle dit. Comme vous l'avez sans doute remarqué, le même son se répétera invariablement. »

Elle a hoché la tête, m'a redonné son attention et allait parler quand un grand type mince s'est approché de nous en portant une nuisette par-dessus son T-Shirt et son short.

« Vous en pensez quoi ? » a-t-il demandé.

J'ai pensé que le rouge était un peu trop vif pour son teint et j'allais le lui dire quand la vendeuse est montée sur un comptoir et s'est adressée à tous les clients du magasin.

« D'accord. Voici ce que nous allons faire. Je veux que chacun de vous sorte la somme d'argent qu'il veut dépenser et qu'il s'approche du comptoir. Je vous tendrai un article qui coûte ce montant d'argent. Ne vous inquiétez pas de la couleur ou de la taille. Vos femmes seront ici demain pour échanger vos cadeaux. Maintenant, qui est le premier ? »

Nous avons tous hésité. Elle a levé sa montre.

« Le centre commercial ferme dans quinze minutes, messieurs, et on prévoit un mois de février particulièrement froid cette année. »

J'ai cru sentir une odeur de tente mouillée. Puis j'ai sorti rapidement mon portefeuille et je me suis mis en ligne.

Ernie Witham

La carte "Pour toujours"

Un bon mariage, ce n'est pas lorsqu'un « couple parfait » se forme, mais plutôt lorsqu'un « couple imparfait » apprend à apprécier ses différences.

Dave Meurer

Sur une étagère dans le placard de ma chambre, il y a une boîte de bois poussiéreuse où je conserve des trésors précieux. Un minuscule musée, si l'on peut dire, où mon passé est conservé. Des photographies d'enfance, des cartes postales, des épinglettes de remise de diplôme, des cartes religieuses, et des coupures de journaux soigneusement attachées ensemble. Aussi, des petits bouts du pelage d'animaux de compagnie adorés, et même le papier d'emballage de la boîte qui contenait mon anneau de fiançailles. Mais de tous ces précieux souvenirs, j'en révère un plus que tous les autres – la carte *"Pour toujours"*.

Il y a vingt-cinq ans, après avoir passé la veille de Noël avec nos trois enfants exubérants, nous avons finalement pu nous reposer, mon mari et moi. Comme d'autres parents dans le monde, nous étions épuisés. Il y avait de la magie dans ce moment de quiétude et de solitude alors que nous nous sommes assis à la lueur de l'arbre de Noël. Je me suis avancée vers la table de bout et j'ai tendu à mon mari une carte que j'avais soigneusement choisie pour lui.

Sur le devant de la carte, une scène était illustrée, rappelant les dessins du livre préféré des enfants, *Bonne nuit la lune*. Un homme et une femme dormaient doucement côte à côte, recouverts d'une courtepointe en *patchwork*. Un petit chat gris (qui ressemblait beaucoup à notre propre chat, Jessie) était roulé en boule au pied du lit, réchauffant leurs orteils, et un foyer brûlait doucement dans le coin de la pièce. Un petit sapin de Noël était installé sur la table de bout, et à travers les rideaux entrouverts de la fenêtre, la neige tombait doucement dans le ciel de la nuit. Un sentiment de sérénité émanait de l'image. La carte s'ouvrait sur une simple, merveilleuse expression. « Joyeux Noël, j'adore t'aimer. » Mon mari et moi chérissions tous les deux cette carte; elle représentait bien l'affection que nous éprouvions l'un pour l'autre. J'ai conservé cette carte et je l'ai ajoutée à ma boîte aux trésors.

Le Noël suivant, j'ai voulu acheter une nouvelle carte pour mon mari, mais je ne pouvais en trouver une aussi significative que celle de l'année précédente. La veille de Noël, comme nous nous assoyions de nouveau seuls tous les deux sous la chaleur des lumières de Noël, j'ai offert la même carte à mon mari. Quand il a ouvert l'enveloppe, il a murmuré : « Je me souviens de cette carte », et il a souri en m'embrassant tendrement. Un sentiment de bien-être nous entourait pendant que nous demeurions assis en silence. Pendant plus de vingt-cinq ans, nous avons répété cette tradition et nous en sommes toujours très émus.

Avec les années, beaucoup de choses ont changé et la vie nous a parfois durement frappés. Pourtant, la veille de Noël, lorsque la maison redevient paisible, nous nous assoyons à la lueur de notre arbre et je place tendrement notre carte dans les mains de mon époux. Je crois que, plus que toute autre chose durant la période des Fêtes, nous attendons impatiemment ce moment spécial et unique. Comme notre peau et la couleur de nos cheveux, notre carte s'est froissée et s'est décolorée avec le passage du temps. Mais quelque chose ne change pas: l'amour que nous éprouvons l'un pour l'autre durera *"Pour toujours"*.

Susan J. Siersma

De la crème glacée
pour les moments glacials

Chaque fois que je reçois une invitation pour assister à un mariage, j'imagine les personnalités uniques des deux futurs mariés. Je pense à ce qu'ils aiment, à ce qu'ils partagent, à ce qui les fait rire. Puis je me rends au magasin et je leur achète tous le même objet : une sorbetière à l'ancienne.

Chaque fois, le couple réagit de la même façon. Ils semblent d'abord étonnés, puis ils se ressaisissent pour prononcer deux brefs « mercis ». Puis ils mettent la chose de côté comme un livre ouvert à Noël au milieu d'une montagne de jouets.

Les jeunes mariés partiront pour leur lune de miel, puis ils reviendront s'installer dans l'aventure quotidienne en tant que mari et femme. Ils déballeront la sorbetière et la rangeront sur l'étagère d'un placard ou dans le garage, et ils l'oublieront. Le temps passera, et bientôt il faudra polir l'argenterie du mariage, le grille-pain sera rempli de miettes, et parfois la vie semblera bien trop ordinaire. Alors l'un d'entre eux pensera à de la crème glacée !

Mon mari et moi étions tout comme ce couple. Lors de notre réception de mariage, nous avons déballé une sorbetière. La donatrice, une puriste, avait choisi un modèle avec un seau en chêne véritable, un récipient à crème de grande capacité, et une manivelle manuelle. Elle a souri d'un air entendu pendant que nous déguisions avec peine notre surprise et réussissions à esquisser une paire de sourires hésitants. Nous n'avons jamais retiré la machine de sa boîte pour apprécier les douves du seau en chêne poli ou la forme parfaite de la palette du récipient. Nous avons plutôt rapidement placé l'objet dans une caisse avec les autres cadeaux et nous les avons expédiés à notre nouvelle maison.

Après une lune de miel insouciante, nous nous sommes installés dans le style de vie prévisible de deux nouveaux mariés occupant une profession. Nous avons négocié les tâches quotidiennes, décidé lequel de nous deux ferait le lavage, se chargerait de l'épicerie, préparerait les repas, couperait le gazon. En quelques mois, la structure et la routine de la vie de couple étaient en place. Nous avons acheté des meubles pour deux pièces de la maison, six plants en pots, une tondeuse à gazon et un chien. La vie était bonne.

Puis la chose est arrivée. Nous avons eu notre première dispute. Comme j'en avais l'habitude dans ma jeunesse, j'ai claqué la porte de la chambre, je me suis jetée sur le lit et j'ai pleuré. Mon mari est parti jouer au basket-ball. Les heures se sont écoulées et, privée de l'attention que je m'attendais à obtenir de mon novice époux, je me suis rapidement lassée de pleurer et d'être seule. Finalement, il est revenu avec un sac de papier.

Je souhaitais qu'il contienne des fleurs. Mais il en a plutôt retiré un volumineux sac rectangulaire, qu'il a placé sur le comptoir avec un décevant bruit sourd.

« Qu'est-ce que c'est ? » ai-je demandé, en m'assurant que le ton de ma voix dénotait ma colère.

« Du sel, a-t-il répondu. N'avons-nous pas une sorbetière quelque part ? »

« Dans le garage », ai-je répliqué, en économisant mes mots. Il a apporté la boîte dans le salon et l'a déposée sur le sol, m'invitant évidemment à l'aider. Mais je ne l'ai pas fait. J'ai déplacé des assiettes et des casseroles, faisant comme si je préparais le dîner. Tout ce temps, je surveillais pour voir si ce garçon de la ville que j'avais épousé était capable de trouver la manière d'assembler une machine qu'il n'avait jamais utilisée de toute sa vie.

Il est allé aussi loin que visser la manivelle de bois sur la tige de fer. Puis il s'est assis et s'est gratté la tête, une scène qui a forcé un sourire sur mon visage.

« Tu as déjà utilisé une de ces choses ? » a-t-il crié vers la cuisine.

« Ouais », a été tout ce que j'ai répondu.

Il s'est avéré que notre sorbetière était d'un modèle presque identique à celle de mon enfance. Je n'ai donc pris que quelques minutes pour assembler les pièces et ponctuer la tâche d'un regard ulcéré et satisfait, rempli de supériorité.

« Est-ce qu'on a ce qu'il faut pour en fabriquer ? » a-t-il demandé.

« Ouais. Apporte ça à l'extérieur. Brise la glace. Je ferai la crème », ai-je répondu, appréciant la chance de m'adresser à cet homme techniquement maladroit mais si beau, contre qui j'étais fâchée.

Quand le tout a été rassemblé, j'ai commencé à tourner la manivelle, soulagée par le bruit, et le mélange de la glace fondante et du sel qui tourbillonnaient. « Je m'en chargerai à partir de maintenant », a répondu mon mari, s'agenouillant à mes côtés et plaçant sa main sur la manivelle à côté de la mienne. Je l'ai laissé prendre le contrôle. Il a souri alors que son bras commençait à s'activer. L'expression de son visage me rappelait mon enfance.

Souvent, au cours des étés chaotiques vibrant de l'énergie de cinq enfants en congé scolaire, ma mère déclarait : « Nous allons faire de la crème glacée ! » Nous utilisions la manivelle à tour de rôle et cette tâche nous unissait comme une équipe chargée d'une mission. Le processus de transformer quelques ingrédients de base en crème glacée constituait une magie qui ne perdait jamais son pouvoir de nous ravir.

Une heure plus tard, son sourire était devenu une grimace chargée de sueur, et les coups rapides commençaient à devenir laborieux et lents.

« Ça commence à durcir – ça doit être prêt », a-t-il dit d'une voix entrecoupée.

Et je soupçonne que ça l'était. Cependant, quelque chose m'invitait à prétendre effectuer un test en donnant un tour de manivelle, puis j'ai déclaré : « Un autre dix minutes. »

C'était la meilleure crème glacée que j'ai jamais mangée. Notre colère a battu en retraite, refroidie par le temps, le travail et un dessert glacé. S'est éclipsée en même temps l'énergie requise pour maintenir la dispute. Soudainement, nos divergences d'opinions n'ont semblé rien de plus qu'une différence naturelle des goûts personnels, aussi indigne d'une dispute que les différentes saveurs de crème glacée.

Malheureusement, nous n'avons pas toujours fabriqué de la crème glacée lorsque nous avions un différend.

Comme pour de nombreux couples, se mettre en colère, défendre ses positions et conclure une série de petits accords est devenu comme une routine. Il y a beaucoup de gaspillage dans une telle manière de vivre. Mais jusqu'à ce que nous vivions un choc émotionnel important, nous ne le voyions pas.

Des mois après notre première dispute, mon mari a été victime d'un écrasement d'avion. Même si tous ceux qui se trouvaient dans l'appareil ont survécu, ce jour a marqué un point tournant. Après cet événement, nous n'avons pas vécu de désaccord pendant un bon moment. Nous avons plutôt atteint un nouveau niveau de maturité dans notre mariage. Nous avons décidé que la vie devait être faite de moins de routine et de moins de querelles, et une sorte de logique tacite a suggéré qu'un peu plus de crème glacée ne ferait pas de mal.

Dans l'esprit de notre nouvelle philosophie, nous avons organisé une fête, annonçant à nos invités qu'ils devraient préparer le dessert – de la crème glacée maison. Certains de nos amis étaient des novices, croyant que tout commençait avec un pot.

Les autres étaient impatients de commencer à tourner la manivelle. Tous ont reconnu que c'était une façon formidable d'avoir du plaisir.

La fabrication de la crème glacée nous a unis comme groupe, et bientôt tous ceux qui étaient venus ce soir-là, même les célibataires, ont acheté des sorbetières. Toutes les petites fêtes se sont assorties d'un nouveau thème de crème glacée. Nous avons essayé les pêches, la menthe, le chocolat, les bleuets et même un miel-cannelle expérimental.

Après une décennie de fabrication de crème glacée, notre machine s'est brisée. Mais avec un jeune enfant et un nouveau-né, nos mains étaient trop occupées pour fabriquer nos desserts en tournant une manivelle. Je me suis sentie comme une traîtresse quand j'ai acheté un modèle électrique. Mais notre famille avait doublé et il semblait plus raisonnable d'utiliser un appareil moderne et une source d'énergie.

Vingt-deux ans et trois machines ont passé depuis que nous avons ouvert le plus bizarre des cadeaux de mariage. Je suis sur le point d'en acheter une autre – comme cadeau de mariage, bien sûr. Je sais que le couple sera surpris et étonné, mais j'ai l'habitude de cette réaction. Ils découvriront éventuellement, comme nous l'avons compris, que peu de choses de la vie quotidienne ne peuvent être améliorées avec de la crème glacée.

Susan Sarver

Hourra pour le mariage

Puis le prince prit la ravissante jeune fille dans ses bras et l'emmena chez lui dans son château. Et ils vécurent...

J'aimerais bien lire les résultats d'une étude nationale portant sur tous ces princes et princesses sept années après leur mariage heureux-jusqu'à-la-fin-des-jours. La vérité, c'est que la vie n'est pas continuellement faite de moments euphoriques comme dans le premier stade des fréquentations. Oui, le flirt est amusant et la chasse excitante. Mais après un moment, votre organisme a besoin de repos.

On appelle ça le deuxième stade. Soudainement, l'homme qui vous désirait le matin, le midi et le soir préfère regarder la partie de football, tombe endormi quand vous lui révélez vos secrets les plus intimes, et oublie le quatrième anniversaire du premier moment où il a aperçu votre visage.

En fait, la meilleure chose qui peut arriver dans un mariage, c'est l'adaptation. Aucun de vous deux n'a plus à faire des claquettes pour gagner l'approbation de l'autre. Vous avez gagné l'acceptation mutuelle, et c'est une chose qu'il ne faut pas sous-estimer.

Pourtant, à mesure que le temps passe, vous observez l'union glorieuse qui, pensiez-vous, serait remplie de moments mémorables. Vous voyez qu'il faut nettoyer la maison, négocier l'utilisation de l'automobile, et votre mari semble aussi fatigué que vous. Vous demandez : « Est-ce que c'est *ça* ? »

Puis arrive le troisième stade quand vous assumez votre mariage et découvrez qu'il vaut bien les hauts et les bas. Ce qui sauve la relation, c'est que votre colonne des « plus » surpasse votre colonne des « moins ». Peut-être qu'il ne vous dit pas à quel point vous avez l'air fantastique quand vous avez passé trois heures à vous faire une beauté (un moins), mais il vide le lave-vaisselle sans qu'on le lui demande (un plus). Même s'il ne vous surprend plus avec des billets pour un week-end à Miami (un petit moins), il vous traite, vous et vos parents, avec respect (un gros plus).

Peut-être que vous ne lui apportez pas son journal et ses pantoufles lorsqu'il rentre du travail (un petit moins), mais vous lui demandez comment la journée s'est déroulée, et vous êtes même intéressée à sa réponse (un super plus).

Puis, il y a certaines choses que fait mon époux et qui témoignent que cet homme se soucie de moi. Il me donne l'impression d'être aimée. C'est un sentiment de sécurité que je n'échangerais pas.

Qui d'autre, sauf quelqu'un qui m'aime, accepterait d'emmener notre fille adolescente faire des courses parce que ses goûts vestimentaires me répugnent.

Qui d'autre, sauf quelqu'un qui l'aime, l'accompagnerait en voiture alors qu'il dévie de sa route de trente kilomètres, parce qu'il était trop entêté pour demander son chemin, sans lui lancer : « Je te l'avais dit ! »

Qui d'autre, sauf quelqu'un qui m'aime, embrasserait ma tête endormie avant de partir le matin, sans me dire que je ressemble à Méduse dans ses mauvais jours ?

Qui d'autre, sauf quelqu'un qui l'aime, suivrait sa piste de sous-vêtements et de chaussettes, qui ne se rendent jamais vraiment dans le panier à linge, pour les ramasser sans critiquer son éducation ?

Qui d'autre, sauf quelqu'un qui m'aime, insisterait pour que nous prenions rendez-vous pour souper tous les jeudis soir ? Le temps de s'asseoir au restaurant et d'avoir une chance de faire ce que nous tentons de faire à la maison (échanger les événements du jour), parce que nous sommes seuls et forcés de partager plus de nos sentiments, de rire beaucoup. Après dix-huit années de mariage, le résultat net est romantique (un super plus).

Même si aucun mariage n'est continuellement dans les délices, il peut être pas mal du tout la plupart du temps. Si notre mariage dure malgré les disputes, les soucis d'argent, les traumatismes des enfants et les crises de la cinquantaine, ce n'est pas parce que notre relation ressemble toujours à la fête nationale. La raison fondamentale pour laquelle notre mariage a survécu au vent de folie de la vie quotidienne est celle-ci : nous nous aimons. Voilà ma conception relative au « heureux-jusqu'à-la-fin-des-jours ».

Trish Vradenburg

La sagesse nous a appris que
nous taquinons ceux que nous aimons.

Agnes Repplier

L'anniversaire

Mon épouse et moi avons célébré notre dix-septième anniversaire l'autre jour. Non pas pour commémorer notre mariage, mais pour souligner notre premier rendez-vous (au secondaire, nous sortions ensemble). Et, pendant que nous nous remémorions nos souvenirs, j'ai admis que notre relation avait failli ne jamais décoller.

« Qu'est-ce que tu veux dire ?! » a demandé mon épouse.

J'ai souri. « J'avais peur de ton père. »

L'homme était, et est encore, un colosse. Il était le père légendaire que les adolescents auraient regardé en disant : « JE VAIS MOURIR ! »

« Mais tu étais courageux pour moi », a répondu doucement mon épouse. « Qu'est-ce que tu as fait quand tu as frappé à ma porte ? Est-ce que mon père a répondu ? »

« Tous les pères répondent à la porte lors des premiers rendez-vous, ai-je répliqué. Si je me souviens bien, ma langue était enflée par la peur et je pensais presque mourir étouffé. »

« Est-ce que mon père t'a dit quelque chose ? »

« Non, il est juste resté là à m'observer. Je crois qu'il pensait que je faisais du porte-à-porte pour recueillir de l'argent destiné aux muets. »

« Pourquoi penses-tu ça ? »

« Il m'a donné un dollar. »

« Eh bien, apparemment, tu étais correct – il nous a laissés sortir, n'est-ce pas ? »

« C'est vrai, ai-je répondu. Mais avant de partir, il m'a regardé, puis il t'a regardée, puis il a regardé ma voiture. »

« Pourquoi ? »

« C'était comme s'il me racontait une petite histoire au moyen de la télépathie. »

« Que racontait cette histoire ? »

« Un étudiant du secondaire tout excité qui marche maintenant en boitant. »

Ses yeux ont étincelé alors qu'elle se rendait soudainement compte de quelque chose. « Est-ce que c'est pour cette raison que tu ne m'as jamais tenu la main devant mon père ? »

J'ai fait signe que oui. « J'avais peur qu'il dise quelque chose. »

« Comme quoi ? »

« Comme *Hé, Roméo, veux-tu garder ce bras* ? »

Bien sûr, notre premier rendez-vous n'a rien eu de comparable à la semaine suivante quand je me suis rendu à la maison de ma future épouse. Le lendemain, je devais partir pour des vacances printanières avec ma famille. Ses parents étaient absents, donc, comme c'est l'habitude pour des jeunes adolescents, nous nous sommes bécotés sur le canapé.

La première chose que j'ai sue, ses parents arrivaient dans l'allée une heure plus tôt que prévu. Les cheveux ébouriffés, j'ai pensé devenir fou, criant :

« Notre Père qui êtes aux cieux », pendant que ma future épouse se tenait derrière moi, crachant dans sa main et lissant ma mèche de cheveux.

M'installant sur le canapé comme si je lisais un intéressant article du *National Geographic* sur les vers de pommes, son père est entré et s'est dirigé directement vers le salon comme un chasseur de primes.

« Salut », ai-je dit, le saluant comme un soprano enroué. J'aurais aussi voulu lui faire un signe de la main, mais je m'étais coupé à force de tenir fermement le magazine comme une bouée de sauvetage, et j'essayais d'arrêter le saignement avec un petit napperon de lin.

Finalement, alors que des gouttes de sueur coulaient sur mon cou, le géant a parlé de sa voix sombre et profonde : « Alors, Ken, quand pars-tu ? »

« Tout de suite », ai-je répondu, me levant d'un bond pour partir.

Il m'a regardé un moment et puis il a commencé à rire. « Je voulais dire en vacances. »

« Mon père aime encore raconter cette histoire », a souligné ma femme.

Je ne peux qu'espérer être à moitié aussi effrayant lorsque ma fille commencera à sortir avec des garçons.

Ken Swarner

« *Voilà à quoi ressemblait mon père
quand je lui ai dit que j'allais t'épouser.* »

Reproduit avec l'autorisation de Martha Campbell.

Les petites choses...

L'amour embellit merveilleusement.

Louisa May Alcott

Ce sont les petites choses qu'il fait chaque jour avec amour et affection. J'essaie souvent de me rappeler la chance que j'ai de vivre avec quelqu'un qui se soucie autant de moi. Les exemples les plus saisissants de son amour pour moi, sa femme, sont les façons dont il veille à prendre soin de moi, non pas à la manière d'un macho ou d'un surprotecteur, mais dans des expressions affectueuses de tendresse et d'attachement. Une telle journée – que je chérirai toujours – est arrivée en mai 1993.

Jeff et moi étions mariés depuis un peu plus d'un an et demi. Nous attendions notre premier enfant pour le mois d'août. Heureusement, ma grossesse se déroulait sans incidents, à part ce que vivent presque toutes les autres femmes enceintes lorsqu'elles doivent s'ajuster aux changements de leur corps. J'ai eu des nausées matinales pendant toute ma grossesse. Bien sûr, elles ne se limitaient pas aux heures du matin. Mon mari était là avec moi, me frictionnant le dos, et nettoyant même derrière moi quand c'était nécessaire.

Mes habitudes de sommeil étaient si perturbées que je croyais ne jamais retrouver une bonne nuit de sommeil. N'importe quelle petite chose me dérangeait. Le bruit, le mouvement, la lumière, la chaleur, le froid, tout ce que vous voulez. Mais ce qui dérangeait le plus mon sommeil était que la chambre n'était pas assez sombre. Je voulais une obscurité totale. Comme mes hormones ont commencé à me dicter mon comportement, tout m'irritait : les réverbères dans la rue, le projecteur de sécurité de nos voisins, et même la lune qui répandait une telle clarté dans ma chambre.

Ce jour de mai 1993, Jeff avait travaillé toute la journée, qui avait commencé pour lui à quatre heures et demie du matin. Il a trouvé le temps d'aller chez un marchand pour acheter un store, fabriqué avec le matériel le plus épais qu'il a pu trouver, de façon à réduire le plus possible la lumière en provenance de l'extérieur. Le store devait être taillé sur mesure pour correspondre à notre fenêtre qui était d'une dimension spéciale. Il a installé le store avant que je ne revienne du travail.

Quand je suis arrivée à la maison, il m'a accompagnée dans notre chambre, puis dans notre salle de bains attenant où un bain moussant m'attendait. J'ai savouré ce moment paisible dans la baignoire. Quand j'en suis sortie, il m'a emmenée dans la chambre. Il a suggéré qu'après ma longue journée au bureau je devrais me reposer et me coucher immédiatement. J'ai accepté, car il me semblait que c'était ce que j'avais de mieux à faire. Mais, bien sûr, Jeff m'avait préparé une autre surprise.

Jeff s'est dirigé vers la fenêtre. Je lui ai demandé ce qu'il faisait, et il m'a dit d'être patiente. Il a doucement baissé le store nouvellement installé. L'éclairage de la chambre s'est lentement transformé, passant de la lumière filtrée du soleil à un noir d'encre. Il m'a fait une grosse caresse, m'a donné un doux baiser et m'a dit : « Repose-toi, adorable Sue. » Quelle merveilleuse sieste !

Ce n'était pas l'obscurité qui a été responsable de ce merveilleux sommeil. C'étaient plutôt la paix et l'amour qui m'entouraient, comme l'attestait le tangible et inestimable store qui est fixé à la fenêtre de ma chambre depuis ce jour.

Susan M. Miller

Qui, moi ?

L'essentiel est à mes yeux ceci : aimer un être n'est pas le tenir pour merveilleux, c'est le tenir pour nécessaire.

André Malraux

Une plaisanterie circule dans la famille. Chaque fois que nous accusons mon mari d'avoir fait une bonne action, une blague ou une erreur, il répond invariablement : « Qui, moi ? » Nous lui avons déclaré que nous graverions cette expression sur sa pierre tombale. En réalité, ce serait très logique parce que cela nous rappellerait : « Oui, toi... »

Toi qui as peint mes ongles d'orteils quand j'étais enceinte de huit mois. Toi qui as tenu notre bébé dans tes bras après sa chirurgie parce que tu ne voulais pas qu'il se réveille dans un lit inconnu. Toi qui m'as donné des raisins sans pépins et des bâtonnets de fromage le jour de la Saint-Valentin parce que tu savais que c'était ce que je préférais. Toi qui as pleuré devant moi pour la première fois quand mon père est décédé. Toi qui as toujours pourvu à tous les besoins de notre famille et plus encore. Toi qui ne t'es jamais acheté quelque chose pour toi-même. Toi qui étais si peu exigeant envers moi, ton épouse, et qui m'as refusé si peu de choses. Toi qui t'es agenouillé pour me parler dans les yeux alors que j'étais assise dans la chaise du salon le jour où ma mère est décédée. Toi qui as fait des projets pour notre avenir dès le début de notre mariage.

Toi que j'aime encore *Plus qu'hier, moins que demain,* comme il est gravé à l'intérieur de ton anneau de mariage. Toi qui répares tout ce qui brise, qui tombe ou qui se bouche dans notre maison. Toi qui ne dépenserais pas trois dollars pour le bon outil, mais qui ferais cadeau de cent dollars à un ami dans le besoin. Toi qui es retourné chez tes parents pendant leur maladie pour être le fils sur lequel ils savaient pouvoir compter. Toi qui n'as jamais mangé le dernier biscuit, petit gâteau ou morceau de tarte. Toi qui m'as déclaré, quand je me plaignais des dépenses des garçons : « Eh bien, nous ne payons pas pour leurs cautionnements. » Toi qui te réfères à un employé comme à quelqu'un qui travaille avec toi et non pour toi. Toi qui m'as donné la bonne voiture à conduire. Toi qui as trouvé des trèfles à quatre feuilles et qui m'as expliqué que, si je n'en trouvais pas, c'était que je regardais seulement ceux à trois feuilles.

Toi qui as pris soin du chien dont personne ne voulait. Toi qui m'as procuré une nouvelle imprimante, mais ne t'es jamais acheté un nouveau moulinet. Toi qui n'as jamais laissé les garçons partir pour l'école sans vérifier l'huile de l'automobile et nettoyer les phares. Toi qui n'as jamais laissé vide le réservoir d'essence de ma voiture. Toi qui as démontré modération et amour en me laissant au moins un mot dans les *Mots cachés*, même quand tu connaissais toutes les réponses. Toi qui m'as appris l'art du décodage des cartes routières. Toi qui as montré aux garçons le fonctionnement des objets pour qu'ils puissent plus facilement les réparer. Toi qui as toujours vu la beauté chez un veau nouveau-né au visage pâle.

Toi qui n'as trouvé aucun travail indigne de toi à l'usine. Toi qui t'es assis devant tous les jeux de nos enfants. Toi qui as vécu « entouré » de mes bibelots, mais qui en as caché quelques-uns qui étaient intolérables. Toi qui m'as toujours félicitée pour mes efforts et ma nourriture, quoi que je te serve à manger. Toi qui t'es battu pour le droit des garçons à l'inviolabilité et à l'intimité de leur propre chambre. Toi qui entretenais le pare-brise de ma voiture. Toi qui m'as dit d'envoyer un chèque aux garçons pour combler une nécessité. Toi qui as chassé les grenouilles de la piscine parce que j'en avais peur. Toi qui ne t'es jamais mis au lit à l'heure, mais qui as fait du réveil une telle joie de te trouver à mes côtés. Toi qui as partagé avec ma mère veuve le seul bonus que tu n'as jamais reçu au travail. Toi qui mettais en marche ou vidais le lave-vaisselle, et me laissais lire après le repas.

Toi qui as toujours réfléchi en détail aux choses et m'as aidée à maîtriser ma nature impétueuse. Toi que tes collègues reconnaissaient comme un homme fiable et un patron juste. Toi qui portais les deux épinglettes du Mérite des garçons sur le revers de ton veston. Toi qui ratissais la cour après avoir tondu le gazon parce que tu savais que c'était ce que je voulais. Toi qui n'as jamais percé du doigt le dessous des chocolats de la boîte Godiva pour en vérifier la saveur. Toi dont les mains peuvent apaiser toutes nos blessures.

« Qui, moi ? » demandes-tu.

Oui, toi – qui m'as permis de réaliser mes deux plus grands rêves, être ta femme et une mère. Trente années heureuses plus tard, oui, toi.

Andy Skidmore

5

SOUVENIRS D'AMOUR

L'amour est une force
plus extraordinaire que toute autre.
Il est invisible – on ne peut ni le voir
ni le mesurer, mais il est pourtant
assez puissant pour nous transformer
en un instant, et nous offrir plus de joie
qu'aucun bien matériel ne le pourrait.

Barbara De Angelis, Ph.D.

Va-t-il m'embrasser ?

*Le baiser est un moyen de rapprocher deux
personnes de si près qu'elles ne peuvent plus
rien voir de mal chez l'autre.*

René Yasenek

J'ai rencontré Chris dans une sortie à deux couples;
mais je sortais alors avec son meilleur ami. Chris, bien
sûr, se trouvait avec son amie de toujours, Paula. Tout
le temps où nous étions assis au restaurant, nos regards
ne cessaient de se croiser. Ses yeux étaient du bleu le
plus électrisant que j'avais jamais vu. Lorsqu'il parlait,
je me perdais dans une mer bleue. Des yeux comme les
siens pouvaient faire tomber en pâmoison n'importe
quelle fille. Je savais que je ne devais pas fixer ce garçon en face de moi – je ne sortais pas avec lui. Ses yeux
étaient comme des aimants qui m'attiraient sans cesse.
Chaque fois que je le regardais, je m'apercevais qu'il
m'examinait lui aussi. J'ai essayé de me concentrer de
nouveau sur mon petit ami, mais j'en étais incapable. Je
suis revenue à la maison ce soir-là en rêvant à ses yeux
bleus et en me demandant si je ne les reverrais jamais.

Une semaine plus tard, Chris a téléphoné.
Ô comme mon cœur s'est mis à battre la chamade. Je
suis devenue tellement excitée que j'ai dû m'asseoir.
Lorsqu'il m'a demandé de sortir, la seule chose que j'ai
pensé à lui demander a été : « Qu'est-ce qui arrive avec
Paula ? » Il a répliqué : « Qu'est-ce qui arrive avec
elle ? » Puis il a continué en m'expliquant que c'était
terminé entre eux. Nonchalamment, j'ai accepté de

sortir avec lui. En réalité, j'étais tellement ravie que je pouvais difficilement me contenir.

Le samedi, il est arrivé à l'heure pile. Il est entré, s'est assis pendant un moment et a bavardé avec ma mère. Je ne pouvais le quitter des yeux tout ce temps. Je trouvais qu'il avait une façon si gentille de parler à ma mère et de l'écouter, souriant et riant avec elle. J'étais aux anges.

Pendant toute la soirée, Chris s'est conduit comme un gentleman. Il a ouvert la portière de la voiture, m'a offert son bras pendant que nous marchions et m'a toujours fait entrer la première. Au retour, quand il m'a ramenée à la maison, il m'a accompagnée jusqu'à la porte et a salué ma mère. À ce moment-là, j'espérais vraiment qu'il m'embrasse, mais il m'a plutôt dit : « Merci d'être sortie avec moi ce soir. Je me suis bien amusé. » Me demandant ce qui n'allait pas, j'ai répondu : « Je me suis bien amusée, moi aussi. » Je croyais qu'il voulait peut-être s'assurer que je m'étais bien amusée avant que nous nous embrassions. Mais il m'a dit au revoir et il est parti. J'étais perplexe. Qu'est-ce qui n'avait pas marché ? Une moitié de moi a pensé qu'il ne m'aimait pas et que c'était fichu. L'autre moitié a ri nerveusement à l'idée d'un tel gentleman et se sentait excitée devant la perspective de ce qui pourrait arriver.

Le lundi, je me tenais devant mon casier quand Chris est arrivé derrière moi et m'a doucement touché le bras. J'ai été très surprise de le voir à cet endroit, car nous ne nous étions jamais rencontrés à l'école auparavant. Cette école est immense, comptant trois étages et quatre ailes différentes. Les élèves sont si nombreux qu'il est impossible de connaître ou même d'avoir vu la moitié d'entre eux. Mais il était là, il m'avait trouvée. J'étais très excitée et mon cœur battait lorsqu'il m'a demandé de l'accompagner à une partie de basket le samedi suivant. Après son départ, j'étais tellement énervée que je ne pouvais me souvenir de ce que je voulais prendre dans mon casier. Je l'ai refermé et j'ai marché d'un pas léger dans le corridor. Je suis certaine que je devais afficher un regard distrait et un sourire stupide. Je n'avais pas le livre qu'il me fallait pour le cours, mais ça m'était égal. Je ne pouvais que penser à Chris.

Le samedi est arrivé et j'étais vraiment très nerveuse. Je voulais que notre rendez-vous soit parfait. J'ai rendu ma mère folle ce jour-là, avec des questions sur mes vêtements, mes cheveux, mon maquillage, et ce que je devrais dire et comment je devrais agir.

Chris est venu me chercher à l'heure. À son arrivée, il a encore une fois échangé des plaisanteries avec ma mère. Il était tellement poli et si gentil, et il était vraiment intéressé à bavarder avec elle.

Nous sommes arrivés à la partie de basket et, en marchant à travers le parc de stationnement, Chris a pris ma main et l'a tenue jusqu'à ce que nous ayons atteint l'immeuble. Pendant tout ce temps, mon cœur battait à tout rompre. Sa main, ferme et robuste, enveloppait la mienne. Je pouvais sentir sa force, mais il tenait ma main avec tellement de prévenance et de douceur. Avec lui, je me sentais en sécurité et protégée.

Lorsqu'il m'a ramenée à la maison ce soir-là, j'étais certaine qu'il m'embrasserait. Mais encore une fois il m'a simplement remerciée et nous nous sommes quittés. Je ne pouvais y croire – encore une fois, pas de baiser! Qu'est-ce qui n'allait pas avec moi? Est-ce que j'imaginais des choses inexistantes entre lui et moi? J'étais vraiment confuse et frustrée. J'en ai parlé à ma mère et elle m'a répondu: « Je crois que c'est un gentleman. » J'ai répliqué: « D'accord, mais est-ce que ça veut dire qu'il m'aime? » Elle a haussé les épaules et m'a fait un clin d'œil en souriant. J'étais tellement déconcertée. Je n'avais jamais rencontré auparavant quelqu'un comme Chris, et je l'aimais vraiment. Mais je n'étais pas certaine de ses sentiments à mon égard.

La semaine suivante, je n'ai pas vu Chris avant le mercredi après-midi. Il m'a trouvée au moment où je partais pour luncher. Il m'a demandé si je savais jouer aux quilles. Sarcastique, j'ai pensé: *Jouer aux quilles – ce type ne m'aime vraiment pas d'une manière romantique.* J'ai répondu sans enthousiasme: « Oui, j'ai déjà joué dans des ligues de quilles. » Soudainement, son visage s'est éclairé. « Vraiment!, a-t-il répondu, avec excitation. Nous avons besoin d'une autre personne dans notre équipe. Quelqu'un s'est retiré. Peux-tu venir ce soir? » J'ai haussé une épaule en disant: « Certainement », me sentant déçue à l'idée que nous ne serions jamais plus que « des amis ».

Ce soir-là, nous sommes allés jouer aux quilles. Notre équipe a gagné, et j'ai réellement aimé me retrouver avec Chris. À plusieurs reprises pendant la soirée, nos yeux se sont croisés, et j'ai cherché un quelconque signe qu'il pourrait m'aimer encore.

Lorsqu'il m'a ramenée à la maison, il a marché avec moi jusqu'à la porte d'entrée. Je l'ai remercié de m'avoir invitée à me joindre à la ligue de quilles. Comme je me retournais pour entrer à l'intérieur, il a délicatement touché mon bras. Je suis restée là à regarder ses ravissants yeux bleus. Il a pris mon visage dans le creux de ses grandes mains douces. Pendant ce qui a semblé une éternité, nous nous sommes regardés dans les yeux. Puis, comme si nous pouvions lire dans la pensée de l'autre, nous nous sommes embrassés en un long baiser passionné. J'étais enivrée par l'odeur de son blouson de cuir. J'ai respiré profondément pour savourer ce moment. Ô, enfin, le baiser dont j'avais rêvé. C'était mieux que ce que j'avais imaginé. J'étais transportée. L'attente en avait valu la peine. J'ai su à cet instant que quelque chose nous liait vraiment, Chris et moi, un lien qui durerait toute la vie.

Même maintenant, je savoure encore ce premier baiser avec Chris. Ça fait près de vingt ans, même si cela semble s'être passé hier. Je peux encore sentir le cuir de son blouson. Parfois même, je le retire de notre placard et je le respire profondément, me délectant du souvenir de ce premier baiser. Quant à Chris, il n'arrive pas à comprendre pourquoi je veux conserver ce blouson. Il ne lui fait plus depuis des années.

Margaret E. Reed

*Le lâche est incapable de manifester
son amour; c'est la prérogative du brave.*

Mahatma Gandhi

Le secret d'une amie

Il y a un moment dans le classique *Cendrillon* de Disney où l'héroïne misérable réclame son capricieux soulier de vair, puis le Prince Charmant la prend dans ses bras et l'emporte en valsant avec elle. Cette scène suscite des soupirs de nostalgie chez toutes les femmes qui la regardent. Pourquoi? L'amour romantique! C'est bien de cela dont il s'agit.

Je me suis souvent demandé comment cet intangible sens du grand amour et de l'attachement romantique peut passer du cinéma à la réalité. Je sais que c'est possible. J'ai vu autour de moi des couples mariés depuis des décennies qui rayonnent encore quand ils s'assoient côte à côte, leurs mains amoureusement entrelacées. Pourtant, en tant qu'enfant de parents divorcés, et divorcée moi-même, je sais aussi que l'amour vrai n'a jamais été facile à vivre. En fait, l'expression « route rocailleuse » pourrait le mieux décrire la plupart des mariages que j'ai rencontrés.

Cependant, récemment, une de mes amies m'a raconté un petit secret – un récit d'amour qui me fait venir les larmes aux yeux et qui, je dois l'admettre, suscite un peu d'envie dans mon cœur.

Son histoire n'est nullement reliée au dernier bijou que son mari lui a donné, ou aux fleurs qu'il lui a envoyées juste avant leur cinquantième anniversaire de mariage. Elle a maintenant soixante-dix ans, elle vit seule depuis le décès de son mari il y a deux ans, mais grâce à l'amour de son époux, elle ne ressent pas constamment la solitude.

Car dans les tiroirs et les meubles de toute sa maison, il y a des mots d'amour écrits par son époux. Mots d'affection qu'il a semés comme des surprises romantiques tout au long de leur mariage. Avec les années, elle a conservé ses douces pensées, les laissant souvent à l'endroit initial où il les avait cachées, ravivant tendrement ses sentiments affectueux à chaque redécouverte.

Maintenant qu'il est parti, la vie de mon amie est un défi quotidien de souvenirs amoureux et de triste langueur pour cet homme romantique avec lequel elle a partagé presque un demi-siècle de vie. Pourtant, irréductiblement, elle continue à démontrer sa détermination et son enthousiasme. Mon amie est forte et sa santé est bonne, et elle vit chaque jour en s'intéressant au monde autour d'elle. Elle est entourée d'une famille et d'amis qui la soutiennent, et d'une communauté qui la reconnaît et qui la respecte.

Plus que tout, cependant, mon amie continue son existence en ressentant intérieurement qu'elle est aimée, vraiment et totalement. Chaque fois qu'elle pense autrement, elle n'a qu'à ouvrir un tiroir de cuisine, ou qu'à regarder dans la table de nuit de sa chambre, pour trouver un mot de rappel.

Mais d'une certaine façon, j'ai l'impression que sans même regarder… elle sait déjà.

Christina M. Abt

Belle vie, belle mort

« Linda » signifie belle. Comment ses parents ont-ils su qu'elle serait aussi belle intérieurement ?

Aujourd'hui, j'ai commencé la matinée en lui disant : « Ne t'inquiète pas pour moi, mon amour », puis j'ai ri immédiatement très fort – avec elle. Combien il est ridicule d'imaginer que Linda ne serait pas inquiète à notre sujet : moi, les enfants qu'elle laisse derrière, les petits-enfants qu'elle ne connaîtra pas et même les millions d'autres qui ne sont pas encore nés. Pour la première fois, j'ai compris la nature de son inquiétude. Linda exprimait son amour inconditionnel en s'inquiétant. Une sorte d'amour qui vous touche, vous et toute créature vivante, maintenant et dans l'avenir. Si vous avez connu Linda, vous l'avez ressenti. Elle ne pouvait imaginer que des gens puissent en blesser d'autres, ou même mentir ou voler – cela ne faisait pas partie de son être.

Nous rencontrons beaucoup de gens dans la vie, mais peu laissent des empreintes dans notre cœur. Linda avait cette qualité d'âme. Elle nourrissait si subtilement nos cœurs qu'il était possible que nous n'en remarquions pas les conséquences des années durant.

Il y a dix-huit mois, un mélanome excisé six ans auparavant sur une petite tache dans le bas de son dos a réapparu sur un ganglion lymphatique. Nous avons tenté de trouver les meilleurs soins possible en utilisant toutes les ressources à notre disposition, mais en vain. Malgré le déni qui nous habitait, nous avons commencé à nous préparer concrètement et avec émotion à son décès probable dans un proche avenir. En janvier 2002, nous avons su qu'il ne lui restait que quelques mois à vivre. Ne perdant pas de temps avec des regrets, nous avons passé ce précieux temps à savourer notre amour et à lui dire au revoir. Une semaine avant sa mort, nos enfants sont venus lui faire leurs adieux. Une image demeure : celle de mes jeunes enfants adultes blottis contre Linda comme lorsqu'ils étaient enfants, se câlinant doucement pour s'imprégner d'une vie entière de contact physique.

Durant les derniers jours, elle a commencé à s'éteindre doucement à la maison, sous la surveillance de l'établissement de soins palliatifs. Même si elle ne souffrait pas, elle devait faire de grands efforts pour parler, et alternait entre l'état de conscience et d'inconscience. Sa sœur et moi étions assis paisiblement avec elle, lui rappelant l'amour qu'elle avait partagé et toute la richesse que sa vie avait apportée. Nous avons trouvé l'endroit où elle conservait mes poèmes d'amour et mes lettres depuis trente ans, et je les lui ai tous relus. Nous sommes demeurés assis dans l'intimité pendant des heures, simplement à lui tenir la main. Dans la soirée, nous avons partagé la magie de notre dernier feu dans le foyer du salon.

Pendant sa dernière journée, elle a dormi jusque dans l'après-midi, puis elle est entrée dans un état de semi-inconscience; son regard était perdu dans le vague, mais exprimait la paix. Puis est venue la respiration rauque caractéristique de l'agonie. Alarmés, nous avons téléphoné à l'établissement de soins palliatifs et on nous a dit d'examiner son front et son visage – semblait-elle grimacer, lutter ? Non, pas du tout. Nous avons continué à la rassurer doucement, à tenir ses mains, à faire jouer de la musique apaisante, à lire des poèmes et, dans l'ensemble, à lui donner la permission de nous quitter, après avoir bien accompli le travail de sa vie.

Dans la soirée, elle a eu suffisamment de force pour sortir momentanément de son coma. Elle a tourné légèrement la tête, a fixé ses yeux sur moi, a bougé ses lèvres peut-être pour dire : « Au revoir, mon amour. » Je l'ai embrassée. Elle m'a retourné mon baiser. Elle a ensuite regardé sa sœur et a partagé le même poignant au revoir, puis elle est retombée dans le coma. Ce moment saisissant et émouvant demeurera pour toujours inscrit dans ma mémoire affective. Quelques heures plus tard, rassurés par une infirmière à domicile de l'établissement de soins palliatifs que nous avions fait tout ce que nous pouvions, nous nous sommes préparés pour dormir. Je lui ai souhaité bonne nuit en l'embrassant et je lui ai promis que je serais encore à ses côtés si elle avait besoin de moi. Je suis tombé endormi.

Soudain, seulement quelques minutes plus tard, je me suis complètement réveillé, j'ai jeté un coup d'œil à Linda et j'ai senti qu'elle était partie – sa respiration avait cessé, ses lèvres étaient pâles. J'ai appelé sa sœur et nous avons dit nos derniers adieux pour honorer l'aura qui subsistait encore dans le vaisseau qui avait porté sa vie si remarquable. En paix, je suis demeuré assis à côté d'elle. Elle était sereine, tenue par tant de cœurs sur un coussin matelassé d'amour.

Linda m'a appris à vivre pleinement dans la mosaïque de tous les moments de la vie – moments qui transcendent, temps, espace, ici, là ; maintenant, hier, vivants, morts – des moments significatifs richement vécus dont les multiples facettes définissent la personne que vous êtes.

Étrange concept que de parler d'une belle mort, mais je pressens sa signification. J'ai été incroyablement chanceux d'avoir partagé ces trente années en tant qu'époux de Linda et d'avoir été à ses côtés au moment de sa mort. J'apprends encore d'elle. Même si elle n'est plus présente sur le plan physique, ma belle Linda me guidera tout le temps que durera ma vie.

Bruce Hanna

Aucun amour, aucune amitié
ne peut croiser le chemin de notre destin
sans y laisser une marque quelconque
pour toujours.

François Mauriac

Prince charmant

Inspirée par l'amour, toute personne devient poète.

Platon

Lorsque j'étais une petite fille, j'avais l'habitude de lire sur l'amour dans tous mes contes de fées préférés. Cependant, ce n'est qu'après avoir moi-même connu l'amour que j'en ai réellement compris la signification et que j'ai vraiment eu le sentiment d'être une personne remarquable.

Nous étions des amis depuis un certain temps, et il connaissait presque tout de moi. Si j'étais préoccupée ou fâchée, excitée ou effrayée, il le devinait toujours et savait exactement quoi dire pour améliorer les choses. Chaque fois que j'avais une mauvaise journée et que j'avais juste besoin de pleurer, il racontait toujours une blague pour me remonter le moral et me faire sourire. Lorsqu'un événement excitant survenait, il était toujours là pour partager mes rires et mes larmes de bonheur. Il me connaissait pour ce que j'étais et je l'aimais simplement parce qu'il était mon ami.

Quand j'ai commencé ma dernière année d'études secondaires, je me suis pourtant donné la mission de trouver M. Parfait. Mes amies continuaient à me dire que je cherchais trop, et qu'au moment où je m'y attendrais le moins, le prince charmant m'emporterait littéralement. Il me semblait qu'autour de moi, tout le monde trouvait son petit ami ou sa petite amie, et que

moi, j'étais là, laissée sans personne. Le bal de gradua-
tion approchait, et la plus grande peur de chacun était
de n'avoir personne pour se faire accompagner à cet
événement. Je savais que je ne faisais pas exception, et
je me suis rendu compte que je devais recommencer à
chercher. Je suis sortie avec plusieurs garçons, mais
aucun d'entre eux ne me semblait le bon. Aucun ne
représentait ce que je recherchais.

Un soir, alors que j'étais allongée essayant de
m'endormir, quelque chose m'a saisie, m'a effrayée
plus que toute autre chose auparavant. Je l'aimais. Mon
meilleur ami… je l'aimais. Je ne savais que faire, je ne
savais que penser, ou ressentir ou dire. Mon cœur battait alors que je regardais des photographies de nous
deux riant et ayant du plaisir ensemble. C'était la seule
personne à l'égard de laquelle je ne m'étais jamais
attendue à nourrir un tel sentiment; pourtant, je me
retrouvais là, tellement certaine de l'aimer. Je ne peux
même pas décrire le sentiment que j'ai éprouvé ce soir-
là. C'était comme si mon cœur avait trouvé son autre
moitié. Devrais-je le lui avouer? Devrais-je laisser aller
les événements? Ne sachant pas si j'aurais le courage
de la lui remettre, je lui ai écrit une lettre qui demeurera
à jamais dans mon esprit et dans mon cœur.

Cher Jo,

*Comme nous approchons du moment de notre
remise des diplômes, il semble que cette dernière
année a filé. J'ai su dès le moment où nous nous
sommes rencontrés que nous serions toujours des
amis. Tu as été là pour moi dans les bons comme
dans les mauvais moments, et tu ne m'as jamais*

laissé tomber. Pourtant, me voici à t'écrire quelque chose que je n'aurais jamais cru possible. Te dire quelque chose que je n'aurais jamais pensé possible. Tu sais que parfois nous parlons de l'amour et je te dis toujours que je n'ai jamais été amoureuse avant. Que le seul amour que je connais, c'est celui que ma mère me lisait quand j'étais petite fille. J'ai tort. Alors que je suis allongée sur mon lit ce soir, je me rends compte de quelque chose qui, jusqu'à maintenant, était loin d'être clair. Tu as été mon meilleur ami depuis si longtemps que j'étais trop effrayée pour me laisser t'aimer... mais c'est le cas. Je t'aime. Je le sais parce que tu es tout ce dont j'ai jamais rêvé. Par moments, ton bonheur signifie plus que le mien. Mon classeur est rempli de gribouillages qui tous disent ton nom. J'encercle ton nom parce que nous savons tous les deux que les cœurs peuvent se briser, mais les cercles demeurent pour toujours. Je sais que je t'aime parce que, quand je suis inquiète, je me sens un peu mieux à ta seule pensée. Je sais que je t'aime parce que, lorsque tu es avec une autre fille... je suis jalouse. J'ignore ce que je peux te dire d'autre, mais je sais que mon cœur ne ment jamais et qu'il me dit que chaque parcelle de mon être... t'aime.

Amour toujours et à jamais.

Ta meilleure amie,

Casey

Le jour suivant, à l'école, j'ai glissé ma lettre dans son casier, anticipant les conséquences. Est-ce que je perdrais l'amour de mon meilleur ami ? Ou est-ce que je gagnerais l'amour de la personne que j'aime depuis si longtemps ? La journée a semblé ne jamais se terminer. Elle se traînait tellement que les minutes ont paru des heures et les heures, des semaines. Lorsque la dernière cloche a sonné, mon cœur a commencé à battre la chamade. Comme j'approchais de mon casier, j'ai remarqué qu'un petit bout de papier ressortait d'une fente. J'ai couru et attrapé le petit morceau de papier. Les quelques mots écrits ont rempli mon cœur d'un amour plus grand que je n'aurais cru possible :

Chère Casey,

Je n'ai jamais pensé que quelqu'un était capable de mettre en mots ce que je ressentais.

Comment as-tu su à quel point je t'aimais ?

Amour toujours,

Jo

J'ai mis la note dans ma poche et, la larme à l'œil, j'ai pris une agréable longue marche vers la maison. Pour la première fois de mes dix-sept ans, j'étais submergée d'un amour plus grand que celui qu'on trouve dans les contes de fées. Un amour qui remplissait mon cœur d'un indescriptible bonheur et, pour la première fois de ma vie... j'ai eu mon prince charmant bien à moi.

Michele Davis

*« Recevoir des mots d'amour est à moitié
moins amusant que de les retourner. »*

Reproduit avec l'autorisation de Peggy Andy Wyatt.

Le billet de deux dollars

J'étais assise là, les mains tremblantes, tenant la minuscule boîte de métal et souhaitant désespérément ne pas avoir à révéler son contenu à ma mère. C'était à l'hiver 1977 et je venais tout juste de prendre l'avion de Tucson, Arizona, où j'avais enterré mon père, pour Tusa, Oklahoma. Aux funérailles, une femme costaude avec des yeux gentils m'avait tendu la petite boîte et avait dit : « Votre père voulait que votre mère ait ceci. » Elle m'a tapoté la main et elle est disparue dans la foule qui assistait aux funérailles. Comme j'ouvrais la boîte, j'ai vu la moitié d'un billet de deux dollars, terriblement usé. Les histoires qu'on m'avait racontées lorsque j'étais enfant me sont revenues avec des larmes.

En mai 1939, ma mère et mon père se sont enfuis ensemble. Ils étaient très amoureux. Papa a pris son dernier dollar afin d'acheter de l'essence pour la voiture empruntée et se rendre à la ville voisine pour se marier. Il avait conservé un billet de deux dollars pour les urgences. Il l'a séparé en deux, et chacun a promis de garder sa moitié « jusqu'à ce que la mort les sépare ».

Ma mère a obtenu son diplôme d'une école d'infirmières en août et mon père a trouvé un emploi comme chauffeur de camion. En avril 1940 je naissais, puis dix-huit mois plus tard, c'était la naissance de mon frère. Mes parents ont réussi à épargner assez d'argent pour louer une maison dans un quartier pauvre. Nous étions une famille très heureuse.

Puis la guerre s'est déclarée. Papa a été stationné outre-mer. Maman est allée travailler comme infirmière pendant que nous vivions avec mes grands-parents. Papa est revenu à la maison en 1946 avec un bras blessé, après une absence de deux ans.

Avec les années, leur mariage a commencé à s'effriter. Papa était alcoolique, et ils avaient de la difficulté à joindre les deux bouts. Maman a continué sa carrière d'infirmière, devenant soutien de famille, pendant que papa passait d'un emploi à un autre. Pendant nos années d'adolescence, les disputes verbales sont devenues intolérables pour mon frère et moi. Il y avait quelques bons moments, mais trop souvent je me souviens des mauvais.

J'ai obtenu mon diplôme universitaire en 1962 et mon frère est revenu à la maison après avoir quitté l'armée. Papa a déménagé dans un appartement, mais les conflits à propos de son alcoolisme ont continué. Puis en 1965, il est déménagé en Arizona où vivait sa belle-mère.

À l'occasion, j'entendais parler de papa et je savais qu'il éprouvait beaucoup de problèmes médicaux et affectifs. Maman disait toujours que ça lui était égal ce qui pouvait arriver à papa, malgré un regard dans ses yeux qui me laissait croire qu'elle s'en souciait réellement. Pendant toutes ces années, aucun des deux n'a jamais parlé de sa moitié du billet de deux dollars.

Mais je me tenais là, avec une minuscule boîte de métal remplie de souvenirs de ce qui restait de la vie de mon père. Parmi ces objets, il y avait une fragile moitié de billet vert tout décoloré.

Comme je tendais la boîte à ma mère, j'ai cherché dans son regard une lueur d'émotion. Il n'y en a pas eu. Elle a ouvert la boîte, a regardé fixement son contenu, puis a mis doucement sa main dans la boîte pour en sortir le billet usé. Pas un mot n'a été prononcé. Comme elle quittait la pièce, elle m'a remis la boîte dans les mains et a simplement dit : « Tu peux garder le reste. » Je n'ai revu le billet que vingt et un ans plus tard.

Après la mort de maman, j'ai hérité du précieux coffre en cèdre. Je me suis souvent retrouvée à examiner les courtepointes et les objets laissés par ma mère et ma grand-mère. Un de ces trésors consistait en une volumineuse Bible. Un jour, comme je fouillais dans ses nombreuses pages, voilà qu'il est apparu – le billet vert usé. Il était placé entre les pages, maintenant pressé et défroissé.

Plusieurs fois dans les années qui ont suivi, j'ai regardé le billet et j'ai pensé à tous les endroits où il avait voyagé. En l'examinant de plus près, j'ai remarqué quelques noms gribouillés et décolorés. Je savais qu'il devait s'agir de vieux copains de l'armée. Je me suis demandé ce qui leur était arrivé après la guerre. Je me suis aussi questionnée sur le sort de l'autre moitié du billet.

À un certain moment, alors que je le caressais avec amour, j'ai vu que les noms avaient disparu ! Soudain, je me suis rendu compte que ce n'était pas la partie du billet de papa. Était-ce celle de maman ? J'ai cherché frénétiquement dans la Bible pour trouver l'autre billet. Il était là !

Mes doigts tremblaient alors que je plaçais lentement les deux moitiés ensemble. J'étais bouleversée. J'avais l'impression que la foudre me traversait les mains. Alors que je pensais posséder seulement la moitié que papa, sur son lit de mort, avait envoyée à maman, j'avais aussi la moitié qu'elle avait gardée pendant toutes ces années.

Les avait-elle placées dans différentes sections de la Bible pour une raison ? Les avait-elle placées ensemble là toutes les deux pour que je les trouve ? Je suis restée là, essayant de comprendre. Comme je regardais le billet de deux dollars, l'histoire que j'avais entendue lorsque j'étais enfant m'a envahie. Les mots ont commencé à dériver vers moi d'une lointaine contrée.

Maintenant je comprenais. Lorsqu'ils se sont mariés, ils se sont mutuellement fait un serment. Le billet de deux dollars était le symbole de leur amour mutuel. À travers les bons et les mauvais moments, ce symbole demeurait toujours avec eux. Pour le meilleur et pour le pire, dans la richesse ou dans la pauvreté, dans la maladie ou dans la santé, et même « jusqu'à ce que la mort nous sépare. »

April Felts

Ne pleure pas parce que c'est terminé.
Souris parce que c'est arrivé.

Auteur inconnu

Mon premier baiser

J'avais la nausée et je sentais des picotements partout... Soit que j'étais amoureux, soit que j'avais la variole.

Woody Allen

Quand j'étais en première année, les filles n'étaient pas seulement une sorte d'extraterrestres (comme tout petit garçon le savait), mais elles étaient aussi couvertes de poux. Donc, naturellement, les garçons se tenaient aussi loin d'elles que possible. Imaginez alors notre consternation lorsque, le premier jour d'école, non seulement notre institutrice nous a fait nous placer en file à côté des filles, mais elle nous a aussi dit de leur tenir la main pendant que nous marchions vers la classe.

Michael, un garçon tapageur du type je-sais-tout, avec de grandes oreilles et des cheveux couleur paille, a déclaré à tout le monde qu'il mourrait probablement s'il tenait la main de sa partenaire. (Elle n'a pas beaucoup apprécié sa prédiction). J'ai donc regardé ma partenaire et me suis demandé si je mourrais. C'était une jolie fillette avec de courts cheveux blonds et de grands yeux bleus. Elle se prénommait France. Et je me suis dit : *Ce n'est pas si pire.*

C'est là que j'ai entendu Michael déclarer : « C'est déjà assez grave de tenir la main d'une fille, mais peux-tu imaginer ce que c'est que de l'embrasser ! »

« Ohhh ! » a gémi un enfant.

« Berk ! » s'est exclamé un autre.

Et un troisième petit garçon a juste mis un doigt dans sa bouche et a mimé des haut-le-cœur.

Mais alors il y avait France, avec ses joues roses et son nez recouvert de taches de rousseur, et j'ai lancé sans réfléchir : « Je ne sais pas mais ça ne me semble pas si pire. » Les regards glacials qui m'ont été lancés ressemblaient à ceux que nous réservions aux plus abominables méfaits seulement : tricher, dénoncer ses camarades de classe, ou ne pas partager ses bonbons avec son meilleur ami.

« Tu mens ! » a déclaré Michael, incrédule.

« Non, je ne ments pas », ai-je répliqué, fier de pouvoir l'affronter.

Ne sachant qu'ajouter de plus, Michael est demeuré silencieux. Ce n'est que lorsque nous sommes arrivés dans la section plutôt sombre du vestiaire que Michael et quelques autres petits garçons m'ont lancé un défi à propos de ce que je venais de leur dire. « Alors, fais-le », a-t-il dit.

« Faire quoi ? » ai-je riposté, prétendant ignorer de quoi il parlait.

« Embrasser une fille », a-t-il insisté.

Je n'avais pas réellement envisagé la chose, mais je n'allais pas reculer maintenant. « Qu'est-ce que ça va me donner ? » ai-je demandé, sachant qu'on ne fait jamais rien gratuitement.

Michael était déconcerté. Que pouvait-il bien offrir qui valait un baiser donné à une fille ? Puis une lueur a traversé son regard et il a cherché dans sa poche arrière. En retirant son paquet de cartes de baseball, il les a mises sous mon nez. « Je te donnerai une carte de base-ball pour chaque baiser que tu donneras à une fille. » Il y a eu des oh! et des ah! d'appréciation de la part des spectateurs. Il parlait là d'une grosse somme.

Je sentais que ma résolution commençait à faiblir. J'aurais seulement à embrasser une fille. « Qui j'aurai à embrasser? » ai-je demandé, tentant de gagner du temps, sachant que l'institutrice était sur le point d'arriver pour nous emmener.

Michael a regardé dans le vestiaire pour une candidate convenable. Puis il a vu France. « Tu peux embrasser France », a-t-il répondu avec un sourire. « Tu as aimé lui tenir la main. »

France se tenait là avec un groupe de ses amies. Comme beaucoup de nos camarades de classe, elle s'était arrêtée pour observer notre combat singulier. Elle est devenue rouge écarlate d'avoir été choisie. Mais Michael avait fait une erreur. J'avais aimé tenir sa main et quand j'ai envisagé la chose, je n'ai eu aucun problème avec l'idée de l'embrasser. Donc, comme le galant gentleman que ma mère avait toujours voulu que je sois, j'ai marché vers elle, j'ai pris sa main et je lui ai demandé : « Est-ce que je peux? »

France a hoché la tête sans parler. Et moi, sans trop y penser, je me suis penché vers elle et j'ai doucement frôlé mes lèvres sur les siennes. Les filles ont poussé des cris d'enchantement. Les garçons ont hurlé de consternation. Michael en est resté bouche bée. Et France est restée muette.

J'ai tendu la main et Michael a payé avec une de ses précieuses cartes de baseball. Puis, à la surprise générale, j'ai embrassé France encore – et encore, et encore, et encore. Lorsque notre institutrice est venue nous chercher, j'avais gagné quinze cartes de baseball, ainsi que le respect et l'admiration de mes camarades de classe.

France et moi nous sommes tenu la main dans la file tout le reste de cette année scolaire. Je n'ai plus obtenu d'autres cartes de baseball de Michael, mais ce n'était pas important. Le souvenir de ces premiers baisers était suffisant.

Arthur Sánchez

La plus grande faiblesse de la plupart des humains est leur hésitation à se dire les uns les autres à quel point ils s'aiment pendant qu'ils sont encore en vie.

Orlando A. Battista

Un ange sur la plage

Si tu veux savoir à quel point je t'aime et me soucie de toi, compte les vagues.

Kenneth Koh

« Merci. »

« J'apprécie tout ce que vous avez fait. »

« C'était gentil à vous de venir. »

Les mêmes mots encore et encore. Aucun d'eux ne ramènerait Tom à la vie, ni les fleurs, ni les gestes charitables, ni les cartes, ni les petites notes. Il était mort – mort ! Mon meilleur ami, mon amant, mon mari n'entrerait plus jamais par la porte, ne cuisinerait plus jamais ses spécialités, ne laisserait plus ses chaussettes sur le sol, et ne me serrerait plus avec une chaleur que je n'avais jamais connue avant.

Les derniers jours de Tom ont été terriblement douloureux. Aucune dignité, seulement de la souffrance – une souffrance interminable. Le cancer avait ravagé son corps à tel point qu'il n'était plus, physiquement, la personne que j'avais connue. Cependant, son aura, son être n'avait pas changé et son courage m'étonnait chaque jour. Nous avons vécu une vie ensemble dont les gens entendent parler, mais dont ils ne croient pas réellement qu'elle existe en dehors des films ou des livres. « Vingt-six années à tenir bon – et à ne pas lâcher prise ! » disait Tom avant de me prendre dans ses bras. « Je ne suis pas certain que je vais te garder, je pourrais vouloir une version plus jeune bientôt. »

Ma réponse était automatique : « Et que ferais-tu avec une personne plus jeune, mon cher ? » Notre numéro amusait nos amis et notre famille, mais il confirmait aussi notre engagement l'un envers l'autre. Un engagement basé sur l'amour, la confiance et une sincère amitié.

Avant de nous rencontrer, Tom et moi étions des « célibataires » endurcis. Il avait alors quarante ans et j'en avais trente-deux – aucun de nous n'était intéressé à nouer une relation. « Trop vieux pour cette bêtise », affirmions-nous. Des amis ont décidé que nous étions de parfaits compagnons de vie puisque nous partagions des intérêts semblables, ce qui incluait les bons repas, la musique classique et le théâtre. Nous avions tous les deux une brillante carrière et nous n'étions aucunement intéressés par une relation. Absolument pas intéressés.

Notre première rencontre n'a pas du tout été ce à quoi nous nous attendions ou ce que nous voulions. Cela n'a pas été le coup de foudre, mais il s'était certainement passé quelque chose dès le premier moment. Nous étions très attirés l'un par l'autre, mais puisque nous étions des New-yorkais sophistiqués, nous avons essayé de demeurer « relax » à propos de notre attirance. Cela n'a pas fonctionné. Nous avons bavardé ensemble juste tous les deux et avons ignoré tous ceux qui participaient à la fête. Nous sommes partis dès que cela a été possible, et nous nous sommes épousés trois mois après le jour de notre rencontre.

Les amis et la famille étaient certains que nous avions tous les deux perdu la tête et que le mariage ne durerait pas plus longtemps que la durée des fréquentations. Mais nous savions bien. Tom et moi avions trouvé nos pièces manquantes. Nous nous complétions l'un l'autre de toutes les façons possibles. Nous aimions les mêmes choses, mais chacun apportait quelque chose de nouveau à la relation. Nous nous réjouissions de nos similitudes, mais nous respections nos différences. Nous adorions être ensemble, mais aimions aussi être seuls. Nous étions des amis.

Nos carrières étaient exigeantes mais épanouissantes pour les deux. Cependant, elles n'ont jamais pris le contrôle de notre vie et nous avions toujours du temps l'un pour l'autre. Nous avons voyagé, conservé une vie sociale active, et nous nous entourions de notre famille et de nos amis. Nous n'avons jamais eu le bonheur d'avoir des enfants, mais nous avons accepté cette réalité, puisque nos vies étaient remplies et heureuses.

Le changement est arrivé alors que nous nous préparions pour l'un de nos voyages. « Tom, je t'en prie, fais tes valises aujourd'hui, ou au moins prépare tes vêtements et je les placerai pour toi dans la valise », ai-je crié vers le haut des escaliers. « Tom, Tom, est-ce que tu m'entends ? » Il a doucement répondu : « Chérie, je ne me sens pas bien, peux-tu venir ici s'il te plaît. » C'était le commencement.

Tom s'était soudainement senti très fatigué, et ça ne lui arrivait jamais. Nous sommes allés consulter un médecin (en réalité, des médecins), il a passé d'innombrables tests, puis le diagnostic est tombé. « Ils se trompent. Les médecins font erreur. Nous irons dans d'autres centres médicaux, voir d'autres médecins, n'importe où, le diagnostic est erroné ! » Mais il ne l'était pas.

Nous avons été bientôt totalement consumés par la maladie. Chaque heure de la journée était consacrée aux visites chez le médecin, à l'hôpital, à la chimiothérapie, à la radiothérapie et aux médicaments. Nous ne parlions que de cela, nous ne lisions que sur ce sujet. Les traitements nouveaux et innovateurs. Les approches holistiques. La médecine traditionnelle. La chirurgie. Tout a été essayé et rien n'a aidé. Tom était en train de me quitter. Chaque jour il s'affaiblissait, il était incapable de tenir le coup, puis il a été hospitalisé pour la dernière fois.

Comme nous entrions dans la chambre d'hôpital, une bénévole a suivi avec des magazines, des livres, des articles de toilette et un cadeau. « Le cadeau de l'espoir, a-t-elle dit, car quoi qu'il arrive, vous devez garder espoir. » Elle a fixé une minuscule épinglette en forme d'ange sur la jaquette d'hôpital de Tom et cette épinglette est demeurée sur lui les cinq jours entiers qu'il a passés à l'hôpital. Le cinquième jour, les médecins ont demandé s'il aimerait retourner à la maison pour « se reposer plus confortablement », mais nous savions tous les deux que la fin était proche. Nous avons décidé de nous rendre à notre maison sur la plage puisque c'était un lieu que nous chérissions tous les deux.

Nous sommes entrés ensemble dans cette maison et nous avons passé les deux semaines suivantes à nous accrocher à tout ce que nous pouvions. Les amis et notre famille nous ont rendu visite pour de courts laps de temps afin d'éviter de le fatiguer. Je n'ai pas quitté son chevet et, avec l'aide d'une assistante, j'ai pu prendre soin de lui. Je lui faisais la lecture, je lui parlais; je l'aimais pour le temps qu'il nous restait ensemble. Puis il est parti – une année après le diagnostic.

J'ai pris une retraite anticipée de mon travail et je suis demeurée à la maison sur la plage. C'était là que nous aimions être et qu'il avait passé ses derniers jours. J'avais besoin de garder sa mémoire vivante. Je ne voulais fréquenter personne parce que cela me distrayait de la pensée de Tom, et je ne pouvais le supporter !

J'ai conservé ses vêtements près de moi parce qu'ils avaient gardé son odeur. J'ai aussi porté son chandail préféré pour la sensation qu'il me donnait de lui. J'ai lu nos livres favoris, et j'ai écouté notre musique préférée encore et encore. C'était la seule façon de le garder près de moi. Notre moment préféré pour marcher sur la plage était au crépuscule – juste avant le coucher du soleil. C'était devenu mon propre rituel.

Le temps a passé et le premier anniversaire de sa mort est arrivé. Je croyais vraiment que je n'avais plus de vie sans Tom. Absolument aucune raison de continuer sans lui. Mes amis sont intervenus, la famille a téléphoné, m'a rendu visite, rien n'y faisait. J'avais besoin que Tom me dise quoi faire. J'avais besoin qu'il me réponde quand je lui parlais. J'avais besoin d'un signe.

Avec l'aide d'amis, j'ai accepté de vider la penderie de Tom, son bureau, son secrétaire et ses bibliothèques. Cependant, après des heures de tri, je ne pouvais trouver l'épinglette en forme d'ange que Tom avait conservée jusqu'à la fin près de lui. Où était-elle ? Se trouvait-elle encore dans la maison, ou l'avait-on jetée dans la confusion de ses derniers moments ? Je voulais la retrouver parce qu'elle avait fait partie des dernières heures de Tom et représentait l'espoir pour moi. Espoir dans l'avenir, si j'en avais vraiment un.

Après le ménage des affaires de Tom, j'ai décidé de retourner à notre appartement en ville et j'ai fermé la maison de plage jusqu'à l'été. Le crépuscule approchait et j'ai décidé de prendre une marche sur la plage. Ma promenade a été vivifiante et revigorante, et je me suis sentie reposée. Le soleil couchant a tracé un reflet sur l'océan et un scintillement sur le sable. Je me suis penchée, j'ai ramassé un objet brillant et, avec incrédulité, je l'ai tenu délicatement dans ma main. C'était l'épinglette en forme d'ange, égarée depuis la mort de Tom.

Un présage ? Un message de l'au-delà ? Le signe que j'avais demandé ? Je ne le savais pas. Tout ce que je savais, c'est que j'ai senti un calme que je n'avais pas ressenti depuis des années et, soudain, j'ai su que tout irait pour le mieux.

Helen Xenakis

« D'accord, je suis prêt
pour notre partie de bridge, Blanche. »

6

LEÇONS D'AMOUR

Le bien, le mal, les épreuves, la joie,
la tragédie, l'amour et le bonheur
s'entremêlent en un tout inexprimable
que l'on appelle la vie.
Vous ne pouvez séparer le bon du mauvais,
et ce n'est peut-être pas nécessaire de le faire.

Jacqueline Bouvier Kennedy Onassis

Visions artistiques

Je n'ai jamais su comment vénérer jusqu'à ce que je sache comment aimer.

Henry Ward Beecher

Un après-midi, en attendant que mon mari termine une réunion d'affaires, j'ai visité un musée d'art. Je me faisais une joie d'admirer en toute tranquillité les chefs-d'œuvre.

Devant moi, un jeune couple regardait les peintures tout en bavardant sans arrêt. Je l'ai observé un moment, et j'ai compris que c'était elle qui ne cessait de parler. J'ai admiré la patience de l'homme qui supportait le jacassement constant de sa compagne. Dérangée par leur bruit, j'ai poursuivi mon parcours.

Dans mes déplacements entre les diverses salles d'œuvres d'art, je les ai rencontrés plusieurs fois. Chaque fois que j'entendais l'incessant flot de paroles de la femme, je m'éloignais rapidement.

Pendant que j'attendais au comptoir de la boutique de cadeaux du musée pour effectuer un achat, le couple s'est approché de la sortie. Avant de partir, l'homme a cherché dans sa poche et en a retiré un objet blanc. Il l'a étiré et l'objet s'est transformé en une longue canne, puis il s'est dirigé jusqu'au vestiaire pour récupérer la veste de son épouse, tout en frappant le sol de sa canne.

« C'est un brave homme, m'a dit le commis au comptoir. La plupart d'entre nous auraient abandonné s'ils étaient devenus aveugles à un si jeune âge. Durant sa convalescence, il a fait le vœu que sa vie ne changerait pas. Alors, comme par le passé, lui et son épouse viennent dans ce musée à chaque nouvelle exposition artistique. »

« Mais que peut-il retirer d'une exposition d'œuvres d'art ? ai-je demandé. Il est incapable de voir. »

« Incapable de voir ! Vous vous trompez. Il voit beaucoup. Plus que vous et moi, a répliqué le commis. Son épouse lui décrit chaque peinture pour qu'il puisse la visualiser dans sa tête. »

Ce jour-là, j'ai beaucoup appris sur la patience, le courage et l'amour. J'ai vu la patience d'une jeune épouse décrivant des peintures à une personne aveugle, et le courage d'un mari qui ne permettait pas à la cécité de changer sa vie. En observant ce couple s'éloigner bras dessus, bras dessous, j'ai également vu deux êtres unis par amour.

Jeanne Knape

Un autre genre de secret

Faites en sorte que votre amour soit plus fort que votre haine ou votre colère. Apprenez la sagesse du compromis, car il est préférable de plier un peu que de rompre.

H.G. Wells

C'était l'une de ces stupides disputes que peut vivre un couple après cinq années d'un mariage plutôt heureux. Je venais tout juste de rentrer à la maison après une autre longue journée de travail. Bien sûr, comme nous étions un couple marié moderne, mon épouse venait d'arriver à la maison deux ou trois minutes avant moi, après SA longue journée de travail.

« Salut, ma belle », ai-je lancé joyeusement, laissant tomber mes clés et mon portefeuille sur la table en osier dans le vestibule.

« Ne me dis pas *Salut, ma belle* », a-t-elle grogné devant la lessive qu'elle venait juste de commencer.

Perplexe, je l'ai regardée pendant une minute, juste avant que la colère éclate, en fait. Elle portait encore sa chic tenue de travail – un pantalon ajusté, une blouse de soie, un blazer orné d'un écusson. Ses cheveux étaient attachés et de fines mèches, après une journée de travail, retombaient sur son superbe visage. Même après cinq ans, la surprendre dans de tels moments me coupait encore le souffle. Si seulement elle savait à quel point.

« Ne reste pas debout devant moi avec tes yeux de *rêveur innocent*, en plus », a-t-elle ajouté, en s'avançant vers moi avec une poignée de papiers multicolores. « Veux-tu bien m'expliquer… ce que c'est ? » a-t-elle terminé avec un grand geste du bras, ouvrant son poing pour faire apparaître plusieurs papiers de confiseries, sans doute laissés dans les poches de mes pantalons de travail kaki qu'elle glissait dans la machine à laver.

J'ai souri un instant, espérant que mon charme encore enfantin pourrait adoucir son inquiétude.

« C'est tout ? » a-t-elle plutôt demandé, posant brutalement les papiers de confiseries près de mon portefeuille et de mes clés. « Tu restes debout là et tu souris pendant que tes artères se bouchent de minute en minute ? »

La prestigieuse entreprise de publicité pour laquelle je travaille a récemment offert à tous ses employés de passer des tests de sang. Quand mes résultats sont arrivés, mon épouse et moi avons été tous les deux surpris de voir que mon taux de cholestérol était aussi élevé. Depuis lors, elle ne cesse de m'exhorter à mieux manger.

Les barres Snickers et Baby Ruths ne faisaient assurément pas partie de sa liste.

« Bien », a-t-elle lancé, abandonnant sa lessive et attrapant plutôt son sac à main et ses clés sur la table en osier. « Si tu ne veux pas être là pour profiter de nos dernières années ensemble, alors je me demande pourquoi tu as choisi de m'épouser. »

L'embarras de m'être fait surprendre, la frustration d'une longue journée de travail, et le ton « mère poule » de sa « réprimande » de l'après-midi se sont soudainement combinés pour m'exaspérer.

« Moi de même », ai-je décoché mesquinement, juste avant qu'elle me claque la porte au nez.

Quelques minutes plus tard, bien sûr, j'ai senti le premier accès de culpabilité postaltercation, et j'ai rapidement terminé la lessive et commencé à ranger la maison pour me donner bonne conscience.

Remarquant un sac d'ordures bien rempli en plein milieu de la cuisine, j'ai saisi l'allusion pas très subtile de mon épouse et je me suis dirigé vers la porte d'entrée pour une rapide course vers la benne à ordures du complexe d'habitations.

En cours de route, après avoir dépassé les courts de tennis désertés, un joint défaillant du sac à ordures acheté dans un magasin à un dollar s'est étiré à sa limite et le sac s'est séparé en deux parties. Me maudissant d'avoir acheté des sacs si bon marché, j'ai commencé à remettre la mouture de café répandue et les pelures de banane dans la moitié restante du sac.

Je me suis arrêté quand j'ai remarqué les étiquettes bien en vue de produits que nous n'avions jamais achetés auparavant et que je ne reconnaissais absolument pas. Des emballages de fromage sans gras précipitamment réenveloppés autour de tranches régulières et huileuses de fromage. Des contenants de crème sûre à faible teneur en gras encore presque tous remplis. Des boîtes de céréales Choix Santé remplies de céréales ordinaires aux son et raisins, et de Apple Jack. Une boîte de café portant l'étiquette « la moitié de la caféine des marques ordinaires » encore remplie de café ordinaire, d'une riche odeur. Des emballages de viande pour le lunch et de desserts « légers ». Des sacs de croustilles faibles en gras dans lesquels les chips avaient été remplacées par des croustilles ordinaires et graisseuses !

Pas surprenant que, dernièrement, les choses goûtaient différemment ! Elle avait remplacé mes habituels produits qui font grossir par des produits santé ! Mais quand avait-elle trouvé le temps ? Entre nos horaires très chargés et nos longues journées de travail, je pouvais seulement l'imaginer se lever une demi-heure plus tôt chaque matin et furtivement remplacer sous le clair de lune mes biscuits habituels aux pépites de chocolat par d'autres biscuits diététiques. Ses pieds, toujours froids et chaussés de bas, marchant à pas feutrés sur le plancher de la cuisine sombre, alors que je dormais deux pièces plus loin en ronflant paisiblement, tout cela à mon insu.

Après tout, peut-être voulait-elle vraiment que je demeure avec elle pour le reste de sa vie.

Ramassant les ordures éparses, j'ai fait deux voyages et je me suis débarrassé de toutes ses « preuves ». Puis je me suis lavé les mains, j'ai attrapé mon portefeuille et mes clés, et je me suis rendu en voiture au seul endroit où je savais que je pourrais la trouver : le cinéma désert près de notre complexe d'habitations.

Une fois par semaine, elle téléphonait de son bureau et me demandait si je voulais voir un film à la fin de l'après-midi avec elle, après le travail. Et, une fois par semaine, je déclinais l'offre, me réclamant de quelque réunion imaginaire de dernière minute ou d'un travail urgent à finir. Le fait est que j'aimais regarder mes films dans la soirée, avec de grosses foules, des éclats de rire, du maïs soufflé en abondance, et plein de gens qui s'amusaient.

Les représentations en fin de journée, c'était bon pour les jeunes enfants et les personnes âgées. Sans mentionner l'épouse solitaire qui suppliait doucement son mari de faire une petite sortie romantique par semaine…

J'ai garé ma voiture près de la sienne dans le stationnement désert et j'ai acheté un billet au premier guichet que j'ai vu. Par habitude, je me suis dirigé droit vers la cantine.

Tenant en équilibre un soda diète, un sac de réglisse et un énorme baril de maïs soufflé, je l'ai trouvée dans la troisième salle que j'ai visitée, regardant exactement le genre de film d'action-aventure aux bruits retentissants qu'elle ne me laissait jamais prendre au magasin de location vidéo !

M'approchant d'elle à pas de loup, je me suis assis de manière théâtrale. Elle a été surprise de me voir, mais pas seulement parce que je m'étais faufilé furtivement derrière elle.

« Qu'est-ce que tu fais ici ? » a-t-elle dit souriante, notre dispute rapidement oubliée. « Tu ne viens jamais avec moi au cinéma après le travail. »

« Tu me manquais, ai-je honnêtement dit, sans lui parler de la découverte du sac à ordures. Je suis désolé de m'être emporté contre toi… je suis seulement… »

« Nous étions tous les deux fatigués, a-t-elle terminé pour moi, lisant dans mes pensées. Et tu ne devrais pas être un tel cachottier et… je ne devrais pas être une telle mégère. »

Dans ce théâtre sombre, j'ai pris son visage dans mes mains et je lui ai dit : « Non… tu devrais. »

Elle a souri chaleureusement jusqu'à ce qu'elle voie le sac de maïs soufflé reposant doucement sur mon accoudoir. « Chérie, ai-je expliqué, je n'ai pas mis de beurre dessus. Et regarde, c'est écrit que ces réglisses sont à *faible teneur en gras*. »

Elle a paru surprise, sinon tout à fait heureuse. « Eh bien », a-t-elle grommelé en tenant ma main pendant qu'une autre course de voitures se déroulait sur l'écran géant devant nous, « c'est un début, je suppose. »

Pas vraiment, me suis-je dit à moi-même, encore étonné de constater ses efforts pour me garder en santé et ébahi de voir à quel point elle m'aimait. Ça ressemblait plutôt à un nouveau commencement.

Rusty Fischer

Ignorez-les

Sheila et moi avons célébré notre trentième anniversaire de mariage. Quelqu'un lui a demandé quel était notre secret? Elle a répondu: « Le jour de mon mariage, j'ai décidé de faire une liste de dix des défauts de Tim que, dans l'intérêt de notre mariage, je devais toujours ignorer. J'ai pensé que je pouvais vivre avec au moins dix de ses défauts! »

Lorsqu'on lui a demandé quels défauts étaient sur la liste, Sheila a répliqué: « Je n'ai jamais essayé d'en faire l'inventaire. À la place, chaque fois qu'il pose un geste qui m'exaspère, je me dis simplement: *Il est chanceux, c'en est un parmi les dix!* »

Tim Hudson

Le suprême bonheur de la vie, c'est la conviction qu'on est aimé; aimé pour soi-même, disons mieux, aimé malgré soi-même [...].

Victor Hugo

Celui qui est parti

Je crois que toute femme en possède un – un ex-soupirant qui cherche à regagner le champ de votre conscience après une chicane de famille, une période où on doit étirer le chèque hebdomadaire au maximum, ou même après que le malotru que vous avez vraiment épousé a laissé ses chaussettes sales au beau milieu du plancher du salon.

Vous connaissez le gars dont je parle. Et qu'est-ce que ça peut faire si vous pouvez trouver quinze raisons d'être heureuse de ne pas l'avoir épousé?

Qu'est-ce que ça peut faire s'il parlait trop – ou s'il était trop gêné, trop arrogant, trop possessif? Et s'il jouait de l'argent et que ses proches lui en prêtaient? Cet homme ne se dépouillerait jamais de ses vêtements sur le tapis et aurait trop de classe pour hurler si vous oubliiez l'anniversaire de sa mère, ou dépassiez de dix dollars votre budget pour les rideaux de la chambre. Mais mieux que tout, il comprendrait et chérirait vos émotions les plus vives.

En période de stress conjugal, même si vous savez que vous n'en voudriez vraiment pas, cela n'en fait pas moins un homme désirable. Croyez-moi. Comme le poisson qui s'est échappé, le type que j'ai presque épousé avait ses moments de quasi-perfection.

Le seul problème avec mon passé romantique, c'est que j'étais destinée à « le » rencontrer de nouveau à un mariage, après vingt ans.

Je savais qu'il y serait présent, et laissez-moi vous dire que rien ne vaut d'apprendre que vous rencontrerez un ex-petit ami pour vous sentir jeune de nouveau. Ou régresser à l'adolescence.

Après avoir acheté deux robes – que je trouvais toutes les deux laides –, je me suis disputée avec mon mari à propos de cette dépense. Je me suis fait faire une permanente – dispute numéro deux –, et me suis retrouvée avec des cheveux tout frisottants et affreux. Pendant quinze ans, je n'avais pas été assez vaniteuse pour porter une gaine, et celle que j'ai trouvée dans le grenier était deux tailles trop petite. Qu'est-ce que j'ai pu être déprimée !

Plus que tout, j'étais certaine que (a) j'aurais une éruption de boutons, (b) j'attraperais un rhume et mon nez serait tout rouge, ou (c) je serais atteinte de la peste le matin du grand événement.

Malheureusement, aucun désastre n'est survenu et, fermement gainée, je suis partie en chancelant sur des talons hauts, que j'avais habituellement le bon sens de ne pas porter. Et la quantité excessive de mon maquillage aurait pu approvisionner la ville de Détroit.

En route vers l'église, le maquillage aurait pu devenir le troisième sujet de dispute si j'avais écouté mon mari. Mais j'étais trop occupée à m'inquiéter de mes rides que même des crèmes ne pouvaient camoufler. Qu'arriverait-il si mon homme de rêve ne reconnaissait pas, après tout, ce qui n'était en vérité que des rides d'expression déguisées.

Le temps que j'ai consacré à « monopoliser la salle de bain » (c'est tout ce que j'ai pu entendre des critiques de mon mari) nous a mis en retard et l'église était bondée. Allongeant le cou et manquant la moitié de la cérémonie, j'ai cherché en vain à repérer mon ancienne flamme. La tension a augmenté jusqu'à ce que, finalement, je le trouve à la réception !

Il avait la peau veinée, et il était petit et grassouillet. Tellement petit que, lorsque nous avons bavardé, son regard ne croisait jamais le mien. Il était trop occupé à essayer de cacher les zones de cheveux clairsemées sur son crâne – qui n'étaient pas aussi manifestement auburn dans mon souvenir – en penchant sa tête vers l'arrière et en fixant un point imaginaire quinze centimètres au-dessus de la mienne.

L'homme – mon idéal ! – était prude, dogmatique, un bigot. Le genre de rustre qui non seulement laisserait traîner ses chaussettes dans le salon, mais en porterait deux paires par jour pour pouvoir aussi en abandonner une dans la cuisine. Comment avais-je pu imaginer qu'il me comprendrait ?

J'ai quitté cette réception profondément reconnaissante d'avoir épousé un homme bien, grand, chevelu, et sans opinions racistes. Lorsque mon mari et moi sommes revenus à la maison, j'avais tout oublié de mon homme de rêve. Et quand j'ai laissé tomber ma gaine et lavé à grande eau le maquillage sur mon visage, j'ai fait le souhait de dire beaucoup plus souvent à mon homme réel à quel point je l'appréciais, lui et tous ses défauts !

Margaret Shauers

« *Donner* »...
le cadeau inoubliable

*Car une foule n'est pas de la compagnie; et les
visages ne sont qu'une galerie de portraits; et
les paroles, un tintement de cymbale, là où il
n'y a pas d'amour.*

Francis Bacon

Lorsque nous nous sommes remarqués, mon mari et moi, pour la première fois dans une église de San Jose, en Californie, nous fréquentions l'université. Je chantais dans le chœur, et Bob jouait de la trompette dans l'orchestre. Je ne possédais pas la plus extraordinaire voix du chœur, contrairement aux sons qui émanaient de sa trompette tant chérie, dont il jouait – je l'ai appris plus tard – depuis sa cinquième année du primaire.

Cette année-là, la retraite de notre classe de l'école du dimanche se tenait au parc national Yosemite. C'est à cet endroit que nous avons vécu nos premiers moments ensemble dans une atmosphère décontractée et remplie des rires agréables d'amis intimes. Nous avons échangé quelques regards et quelques plaisanteries banales, qui ont allumé en nous une flamme éternelle de profond attachement.

Cela se passait il y a presque trente-cinq ans. Bob était un jeune lieutenant et devait être transféré de la Garde nationale de la Californie à l'armée régulière. Ce qui signifiait qu'il serait forcé de mettre en veilleuse ses études universitaires afin de pouvoir suivre un entraî-nement de pilotage d'hélicoptère pour effectuer des missions médicales. Pendant qu'il attendait des ordres qui orienteraient notre avenir, son emploi – construire des saunas pour un fabricant californien à San Jose – a été supprimé.

Malgré ce chevauchement d'obligations, nous nous sommes fiancés pour ensuite nous épouser en mars 1969. En dépit des ordres à venir et du manque de travail, Bob m'a fait la surprise de m'offrir un étin-celant diamant d'un carat qui, je le supposais, avait dû lui coûter la plus grande partie de ses épargnes, sinon toutes. À Noël, j'ai été aussi ébahie de recevoir un magnifique manteau de suède rehaussé d'un collet d'authentique vison. Nul besoin de dire que ces somp-tueux cadeaux étaient merveilleux, mais j'étais bien plus ravie par la personnalité pleine de délicatesse de cet officier et gentleman qui s'était emparé de mon cœur.

Peu après notre mariage, Bob a servi pendant une année au Vietnam. Puis nous sommes partis pour son affectation suivante en Allemagne de l'Ouest, où notre fils unique est né.

La vie ne pourrait être plus douce, et mon mari est si merveilleux, ai-je pensé alors que j'appréciais com-bien j'étais choyée en revenant de l'église vers la maison, un dimanche soir près de Landstuhl. Dans l'automobile, alors que je me rappelais paisiblement nos premiers moments, moi dans le chœur et Bob parmi les cuivres, il m'est soudainement venu à l'esprit que, au cours de tous nos déménagements, je n'avais pas vu la trompette de Bob parmi nos biens personnels.

« Bob, où est ta trompette ? » ai-je demandé. Il y a eu un silence. « Bob, ta trompette. Où est-elle ? » Si elle ne se trouvait pas parmi nos biens personnels quand nous les avons déballés en Allemagne, où pouvait-elle bien être ?

D'un air penaud, il m'a répondu avec une question : « Est-ce que tu te souviens de ce manteau de suède que je t'avais offert le jour de Noël avant que je parte pour l'école de pilotage ? »

« Oui. »

« Eh bien, j'avais mis ma trompette en gage pour t'acheter ce manteau. »

Je ne pouvais le croire. Des larmes ont coulé sur mes joues pendant que nous continuions notre chemin vers la maison. Cette révélation me remplissait d'humilité. Je me suis remise à penser à quel point j'étais choyée. Ce cadeau de Bob venant du cœur était l'un des plus exceptionnels que j'aie jamais reçus. Le manteau avait disparu dans la vallée de l'oubli ; cependant, je n'oublierai *jamais* l'amour tacite qui m'avait été offert à travers ce « don » précieux, désintéressé et silencieux de ce cadeau inoubliable.

Phyllis A. Robeson

Un marteau empreint de romantisme

L'histoire qui suit vous donnera un aperçu d'une soirée particulièrement romantique qui s'est déroulée lors d'une période très difficile de ma vie sur le plan financier. Pendant quelques années, mon mari, nos deux enfants et moi devions vivre avec un budget plus que modeste. Nous étions ministres du culte et notre petite église pouvait difficilement payer le salaire de son pasteur et de sa famille. Mais en dehors de ce manque, beaucoup de choses venant du cœur se sont produites, des choses qui forgent les souvenirs, qui forment le caractère, qui font des mariages forts, des choses qui ne s'oublieront jamais. Et à partir de là, je raconte mon histoire…

Comme je pénétrais dans la pièce qu'on m'avait auparavant interdite, je me suis rendu compte qu'on avait soigneusement préparé la célébration de notre anniversaire de mariage pour s'assurer d'en faire une merveilleuse surprise. Pendant la plus grande partie de la journée, j'avais attentivement suivi les instructions de mon mari de passer l'après-midi à l'extérieur, ce qui en soi m'avait fait douter qu'il se tramait quelque chose. Pendant plusieurs mois, j'avais été totalement absorbée par notre situation financière – tellement que le mot « surprise » ne faisait pas partie de mon vocabulaire. Je n'étais certainement pas préparée à ce que j'allais recevoir. Mon mari savait que notre budget ne nous permettait pas de sortie, alors, à la place, lui et nos deux enfants ont collaboré pour préparer la plus romantique soirée d'anniversaire ici-même, dans notre propre maison.

À l'entrée de la salle à manger, mon mari se tenait debout et il m'a déclaré avec un sourire : « La soirée vous attend, Madame. » J'ai rougi comme une nouvelle mariée, impatiente de voir la suite. Mon regard a été immédiatement attiré vers la table, qui était magnifiquement recouverte d'une fine nappe de lin et de mon service de porcelaine. Des serviettes reposaient soigneusement pliées à côté de chaque assiette, mais devant l'une des assiettes, plusieurs paquets étaient enveloppés dans du papier brun d'emballage. Une source unique de lumière provenait du centre de la table, où brûlait une chandelle plutôt imposante. Des ballons de formes et de tailles diverses dansaient le long du plafond comme s'ils accompagnaient le rythme de la douce musique d'ambiance. Ma fille est sortie de la cuisine en apportant fièrement le gâteau qu'elle venait tout juste de confectionner pour la fête pendant que mon fils se tenait bien droit avec une serviette de lin blanc drapée soigneusement sur son bras, comme s'il avait hérité de la tâche de maître d'hôtel pour la soirée. Mon mari avait minutieusement orchestré tous les détails de dernière minute avant de tirer pour moi la chaise au bout de la table en tant qu'invitée d'honneur. Il était évident que chacun connaissait les tâches qui lui étaient assignées et qu'il les avait répétées plusieurs fois pour l'occasion.

Seule une reine peut recevoir un tel traitement, ai-je pensé. Jetant un coup d'œil vers mon mari tout au long de la soirée, je pouvais percevoir des connotations romantiques dans son sourire et dans la façon dont il s'adressait à moi devant les enfants. C'était la vie à son meilleur, et je savourais chaque moment quand mon fils a déclaré : « Viens, maman, il est temps d'ouvrir tes cadeaux ! » Je pouvais voir dans leurs yeux que c'était le moment, le dévoilement si vous voulez, le couronnement de la soirée. J'ai donc entrepris de déballer le premier cadeau, celui offert par ma fille. Elle m'avait donné un livret de coupons dans lequel étaient inscrites différentes tâches qu'elle effectuerait pour moi selon mon besoin. Le deuxième cadeau provenait de mon fils, une pièce de un dollar en argent à laquelle il tenait beaucoup.

Puis le dernier cadeau, celui de mon mari. On voyait sur leur visage la lueur de l'anticipation, comme le décompte des secondes avant un atterrissage. À ce point, j'avais l'impression de faire partie de l'équipe gagnante et que cette boîte contenait quelque chose de particulier, seulement pour moi. Comme j'enlevais le dernier morceau de papier d'emballage et que j'ouvrais la boîte bien scellée, plus personne ne bougeait, plus personne ne parlait. Puis le voilà !

« Un marteau ? » Pendant qu'ils applaudissaient, j'avais le souffle coupé, tout en essayant de cacher mon expression déconcertée. Était-ce une blague ? Est-ce que quelque chose m'avait échappé ? Ne sachant que faire d'autre, j'ai donné un rapide baiser à mon mari, espérant que cette diversion pourrait éliminer tout signe d'ingratitude de ma part. Me ressaisissant, j'ai demandé à mon mari : « Comment as-tu su que je voulais un marteau pour moi toute seule ? » Pendant tout ce temps, mon fils s'exclamait : « Alors, maman, c'est super ! »

Il arrive parfois que nous voilions nos déceptions par la gratitude, spécialement lorsqu'il y a cet éclat particulier dans les yeux de notre époux, qui évoque à quel point il est fier d'avoir acheté le cadeau parfait. Comment pouvais-je ne pas être heureuse de toutes leurs attentions à mon égard? Mais le romantisme s'estompait rapidement! Comment pouvais-je être ingrate quand, en réalité, nous avions très peu d'argent pour nous payer le plus petit extra? Pourtant, j'avais secrètement espéré une bouteille de parfum ou un renouvellement de l'abonnement à ma revue préférée. Avais-je oublié de confier ces vœux à mon mari au cours de la semaine précédant notre anniversaire? Un marteau? À quoi avait-il pensé? La prochaine fois, ce sera une ceinture à outils ou une agrafeuse. Ne sait-il pas qu'une femme savoure les choses romantiques, spécialement le jour de son anniversaire de mariage? Et je me retrouvais là, à quarante ans, sentant déjà mon estime diminuer avec la découverte de nouvelles rides sur mon visage, de cheveux grisonnants et d'un tour de taille s'épaississant. J'essayais de me rappeler que seule l'intention compte, mais chaque fois que je regardais ce marteau, mon cœur se serrait encore plus. Comment pouvions-nous penser si différemment? Je me résoudrais donc simplement à égarer le marteau, peut-être en le mettant dans une boîte sous mon lit et à ne jamais montrer ma déception.

Mais il y a une morale à cette histoire... Mon mari était beaucoup plus perspicace que je l'avais cru. J'ai toujours été une fanatique de la décoration, transformant et redisposant constamment les meubles de ma maison. Depuis lors, je me suis rendu compte que ce marteau était un présent qui en disait long sur la confiance que mon mari avait placée en moi et en mes habiletés à transformer l'intérieur de notre petite maison toute simple en un lieu de beauté. Ce marteau était le symbole de son approbation. Aujourd'hui, bien plus que le jour où je l'ai reçu, je comprends beaucoup mieux l'intention dans ce présent. Et je suis impressionnée par le fait que mon mari me connaissait mieux que je ne me connaissais.

Avec le recul, je peux en rire et même vous raconter l'histoire. J'ai aussi appris une leçon importante au sujet des jugements prématurés quant à la valeur d'un cadeau. Ce que j'aurais moi-même choisi à ce moment-là ne m'aurait pas procuré la moitié des avantages de celui-ci. Et je vais vous dire autre chose. Au cours des années, chaque fois que j'ai utilisé cet outil pratique, j'ai pensé à mon mari et à la soirée d'anniversaire romantique qu'il avait organisée si amoureusement à mon intention. Chaque fois, je suis remplie d'un sentiment de romantisme. Il s'agissait vraiment, après tout, d'un marteau empreint de romantisme.

Catherine Walker

Trois baisers

Acceptez ce que le destin vous apporte et aimez les gens avec lesquels le destin vous réunit, mais faites-le de tout votre cœur.

Marc Aurèle

Au cours de notre mariage, au moment d'un départ, mon épouse et moi avons toujours échangé non pas un, mais trois baisers. Cette habitude suscitait des ricanements et des gloussements dans notre entourage, habituellement de la part de nos filles. Que signifiaient ces trois baisers ?

Les trois baisers ne servent pas simplement à nous dire au revoir, mais sont un rappel de la complétude et la signification de notre union dans le mariage.

Le premier baiser, c'est le Cœur. Il exprime la façon dont nos cœurs sont unis dans l'amour et la compréhension mutuels.

Le second, c'est l'Esprit. Nos esprits sont en accord en pensée et nous avons, à travers maints essais et tribulations, réuni ces pensées dans une expression de notre amour. Nous ne sommes pas toujours d'accord sur certaines questions, mais lorsqu'il s'agit de problèmes sérieux et importants, nos esprits ne font qu'un et nos décisions se rallient.

Le troisième, c'est l'Âme. C'est l'expression d'une harmonie éternelle entre nos âmes. Nous avons gagné cette harmonie au cours des années par un travail continu sur notre relation.

Je peux supporter les ricanements et les glousse-ments parce que je connais et ressens la véritable signi-fication de nos trois baisers. Et savoir que mon épouse pense de la même façon me remplit de paix et me fait l'aimer encore plus.

Thomas Webber
Soumis par Sandra Webber

L'histoire de mon père

C'était l'une de ces soirées tardives de décembre. Mon père et moi étions assis près du feu, buvant du chocolat chaud. Je lui ai demandé : « Papa, raconte-moi une histoire. »

Bien que j'aie quarante ans et que je sois père de famille, lorsque nous sommes seuls, je redeviens un petit garçon de six ans qui demande à son père de lui raconter une histoire avant de s'endormir. Il m'a alors répondu : « Eh bien, laisse-moi réfléchir un moment. » L'index pointé sur son menton, mon père avait le regard de quelqu'un qui essayait de se souvenir du passé.

Finalement, il a commencé : *Il y a longtemps, quand j'étais au secondaire, il y avait dans ma classe de finissants une fille nommée Jennifer. Elle était l'une des trois seules Asiatiques de toute l'école. Elle était grande, mince, et son sourire laissait une impression durable. Tu connais cette sensation au moment même où ton cœur fait un bond ?*

À ce moment, je me suis rappelé l'instant où j'ai rencontré ma femme pour la première fois. Elle avait souri et j'avais senti mon cœur fondre. Je savais que je voulais voir ce sourire pour le reste de ma vie quand je lui ai demandé de m'épouser. J'ai donc souri à mon père en lui faisant un petit signe de la tête.

Il a continué : *Pendant la dernière année, j'avais quatre cours avec elle. Je suis tombé amoureux de son sourire, mais aussi de tout ce qu'elle était. L'odeur de son parfum, la façon dont bougeaient ses cheveux lors-*

que le vent soufflait, et son cœur si généreux. Un jour, Jennifer m'a écrit une lettre où elle m'avouait son amour pour moi. J'étais à la fois surpris et heureux. Malheureusement, mon bonheur n'a pas duré longtemps. Mes amis se sont emparés de la lettre. Ils ont affirmé que ça ne fonctionnerait jamais entre nous à cause de nos trop grandes différences. J'avais l'impression qu'au fond ils ne voulaient que mon bien, et j'ai donc caché mes sentiments pour elle. J'ai fait changer mon horaire, et j'ai trouvé un nouveau chemin pour me rendre à chacun de mes cours. Je ne lui ai pas donné d'explication, mais je suis disparu de sa vie.

À partir de ma remise de diplôme jusqu'à ma troisième année d'université, j'ai pensé à Jennifer – l'odeur de son parfum et la façon dont ses cheveux bougeaient dans le vent. J'ai rencontré par hasard certaines de ses amies dans un bistro local. Je crois qu'elles se nommaient Emily et Stephanie. De toute façon, elles m'ont raconté à quel point j'avais brisé le cœur de Jennifer sans lui donner d'explication. À cause de moi, elle avait décidé d'aller à l'université à Washington. C'est à ce moment précis que j'ai compris à quel point j'avais été idiot. J'ai pensé à mes amis que je n'avais même plus revus depuis la remise des diplômes. Je savais ce qu'il me restait à faire.

Quand mon père a terminé son histoire, ma mère était appuyée dans l'embrasure de la porte. La magnifique jeune fille asiatique dont mon père était tombé amoureux avait changé avec le temps, mais elle est venue dans le salon, a embrassé mon père sur la joue et lui a souri de son magnifique sourire.

Racontée par Chin Pak

Bonne nuit, mon amour

Certaines personnes croient au coup de foudre, mais je ne peux pas dire que c'est mon cas. Je crois cependant qu'un seul moment peut nous apprendre plus sur l'amour qu'il est possible de l'imaginer. En cette nuit du 23 novembre 2001, j'ai eu la chance de vivre l'un de ces moments.

Mon mari et moi n'étions alors mariés que depuis dix-sept mois. Durant nos brèves fréquentations et l'année et demie qui a suivi notre mariage, j'avais travaillé à développer graduellement une compréhension de sa famille et de son histoire. En grande partie à cause de sa santé déclinante, il était difficile de connaître son père, que je nommerai M. Ralph. Il avait été victime de nombreux problèmes et crises cardiaques qui avaient affecté son élocution et sa mémoire.

De temps à autre, M. Ralph se sentait bien et commençait à me raconter des histoires de sa jeunesse. Il adorait me faire le récit du temps où il conduisait des camions chargés de fruits de Durham, en Caroline du Nord, jusqu'à Baltimore, au Maryland. Je crois qu'il trouvait ironique de penser avoir probablement croisé mon père qui avait travaillé à la Bethlehem Steel durant ces mêmes années. Il aimait aussi raconter d'autres histoires exprimant sa fierté pour sa famille, la signification d'être né sur le Averasboro Battleground (un site archéologique), et l'exceptionnel privilège d'avoir grandi à Falcon, en Caroline du Nord, où Dieu et le pays étaient au cœur de la vie des gens. Tout ce que je connaissais d'autre à son sujet, je l'ai appris de son épouse et de ses enfants.

J'ai aussi mis du temps à connaître la mère de mon mari, Mme Janice. Elle avait de grandes qualités d'écoute, était toujours d'un grand soutien et très encourageante, mais elle ne parlait pas beaucoup d'elle-même. Elle consacrait la majeure partie de son temps à prendre soin de M. Ralph quand il était malade, et à essayer de l'aider à savourer les bons moments quand il allait mieux. Je savais que toutes ses attaques et toutes ses crises cardiaques avaient beaucoup affecté son caractère. Il avait jadis été un homme très actif et intelligent, qui avait des opinions sur tous les sujets et, par moments, il redevenait cet homme. Mais la plupart du temps, il ressemblait beaucoup plus à un enfant. Cette situation ne semblait jamais préoccuper ma belle-mère. Elle continuait à l'emmener partout avec elle, que ce soit à l'église, au salon de coiffure ou dans leur excursion quotidienne à Bojangles. Lorsqu'ils demeuraient à la maison, elle s'assoyait près de lui sur le sofa, tenait sa main et trouvait pour lui tous les mots manquants qu'il ne pouvait exprimer.

En novembre, la santé de M. Ralph a commencé à se détériorer très rapidement. Il souffrait d'une insuffisance cardiaque congestive et a dû demeurer à l'hôpital pendant une semaine. Durant tout ce temps, ma belle-mère a très peu dormi. Elle ne quittait jamais son chevet pour plus de quelques minutes à la fois. Sa présence lui apportait du réconfort et le libérait de son anxiété, et elle ne voulait pas l'en priver, peu importe sa propre fatigue et son propre inconfort.

Lorsqu'il est revenu à la maison, le médecin a dit que son cœur fonctionnait à trente pour cent. Nous savions tous que nous pourrions le perdre à n'importe quel moment et qu'il nous fallait continuer à vivre chaque jour en essayant de tirer le meilleur des circonstances.

Le jour de l'Action de grâces, elle a décidé de le garder à la maison. Elle sentait qu'il avait besoin d'être loin de tout le bruit et de l'excitation dus à la présence de ses petits-enfants. Vers le milieu de l'après-midi, paraissant ragaillardi, il a demandé : « Où est mon monde ? Je veux être avec les gens qui m'aiment. » Elle l'a alors installé dans la voiture et l'a conduit à la maison de mon beau-frère afin qu'il soit avec sa famille pour une courte visite.

L'après-midi suivant, nous avons reçu un appel téléphonique de l'infirmière en soins palliatifs. Elle croyait que la mort de M. Ralph était imminente et nous a vivement conseillé de venir à la maison. Sans tarder, nous avons sauté dans la voiture et avons franchi à toute vitesse le demi-kilomètre séparant notre maison de la leur. Nous l'avons découvert dans son lit avec Mme Janice à sa droite et sa « petite dernière » à ses pieds. Son « garçon manqué » était assis derrière lui, les bras autour de ses épaules pour le tenir en position assise puisqu'il ne voulait pas se coucher. Il a obstinément combattu la mort pendant plusieurs heures, même si tous ses enfants lui avaient donné leur accord et que ma belle-mère continuait à lui dire qu'elle l'aiderait. Finalement, il a semblé reprendre des forces. Sa respiration s'est détendue et il a consenti à se coucher et à permettre qu'on l'installe plus confortablement dans le lit.

Au moment du coucher, Mme Janice s'est rapidement brossé les dents et s'est mise en pyjama pendant que nous sommes tous restés dans la chambre pour le surveiller. Puis le moment est arrivé. Mme Janice est revenue, a terminé sa routine de nuit et a traversé la chambre vers le côté de son lit. Elle a retiré les couvertures et a doucement pris place à ses côtés. Nous l'observions pendant qu'elle le regardait à travers ses larmes. Soudain, nous avons su dans nos cœurs que c'était la dernière fois qu'elle accomplirait ces gestes routiniers. C'était sa dernière chance de lui dire « Bonne nuit, mon amour ». C'était la dernière fois qu'elle caresserait de sa main la joue de son époux et qu'elle repousserait ses minces cheveux de son front. C'était la dernière fois qu'elle se coucherait à côté de lui et l'aiderait à estomper les épreuves de la journée par la chaleur de son amour. Cette fois, ça y était. La fin approchait.

À ce moment même, j'ai commencé à comprendre pourquoi les Saintes Écritures disent : *Fort comme la Mort est Amour; inflexible comme Enfer est Jalousie; ses flammes sont des flammes ardentes : un coup de foudre sacré. Les Grandes Eaux ne pourraient éteindre l'Amour et les Fleuves ne le submergeraient pas.* Chaque jour passé avait fait grandir et renforcé cet amour, tout comme le ferait la mort. On ne peut se dérober à la mort. De même qu'on ne peut se soustraire au grand amour. L'amour grandit et devient plus fort jusqu'à ce que la mort vous sépare et, même à ce moment, l'amour ne meurt pas.

Par la façon dont ma belle-mère laissait gracieusement partir son mari, la force de l'amour devenait encore plus évidente. Elle a pu trouver du réconfort et de la joie dans la certitude qu'il serait en paix et que tous deux ne seraient séparés que pour un certain temps. Elle pouvait le laisser partir, mais elle ne permettrait pas qu'on l'oublie. Et moi, je garderai toujours le souvenir du visage de l'amour dans ses moments les plus exceptionnels.

Karen Lucas

Les Amants

Son épouse s'étant absentée pour rendre visite à sa famille, il a alors pris le temps d'explorer certains sentiers de randonnée qu'il ne connaissait pas. Ce jour de la fin de l'été, il a choisi le bosquet de la Morris Creek, dans le nord de l'Idaho, rempli de thuyas géants.

Pour se rendre de la route aux arbres massifs, il fallait traverser un champ magnifique. L'écarlate de l'asclépiade tubéreuse se mêlait et pourtant contrastait avec des fleurs d'une blancheur parfaite qui ressemblaient à des marguerites. Une douzaine ou plus de variétés de fleurs sauvages s'épanouissaient en des nuances variées. Vous auriez pu retrouver cette image sur une carte postale, mais ici, c'était la vie réelle. Il s'est mentalement promis d'acheter un guide de poche sur les fleurs sauvages afin de pouvoir les identifier.

Les vieux arbres géants se trouvaient un peu plus haut sur la pente douce de la montagne. Non loin à l'intérieur du bosquet de quatre-vingts acres, à six mètres du chemin, un arbre bizarre a attiré son regard. Il s'est légèrement avancé vers l'endroit le plus élevé du chemin pour examiner l'arbre d'un angle différent. C'est alors qu'il s'est rendu compte qu'il s'agissait en fait de deux arbres. Le plus grand des deux conifères était aussi large qu'un gros réfrigérateur et plus haut que deux autobus. Tout à côté de lui se tenait un plus petit arbre, peut-être les deux tiers du diamètre du géant. Les arbres disposaient véritablement de deux systèmes radiculaires distincts, mais poussaient verticalement l'un à côté de l'autre depuis le sol de la forêt.

Les premiers deux ou trois mètres, il n'y avait aucun espace entre eux; puis un espace de quelques centimètres pendant six mètres, puis de nouveau aucun espace pendant un autre six mètres, alors qu'ils se terminaient très légèrement espacés.

Environ six mètres au-dessus du niveau des yeux, une branche du plus gros thuya s'écartait du tronc en une boucle, puis se divisait en deux branches plus petites. La première division de la branche formait une vrille importante longeant la courbe du tronc du plus petit arbre comme dans une étreinte. La seconde fourche de la branche se subdivisait plusieurs autres fois jusqu'à se mêler aux brindilles d'une branche du plus petit arbre; on ne pouvait plus les distinguer, comme des doigts entrelacés lorsque deux amoureux se tiennent les mains.

« Les Amants », a-t-il mentalement nommé les arbres. Ces amants avaient commencé leur étreinte avant que Sacagawea ne conduise Lewis et Clark dans leur randonnée vers l'ouest tout près. Durant leur adolescence, ces amants se sont tenus côte à côte, bien avant que les États-Unis ne deviennent une nation.

Ses pensées sont revenues à son épouse à l'autre bout de ce pays. Elle avait dû prolonger son séjour, et elle serait absente encore une autre semaine. Son retour était maintenant retardé jusqu'au jour suivant leur anniversaire. Il constatait avec étonnement à quel point elle lui manquait, et il aurait aimé qu'elle se trouve à ses côtés en ce moment à contempler « les Amants ».

Il s'est mis à réfléchir à leur relation. Malgré sa solitude temporaire et, en fait, en complicité avec ce sentiment, il avait toujours l'impression d'être l'homme le plus chanceux au monde. Il avait eu le bonheur de former un couple uni, de marcher main dans la main et d'étreindre son épouse, son amoureuse, son amie depuis trente années. Ils ne dureraient pas trois siècles, comme c'est le cas des vieux amants de la forêt, mais chaque jour passé avec elle dans sa vie était pour lui une bénédiction. Il en était conscient.

Il savait aussi que, un jour prochain, il reviendrait à cet endroit, son épouse à ses côtés, et qu'il s'immobiliserait devant « les Amants ». Il placerait son bras autour des épaules de son épouse, lui tiendrait la main, lui montrerait les deux vieux arbres, et lui dirait : « Ceci, c'est toi et moi, mon amour. »

Daniel James

Cœur nouveau

Un psychiatre pose un tas de questions qui coûtent cher, mais que votre épouse pose pour rien.

Joey Adams

Une femme venue chercher des conseils auprès du Dr George W. Crane, le psychologue, lui a confié qu'elle détestait son mari et qu'elle avait l'intention de demander le divorce. « Je veux le faire souffrir autant que je le peux », a-t-elle déclaré d'un ton ferme.

« Eh bien, dans ce cas, a répondu le Dr Crane, je vous conseille de commencer à le combler de compliments. Quand vous lui serez devenue indispensable, quand il croira que vous l'aimez avec dévouement, alors vous déposerez votre demande de divorce. C'est un bon moyen de le blesser. »

Quelques mois plus tard, l'épouse est retournée voir le psychologue pour lui dire que tout allait bien. Elle avait suivi le traitement suggéré.

« Bien, a dit le Dr Crane. C'est maintenant le temps de demander le divorce. »

« Le divorce ! a répondu la femme avec indignation. Jamais. J'aime tendrement mon mari ! »

The Best of Bits & Pieces

Apprendre à aimer

Récemment, j'ai demandé à mon mari, Philip, s'il m'aimait encore même si j'avais pris de l'âge depuis qu'il était tombé amoureux de moi. Cet après-midi-là, j'avais vu de superbes et minces jeunes femmes le regarder avec intérêt et j'avais subitement ressenti le besoin qu'il me confirme de nouveau son amour. Il m'a regardée dans les yeux, a souri et m'a enlacée de son bras. « Bien sûr, ma chérie. » Il s'est blotti tout contre moi et a commencé à me raconter une histoire sur son grand-père et lui.

◆　◆　◆

« J'imagine que je devais avoir treize ou quatorze ans quand c'est arrivé. Ma mère m'a laissé à la maison de grand-papa pendant qu'elle-même et sa sœur se rendaient à Londres pour quelques jours. Je dois admettre que ça ne me dérangeait pas de demeurer avec mon grand-père puisque nous nous entendions merveilleusement bien et que notre relation était spéciale. J'attendais les prochains jours avec impatience.

« Quand je suis entré dans la pièce, j'ai vu sur la commode une photographie en noir et blanc d'une très belle femme que je n'avais jamais remarquée avant. Je l'ai prise et l'ai montrée à mon grand-père. *Qui est sur la photographie ?* ai-je spontanément demandé.

« *Vois-tu ses yeux ?* a demandé grand-papa avec un sourire.

« *Oui, ils me semblent très intrigants, tout comme le reste de son visage. Elle est si belle*, ai-je convenu.

« À cet âge, m'a expliqué mon mari, je m'intéressais déjà aux plus beaux spécimens du sexe opposé, et la femme sur la photographie pouvait certainement concurrencer avec les plus belles. Je voulais donc savoir pourquoi grand-père avait soudainement placé cette photo sur la commode.

« *Est-ce que c'est ta petite amie ?* ai-je demandé pour plaisanter. Grand-père a souri, mais il n'a pas détourné les yeux de la photographie. Son sourire s'est tout à coup effacé et, l'air grave, il m'a regardé dans les yeux. *Oui, Philip, c'est ma petite amie. Elle l'a toujours été et le sera toujours.* Étonné par sa réponse, je n'ai pas pu lui répondre tout de suite. Grand-papa s'est éloigné et est revenu avec l'album de photos de famille. *Regarde, ici je suis debout près de ta grand-mère au moment où nous étions en vacances sur la plage à Scheveningen.*

« *Mais quel est le rapport avec la photographie de cette dame qui paraît si bien ?* ai-je demandé avec impatience.

« *C'est la même femme,* m'a doucement répondu grand-papa. *Regarde simplement ses yeux, ce sont les mêmes, même si elle est beaucoup plus âgée sur cette photographie.*

« Ce n'est qu'à ce moment, à cause des vêtements que portait la femme de la photographie, que je me suis rendu compte qu'il s'agissait effectivement d'une vieille photographie de ma grand-mère. Je n'avais remarqué que son visage fascinant. Incrédule, j'ai comparé les deux photographies. *Mais. Mais...*, ai-je bégayé, *si une dame aussi sexy se transforme en une vieille femme ratatinée, ou si elle vieillit mal, ça doit devenir difficile de se réveiller à côté d'une telle personne. Il y avait probablement autour assez d'autres femmes qui paraissaient bien, avec moins de rides et une silhouette plus mince.*

« Quand je repense à ce moment, m'a confessé Philip, je me sens gêné, mais après tout ce n'était que la réaction d'un adolescent typique. Grand-papa devait réellement beaucoup m'aimer pour réagir patiemment à mes remarques impolies et cruelles.

« *Tu n'as pas connu ta grand-mère parce qu'elle est décédée avant ta naissance*, a continué grand-papa. *Mais, même si elle a pris de l'âge, elle est demeurée la même femme, la femme que j'ai aimée de tout mon cœur. Pour le dire en tes mots : Si tu aimes vraiment quelqu'un, tu ne te préoccupes plus beaucoup... de l'emballage.*

« J'ai dû réfléchir à sa déclaration, mais je lui ai dit que je me demandais encore comment il s'était senti lorsqu'il voyait une jeune et plus belle femme passer au moment où il était accompagné par son épouse âgée. *Bien sûr, je les remarquais, mais alors je regardais les yeux de ta grand-mère, et je voyais la jeune fille de quinze ans dont j'étais devenu amoureux, la jeune fille sur la photographie. Ses yeux n'ont jamais changé; même lorsqu'elle a vieilli, ses yeux sont toujours demeurés les mêmes – tout comme mon amour pour elle.*

« J'ai dû admettre que les paroles de grand-papa m'avaient touché et m'avaient fait profondément souhaiter trouver à mon tour une femme que j'aimerais autant. J'ai comparé les deux photographies et j'ai dit : *Grand-papa, je peux le voir, sur les deux photographies ses yeux sont toujours les mêmes.* Mais pendant un court moment, il n'a pas réagi. Lorsque j'ai levé les yeux, j'ai vu grand-papa qui regardait les deux photographies avec amour. Je me souviens qu'il a marmonné : *Même pour une vieille femme, elle était toujours belle, mais tu es encore trop jeune pour le voir.* »

◆　◆　◆

Philip s'est retourné vers moi. « Grand-papa avait raison. J'étais trop jeune alors pour comprendre. Mais maintenant je sais ce qu'il voulait dire. J'ai appris qu'on ne tombe pas amoureux de l'apparence d'une personne, mais de son âme. Lorsque je regarde tes yeux, ma chérie, je vois toujours la même jeune et belle femme dont je suis tombé amoureux. Je t'aime toujours et mon amour pour toi n'est pas fondé sur ton apparence mais sur qui tu es vraiment. Comme le dit le vieux proverbe : *Les yeux sont le miroir de l'âme.* »

Comme Philip me tenait près de lui, j'ai poussé un profond soupir de contentement, et j'ai remercié silencieusement son grand-père pour avoir appris à son petit-fils, il y a tant d'années, la véritable signification de l'amour.

Carin Klabbers

7

POUR LE MEILLEUR
ET POUR LE PIRE

*La merveilleuse richesse de l'expérience
humaine perdrait un peu de sa joie
gratifiante s'il n'y avait pas d'obstacles
qu'il nous fallait surmonter.*

*Le moment où nous atteignons le haut
de la colline ne serait pas à moitié aussi
merveilleux s'il n'y avait pas de vallées
sombres qu'il nous fallait franchir.*

Helen Keller

Sages conseils du beau-père de la mariée

Christy et Carl se marient.

Christy est ma belle-fille, une belle jeune femme, intelligente, et apparemment normale qui, il y a six mois, a commencé à ne jurer que par Martha Stewart, et a maintenant coordonné les couleurs de tout ce qui se situe à l'intérieur de six pâtés de notre maison, incluant Sam, notre chat mauve et rouge.

Carl est le jeune homme chanceux et bientôt futur ex-surfer.

Ce sera un « mariage intime », c'est-à-dire qu'il faudra calculer environ le même nombre d'invités que celui des spectateurs présents à un événement sportif, puis le doubler, en se basant sur le principe que certains membres de la famille ne se présenteront pas.

Mais à la vérité, je n'ai pas trop eu à me préoccuper des subtilités de « l'événement ». Oh, à l'occasion, je me fais demander si je crois que des roses jaunes produiront une atmosphère plus spirituelle que des roses blanches, mais je me contente de sourire et de dire à Christy qu'elle est superbe, et que ce sera un beau mariage, et que même le chat a finalement commencé à sortir du placard de l'entrée. Ces affirmations me valent habituellement une bise sur la joue et l'occasion de partir discrètement avant que ne recommence la présentation du vidéo portant sur « les plus grands mariages du vingt et unième siècle ».

Dans ce mariage, ma seule responsabilité consistera à m'assurer de la sobriété du DJ et à transmettre quelques paroles de sagesse au jeune couple durant un toast attendrissant à faire verser des larmes.

Je n'ai jamais porté de toast auparavant. J'ai dû me lever une fois pendant une fête de Noël du bureau et m'excuser pour avoir offert à Leslie, le nouveau gars préposé au courrier, une éponge végétale parfumée pour le bain, mais outre cet événement, ma carrière d'orateur public s'en est tenue là.

J'ai cependant appris six règles importantes de survie qui pourraient, je l'espère, être d'une certaine utilité durant la délicate période de transition du mariage qu'on nomme « l'après-lune-de-miel » ou la phase du « Veux-tu bien me dire à quoi j'ai pensé ! »

1. Choisissez soigneusement vos surnoms mutuels. Rappelez-vous… vous pourriez terminer une soirée délirante et folle à la fête foraine en pensant : « Hé ! Ça serait cool d'assortir nos tatouages ! » pour vous réveiller le matin suivant avec un ourson « Câlinours » gravé sur vos fesses.

2. Vous devriez tous les deux apprendre le plus tôt possible certaines réponses normalisées, qui peuvent sauver un mariage : « Super ! tu fais des repas vraiment amusants, ma chérie. C'est la première fois que je mange du pain de viande qui rebondit. » Ou : « Merci, mon chéri, de m'avoir fait partager les détails atroces de ta blessure à l'aine qui t'a empêché de participer à la partie des étoiles. Je ne l'oublierai jamais. »

3. Essayez de maîtriser les différences subtiles de l'hygiène personnelle. Même si j'en ignore la raison, les bases faciales et les perles d'huile de bain sont aussi importantes que la pommade pour le pied d'athlète et l'épilateur pour les poils du nez. Aussi, les mouchoirs de papier et le papier hygiénique sont deux produits différents et, oui, ils doivent être assortis au décor de la salle de bain qui sera, malheureusement, déterminé par les goûts judicieux des invités à votre mariage.

4. Parlant de décor... le canapé d'un partenaire peut constituer une excuse de plus de l'autre partenaire pour louer une benne à ordures. C'est pourquoi ils ont inventé le beige. Personne n'aime cette couleur, mais au moins, ce n'est pas du tissu à motifs écossais. Il faut aussi faire un compromis concernant les décorations murales. Les reproductions d'art japonais ne sont pas si mal, spécialement si vous les éclairez avec une enseigne de néon rouge Budweiser.

5. Apprenez à partager votre espace. Votre premier appartement peut être plutôt petit, au point que les gens le prennent toujours pour une cabine téléphonique. Apprenez à donner quelques-unes de vos choses. Soyez prêts à vous défaire d'au moins une paire de souliers pour chaque T-shirt orné du logo d'un concert et chaque chapeau portant un slogan amusant envoyés aux bonnes œuvres.

6. Finalement, il y aura d'occasionnelles secousses sur le chemin des délices conjugales. Mais il est préférable de ne pas s'endormir en colère l'un contre l'autre, spécialement si vous dormez dans un lit d'eau et que vous venez tout juste de recevoir trois ensembles de couteaux Ginzu à la réception. Analysez plutôt les deux points de vue, excusez-vous, embrassez-vous et réconciliez-vous. Après tout, la seule alternative est de courir à la maison et devinez quoi… vos chambres ont déjà été converties en salles de divertissement.

Alors bonne chance. Dieu vous bénisse et que votre vie soit merveilleuse. Maintenant, si vous voulez m'excuser, le DJ s'est encore enivré…

Ernie Witham

*Le premier devoir de l'amour,
c'est d'écouter.*

Paul Tillich

Le candélabre manquant

Une fillette qui assistait à un mariage a ensuite demandé à sa mère pourquoi la mariée avait changé d'idée. « Que veux-tu dire ? » a demandé sa mère. « Eh bien, elle est arrivée dans l'allée avec un homme, et elle est repartie avec un autre. »

Auteur inconnu

C'était un des plus grands mariages jamais célébrés à Wilshire. Quinze minutes avant le début de la cérémonie, les parcs de stationnement de l'église débordaient de voitures, et un grand nombre de personnes se pressaient dans le vestibule, attendant d'être convenablement assises. Ce genre d'événement réchauffait le cœur d'un pasteur.

Mais cela se passait quinze minutes avant l'événement.

À exactement 19 heures, les mères étaient assises et l'organiste attaquait les notes triomphantes de l'hymne processionnel. J'attendais ce signe pour entrer à l'avant du sanctuaire par la porte latérale et commencer à présider l'heureux événement. Comme j'arrivais à la porte, une voix qui venait de la salle m'a appelé : « Non, pas tout de suite, pasteur. N'ouvrez pas la porte. J'ai un message pour vous. »

Je me suis retourné et, à travers l'éclairage tamisé, j'ai vu l'assistante du fleuriste se rapprocher de moi le plus rapidement qu'elle le pouvait. Elle n'a battu aucun record de vitesse, car elle était enceinte de huit mois et se dandinait dans le hall avec une difficulté évidente. Elle était presque à bout de souffle lorsqu'elle est finalement parvenue jusqu'à moi. « Pasteur, a-t-elle haleté, nous ne trouvons pas le candélabre que vous devez utiliser à la fin de la cérémonie. Nous avons cherché partout et nous ne l'avons pas trouvé. Qu'est-ce qu'on peut faire? »

J'ai senti immédiatement que nous avions un gros problème sur les bras. Le couple qui devait se marier avait spécifiquement demandé que le cierge de l'unité fasse partie de la célébration de mariage. Lors de la répétition, nous avions repassé soigneusement chaque étape de l'événement. Destiné à recevoir trois cierges, le candélabre devait être placé près de l'autel. Les mères des mariés avanceraient dans l'allée centrale, chacune portant un cierge allumé. En arrivant à l'avant du sanctuaire, elles s'approcheraient du candélabre et placeraient leurs cierges dans les réceptacles appropriés. Tout au cours de la cérémonie, les cierges des mères devaient brûler lentement pendant que le cierge du milieu demeurerait éteint. Après avoir prononcé leurs vœux, les jeunes mariés allumeraient le cierge du centre. Ce rituel voulait symboliser l'unité de la famille, ainsi que la lumière de l'amour de Dieu dans la nouvelle relation.

Pendant la répétition, j'étais content de cette procédure. J'avais l'intention de lire un verset spécial des Saintes Écritures au moment où le couple allumerait le cierge du milieu. Nous avions répété le tout à la perfection.

Nous le pensions.

Les notes provenant de l'orgue retentissaient de plus en plus fort alors que je demeurais immobile dans l'entrée. Je savais qu'à ce moment l'organiste jetait un coup d'œil par-dessus son épaule gauche se demandant où diable le pasteur avait bien pu passer.

« D'accord, ai-je dit à la fleuriste perplexe, nous n'aurons qu'à inventer. J'éliminerai cette partie de la cérémonie et, à la fin, j'improviserai. »

En disant ces mots, j'ai ouvert la porte et je suis entré dans le sanctuaire, marmonnant derrière mon sourire figé : *Mais qu'allons-nous faire ?*

Le jeune marié et ses garçons d'honneur m'ont suivi. La jeune mariée et ses demoiselles d'honneur ont descendu l'allée gauche du sanctuaire. Lorsque la première demoiselle d'honneur est arrivée en avant, elle a chuchoté quelque chose dans ma direction.

L'air perplexe sur mon visage lui indiquait que je n'avais pas compris.

Elle a chuchoté le message une seconde fois, la bouche encore plus ouverte, et accentuant chaque syllabe. En m'efforçant de distinguer ses paroles à travers le son de l'orgue et en lisant sur ses lèvres, j'ai compris ce qu'elle me disait : « Continuez avec la partie de la cérémonie du candélabre de l'unité. »

« Mais… comment ? » ai-je murmuré à travers les dents avec un sourire artificiel.

« Continuez, tout simplement », m'a-t-elle fait signe.

Nous sommes passés à travers la première partie de la cérémonie sans aucune difficulté.

Tout le monde rayonnait de joie à cause de l'heureux événement – tout le monde sauf la première demoiselle d'honneur qui m'avait apporté le message. Lorsque j'ai regardé dans sa direction pour obtenir d'autres nouvelles du candélabre, son regard était stoïque et ses lèvres serrées. Il était évident qu'elle n'avait plus de messages pour moi.

Nous avons continué la cérémonie. J'ai lu un passage de l'Épître aux Corinthiens 1, 13 et j'ai mis l'accent sur l'importance de l'amour et de la patience dans l'édification d'une relation de mariage. J'ai demandé aux jeunes mariés de joindre leurs mains, et j'ai commencé à parler des vœux qu'ils allaient prononcer. Pas de problème en vue. Je commençais à me sentir mieux, mais je devais imaginer une manière de terminer la cérémonie. Mais pour le moment, nous devions traverser l'étape des vœux et de la remise des anneaux.

« John, en choisissant la femme dont tu tiens la main pour devenir ton épouse, promets-tu de l'aimer ? »

« C'est la chose la plus drôle que j'ai jamais vue », a interrompu la jeune mariée dans un murmure sonore. J'ai détourné mon regard du jeune marié déconcerté pour le diriger vers elle et j'ai remarqué qu'elle regardait vers sa droite, du côté de l'orgue, à l'avant du sanctuaire. Non seulement regardait-elle dans cette direction, mais c'était aussi le cas des garçons et des demoiselles d'honneur, et de toute l'assemblée ! Mille yeux se concentraient sur une cible mouvante à ma gauche. Je savais qu'elle bougeait, puisque les têtes et les yeux la suivaient en se tournant très légèrement, comme au ralenti.

La cible mouvante n'était nulle autre que l'assistante du fleuriste. Elle s'était glissée par la porte près de l'orgue et marchait à quatre pattes derrière la balustrade du chœur vers le centre de la plateforme où je me tenais. La chère dame, « très enceinte », se croyait invisible derrière la balustrade. Mais en fait, son postérieur en mettait plein la vue, quinze centimètres au-dessus de la balustrade du chœur. Tout en rampant, elle portait dans chaque main un cierge allumé. Pour empirer les choses, elle ne se rendait pas compte que sa silhouette – une ombre énorme, mobile, « enceinte » – se détachait sur le mur derrière la tribune du chœur.

C'est alors que les invités au mariage ont dû subir le supplice des rires étouffés. Pendant qu'ils luttaient pour garder leur calme, un flot de larmes hystériques était leur seul moyen d'évacuer la tension. Deux ou trois des demoiselles d'honneur de la mariée tremblaient tellement que des pétales de leurs bouquets sont tombés sur le sol.

Les vœux ont été finalement prononcés, et c'était pour moi le moment idéal pour déclarer, avec ce qui restait de piété : « Maintenant, baissons la tête et fermons les yeux pour une prière spéciale. » C'était le signal pour le soliste de chanter le « Notre Père ». J'ai ainsi eu la chance de jeter un œil furtif pendant le chant et d'essayer de comprendre ce qui arrivait.

« Psst, Psst ! »

Je me suis retourné à demi, j'ai baissé les yeux et j'ai remarqué qu'on poussait un cierge allumé à travers la verdure derrière moi.

« Prenez ce cierge », m'a dit la persévérante fleuriste.

Le soliste continuait à chanter : « Donne-nous aujourd'hui notre pain quotidien… »

« Psst. Maintenant, prenez celui-ci », m'a lancé la voix derrière moi, en même temps qu'elle poussait un second cierge à travers la verdure.

« … comme nous pardonnons à ceux qui nous ont offensés… »

Je commençais à comprendre. Je serais donc le candélabre humain. Je me tenais debout, un cierge dans chaque main, et ma Bible et mes notes glissées sous mon bras.

« Où est le troisième cierge ? » ai-je murmuré par-dessus les sons de « … mais délivre-nous du mal… »

« Entre mes genoux, a répondu la fleuriste. Juste un instant et je vais vous le passer. »

C'est alors que la jeune mariée a perdu la maîtrise d'elle-même, tout comme d'ailleurs plusieurs des personnes présentes. Les dernières notes du « Notre Père » ont été enterrées sous les gloussements de tous ceux qui m'entouraient.

Il m'était impensable de me permettre un tel luxe. Quelqu'un devait conclure cette cérémonie et essayer de sauver ce qui restait de la situation, candélabre ou non. J'étais déterminé à y arriver, en même temps que j'essayais de jongler avec trois cierges, une Bible, et des notes sur la célébration du mariage. Mon problème se compliquait du fait que deux des cierges brûlaient, et que ce serait bientôt le cas du troisième.

Il était difficile d'aborder ce dilemme; la situation exigeait de la créativité – et le plus rapidement possible. Rien dans le *Manuel du pasteur* n'avait prévu cette situation difficile. Et pas un mot dans la classe de séminaire portant sur les responsabilités pastorales. J'étais seul pour résoudre ce problème.

J'ai tendu un cierge à la jeune mariée presque hystérique, qui riait tellement que des larmes coulaient le long de ses joues. J'ai tendu l'autre au jeune marié, qui commençait à mettre en doute toutes les paroles rassurantes que j'avais abondamment servies pendant la répétition. Mes déclarations affirmant « il n'y aura pas de problèmes » et « nous réussirons la cérémonie sans difficulté » et « détendez-vous et faites-moi confiance » commençaient à sonner creux.

Je tenais le dernier cierge dans mes mains. Les mariés devaient l'allumer ensemble en se servant de celui entre leurs mains. Malgré les mains tremblantes et les larmes de rires étouffés, nous sommes miraculeusement passés à travers cette partie de la cérémonie. Nous avions maintenant trois cierges allumés.

D'une voix très douce et rassurante, j'ai murmuré : « C'est bien. Maintenant, chacun de vous, éteignez votre cierge. »

Ça alors, me suis-je dit, *nous allons finir par passer à travers.*

Cette idée s'est glissée dans mon esprit juste avant que la jeune mariée, toujours hors de contrôle, rapproche son cierge vers sa bouche pour l'éteindre, oubliant qu'elle portait un voile de nylon sur son visage.

Poooff !

Le voile s'est envolé en fumée.

Heureusement, sauf pour des sourcils légèrement brûlés, la jeune mariée n'a pas été blessée.

À travers le trou des restes carbonisés de son voile, elle m'a lancé un regard déconcerté. Je ne pouvais plus rien garantir, ni pour elle, ni pour le jeune marié, ni pour n'importe qui. Assez, c'était assez.

Laissant tomber mes notes relatives à la conclusion de la cérémonie, j'ai pris tous les cierges et je les ai éteints moi-même. Puis, regardant fixement à travers la fumée des trois cierges, j'ai fait un signe à l'organiste pour qu'il commence à jouer le cantique final… maintenant ! Sortons d'ici ! Au plus vite !

Plus rien d'autre ne m'importait.

Mais je pâlis encore quand des futures mariées me parlent de cette « merveilleuse idée d'utiliser un cierge de l'unité » au cours de la cérémonie.

Bruce McIver

Pleurer la perte,
guérir le cœur

*L'amour guérit les gens, à la fois ceux qui le
donnent et ceux qui le reçoivent.*

Dr Karl Menninger

Il y a trois ans, lorsqu'on m'a diagnostiqué de
l'arthrite rhumatoïde dans les doigts, les poignets, les
coudes, les épaules, les hanches, les genoux, les chevilles et les pieds, j'ai d'abord réagi avec horreur et
déni. J'avais toujours été tellement active – hyperactive
en fait – et engagée dans tout ! Je continuais à me
demander si le médecin n'avait pas fait une erreur de
diagnostic. J'ai aussi caché mes symptômes, même à
ma famille. Je croyais que si je n'avouais à personne à
quel point je souffrais, ce ne serait pas aussi sérieux. Je
suis certaine qu'il était aussi difficile pour moi
d'admettre aux autres que je souffrais d'une maladie
débilitante. Après tout, on me verrait différemment,
n'est-ce pas ? Je croyais que je serais une personne
diminuée si tout le monde savait.

Pendant des mois, j'ai joué la comédie devant mon
mari, Chuck, mes collègues de travail, et mes deux fils,
Kevin et Keith. Chaque fois qu'on me demandait des
nouvelles de ma santé, ma réponse était toujours
« bien » ou « pas mal ». Je ne me rendais pas compte
que dissimuler ma douleur et ma maladie m'empêchait
tout simplement de recevoir le soutien dont j'avais si
désespérément besoin. Tout le monde présumait que

j'allais réellement « bien » ou « pas mal » parce que c'est ce que je leur disais.

Cependant, mon mari a commencé à se rendre compte de ce que je faisais. Un soir, alors que j'étais assise dans la salle de télévision, il est venu vers moi et m'a demandé s'il pouvait me parler. J'ai accepté et j'ai fermé le téléviseur. Il s'est agenouillé devant moi. Je me suis immédiatement demandé ce qu'il avait en tête ! Pendant notre mariage, il avait prétendu à maintes reprises avoir quelque grave nouvelle à m'annoncer, affirmant : « Je ne sais pas comment te dire ceci », et une fois qu'il constatait qu'il m'avait inquiétée, il déclarait : « Je veux juste que tu saches que je t'aime. » Déclaration toujours suivie d'un de mes fameux coups de poing sur sa poitrine ! Cette fois-ci, il est demeuré sérieux. « Je comprends que tu as beaucoup souffert et que tu as eu de la difficulté à faire face à tous les changements imposés par tes nouvelles restrictions physiques, a-t-il dit. S'il te plaît, je ne veux plus que tu me maintiennes à l'écart. Je veux tout vivre avec toi parce que tu es ma femme, parce que je t'aime et que je ne veux pas que tu aies l'impression de devoir affronter seule cette épreuve. »

Puis est arrivé le moment le plus doux, le plus précieux, un de ceux que je chérirai toute ma vie. Il m'a demandé si je m'objectais à ce qu'il pleure les pertes que j'avais subies. À ce moment-là, je ne savais pas encore vraiment ce qu'il avait l'intention de faire, mais je lui ai donné mon accord.

Il s'est mis à pleurer et a tenu mes mains enflées et sensibles dans les siennes pendant qu'il me disait à quel point il était désolé de voir que je ne pouvais plus me servir très longtemps d'un téléphone au travail et qu'il me fallait maintenant utiliser un casque d'écoute, que je devais parfois utiliser une canne pour marcher, et que l'injection du médicament que je recevais chaque vendredi agressait tellement mon estomac que j'étais malade tous les week-ends. J'avais dû démissionner comme guide liturgique et directrice de chorale à notre église parce que j'étais trop fatiguée et qu'il était devenu pénible pour moi de chanter. Comme il pleurait sincèrement toutes ces pertes, et d'autres encore, ses larmes ont commencé à tomber sur mes mains. Soudain, un flot de larmes a jailli du plus profond de mon âme et nous nous sommes serrés l'un l'autre en sanglotant.

Plus tard, j'ai commencé à lui confier tout ce que j'avais gardé pour moi pendant si longtemps. Je me sentais si légère et si heureuse, et je n'avais plus cette impression d'être isolée. Il m'a déclaré qu'il ne voulait plus m'entendre dire « bien » ou « pas mal », à moins que ce ne soit réellement vrai. Nous avons décidé d'utiliser l'échelle de douleur dont je me servais avec mon rhumatologue, zéro à dix, dix étant la pire douleur, pour communiquer comment je me sentais.

Durant la dernière année, j'ai utilisé quelques-uns des nouveaux médicaments contre l'arthrite rhumatoïde et je vais *beaucoup* mieux. Je peux marcher plus loin, j'ai rarement besoin d'une canne et la douleur est beaucoup plus contrôlable. Il m'arrive même certains jours de ne pas souffrir du tout ! Mais, au cours des trois dernières années, mon mari a grandement dépassé le niveau de soutien, de compréhension et de soins fréquents que je pouvais imaginer ! Lorsque mes symptômes réapparaissent et que je dois garder le lit pendant une semaine, il me cuisine mes repas (ce sont souvent des plats préparés), me serre souvent dans ses bras, m'apporte le coussin chauffant, de l'eau à boire, des médicaments, des revues ou des livres, il se libère de son travail afin de me conduire chez le médecin à cinquante kilomètres de la maison pour recevoir des injections de cortisone, et quoi que ce soit d'autre dont j'ai besoin.

Nous avons acheté un fauteuil roulant que nous utilisons lors d'activités qui exigent de beaucoup marcher, comme faire des courses ou visiter le parc Yellowstone. Jamais une seule fois m'a-t-il fait sentir que j'étais un fardeau ou qu'il n'appréciait pas devoir assumer les corvées ménagères supplémentaires.

Grâce à son soutien et à son encouragement (et la belle relation professionnelle que j'entretiens avec mon rhumatologue), je travaille encore à temps plein comme gestionnaire juridique pour un cabinet d'avocats. Chuck a subi une chirurgie arthroscopique de son genou gauche l'été dernier et, à mon tour, j'ai pu faire des choses pour lui et j'en étais très heureuse !

Notre mariage s'est resserré encore plus profondément, car il s'agit de *notre* problème – pas seulement du mien. Je remercie Dieu de m'avoir donné cet homme merveilleux.

Sandy Wallace

Pourfendre mon dragon

L'amour enlève les masques sans lesquels nous craignons de ne pas pouvoir vivre et derrière lesquels nous savons que nous sommes incapables de vivre.

James Baldwin

« Je veux alléger ton fardeau », a-t-il déclaré pendant qu'il enlevait toute la petite monnaie de l'innommable assortiment d'objets hétéroclites au fond de mon sac à main. Ses yeux brillaient pendant qu'il scrutait rapidement le tas de pièces de vingt-cinq et de cinq cents qui avaient élu résidence dans l'obscure cavité de mon sac. « Nous pouvons nous en servir au casino », a-t-il avancé.

J'ai laissé les mots résonner dans mon esprit. *Le casino.* D'autres verraient cela comme une belle aventure d'une journée. Mais pour moi cela signifiait que les rêves se réalisent, que les miracles surviennent, que l'amour peut tout guérir.

Même l'agoraphobie.

Cela faisait deux ans et demi que je n'avais pas quitté ma maison. Je souffrais d'un trouble panique accablant qui, chaque fois que je traversais ma porte d'entrée, me donnait surtout l'impression de tomber d'un avion sans parachute au beau milieu d'un ouragan.

Mon univers s'est rétréci au point où je ne pouvais même plus recevoir des amis, ou manger devant quiconque, ou… pratiquer des activités sociales que la plupart des gens considèrent comme allant de soi.

Auparavant, j'étais une personne très sociable. J'ai fréquenté l'université, j'étais une actrice professionnelle, j'organisais de grandes fêtes. Il n'y avait nulle part dans ma vie, nul indice que je deviendrais un jour terrifiée par le monde. Mais, voilà, c'est arrivé.

En quelques mois seulement, j'ai commencé à être victime de crises de panique chaque fois que je me retrouvais dans une foule. Les bars, les restaurants, les fêtes, les magasins – je les évitais tous, car chaque fois que j'essayais de m'y rendre, je défaillais. Je marchais dans un endroit, et tout tournait comme dans un mauvais film. Les sons s'amplifiaient, les gens m'apparaissaient embrouillés, la terre bougeait sous mes pieds, mon cœur battait si fort que j'étais sûre que tout le monde autour de moi l'entendait, et je me sentais droguée – comme si j'avais abusé d'un médicament.

Je croyais assurément qu'une raison médicale pouvait expliquer ces symptômes. C'était peut-être de l'hypoglycémie, ou un dysfonctionnement cardiaque, ou des attaques cérébrales. Tout sauf la réalité – une maladie mentale.

J'ai dû revenir habiter avec mes parents, et en même temps que je renonçais à mon indépendance, j'abandonnais aussi ma propre estime et tous mes rêves d'une vie réussie faite d'une carrière, d'un mariage et d'aventure. Si vous m'aviez alors dit que ma guérison surviendrait sous la forme d'un rendez-vous arrangé avec un inconnu, je vous aurais répondu que vous étiez plus fou que moi.

Mais je suis ici aujourd'hui pour vous raconter exactement ce qui est arrivé.

Pendant ces années de panique, j'ai renoncé à toute relation. Comment pouvais-je rencontrer quelqu'un en étant prise au piège dans ma maison? Mais, comme le dit le vieux cliché, vous trouvez toujours ce dont vous avez besoin quand vous cessez de chercher.

J'avais travaillé pour un groupe de musiciens spécialisés dans la musique de mariage, et mon ex-patron voulait que je rencontre le nouveau joueur de saxophone, Anthony. Je lui ai dit d'oublier ça. Je n'étais pas prête à me faire briser le cœur quand je découvrirais qu'aucun homme ne pourrait supporter de sortir avec une femme qui ne peut pas quitter la maison de ses parents. Toutefois, il était persévérant, et a donné mon adresse de courrier électronique à Anthony.

Mon pseudonyme de clavardage était « Fée violette » parce que j'aime tout ce qui est lié aux fées.

Les courriels d'Anthony m'ont intriguée. Il m'a envoyé des poèmes et des paroles de chanson, des énigmes, en connaissant tout ce temps mon problème d'agoraphobie. Je lui ai répondu, même si j'avais seulement vu une photographie de l'arrière de sa tête.

Je lui ai finalement donné mon numéro de téléphone et, après plusieurs appels téléphoniques marathons, j'ai eu l'envie bizarre de l'inviter un soir à minuit. Même s'il devait se lever tôt pour enseigner le matin suivant, il est venu.

Quelque part au cours de cette nuit, nous sommes tous les deux tombés amoureux.

Le lendemain, il a apporté un magnifique livre rempli d'images de fées avec des conseils pour les « attirer ». Il m'a observée nerveusement pendant que je lisais la page intitulée « Augustine, la fée violette », qui affirmait être attirée par les lilas.

C'est alors que j'ai remarqué qu'il avait pressé sur la page un lilas tout frais cueilli.

Juste un mois plus tard, je me suis retrouvée dans sa voiture, en route vers un autre État pour un voyage d'une journée au casino. Un casino, de tous les endroits où l'on peut se rendre ! Des centaines de personnes, le bruit des machines qui cliquètent et qui sonnent, l'excitation, la tension… et je me suis tenue debout au milieu de tout cela, appréciant chaque seconde.

Comment cela avait-il pu arriver ? C'était un exploit que trois médicaments et quatre psychologues n'avaient pu réaliser. Cet homme m'a aidée à retrouver ma vie.

Ma panique n'a pas disparu lorsqu'il est apparu. En fait, je subis encore des attaques de panique. Mais maintenant, lorsque nous sommes à l'extérieur dans une foule et qu'il remarque chez moi un début d'anxiété, il me chante de ridicules berceuses allemandes, ou me presse contre lui pour une danse lente au beau milieu de l'épicerie, ou me porte sur son dos à l'extérieur et s'assoit avec moi dans la voiture jusqu'à ce que nous soyons prêts tous les deux à essayer de nouveau.

Il m'a aidée à comprendre que ma panique ne me rend pas inintéressante, sans charme, docile, ennuyeuse, folle, et tous ces défauts que je croyais miens. Soudain, j'étais redevenue moi, une femme drôle, excitante, intelligente et sexy – qui avait un trouble de panique.

Je suis très fière d'affirmer que, malgré le fait que nous ayons perdu une grosse somme d'argent au casino ce jour-là, nous avons marché à l'extérieur comme si nous avions été des millionnaires. Et pendant une journée, j'ai oublié de paniquer.

Ce lilas a certainement fonctionné. Il m'a attirée dans le monde de nouveau, où j'ai appris qu'on se sent partout comme chez soi en compagnie d'un homme qui dépose des cœurs fabriqués avec du papier de bricolage sous votre oreiller et trace avec le pied « Je t'aime, Fée violette » sur les pelouses enneigées au lever du soleil alors que la ville est endormie.

Jenna Glatzer

Les femmes et la fiction

Un homme entre dans une librairie et demande à la femme derrière le comptoir : « Avez-vous un livre portant le titre *L'homme, le maître des femmes* » ?

« Essayez la section de la fiction », a répondu la femme.

The Best of Bits & Pieces

Reproduit avec l'autorisation de Randy Glasbergen.

Une erreur
que je ne répéterai pas

Ah! le jour de la Saint-Valentin… une journée pour les amoureux, le romantisme et les fleurs. Une journée pour les cœurs, les bonbons et les bijoux, mais apparemment, ce n'est pas une journée pour les appareils ménagers.

J'abandonne. Je n'arriverai jamais à comprendre le langage tacite entre les hommes et les femmes. Et je croyais que le fait d'être marié depuis deux mois m'offrait la garantie d'avoir finalement saisi les règles du jeu. J'avais tort.

Voyez-vous, pour notre première Saint-Valentin en tant que jeunes mariés, j'ai offert fièrement à ma nouvelle épouse un robot culinaire comme cadeau. Elle a jeté un regard sur l'appareil – celui dont elle disait depuis des semaines qu'elle avait désespérément besoin – et elle a déclaré : « Oh! un robot culinaire ».

J'ai toujours entendu dire que, lorsque quelqu'un nomme le cadeau quand il le reçoit, ce n'est pas un bon cadeau (comme « Oh! une plante décorative »). Ai-je mentionné que mon épouse avait répété à maintes reprises à quel point elle voulait un robot culinaire ?

Regardez, je fais partie de l'école de pensée qui dit que lorsque je demande « Qu'est-ce qui ne va pas ? » et que mon épouse répond « Rien », je présume que tout va bien. Et quand elle me dit qu'elle veut quelque chose, je veux le lui offrir. Elle voulait un robot culinaire. Elle l'a eu. Donc, pourquoi ai-je dû coucher sur le canapé dans la nuit de mercredi ?

Quand j'ai plaidé ma cause auprès d'eux, mes collègues de travail ont ri de moi. Je devine qu'ils ont tous suivi le cours *Le choix d'un cadeau 101*. Je dois l'avoir manqué. Mon patron m'a demandé, et je le cite : « T'es idiot ou quoi ? » Je suppose que je le suis.

Pour empirer les choses, les collègues de travail de mon épouse se sont moquées de mon cadeau, se demandant pourquoi elle avait même envisagé d'épouser un barbare comme moi. Comment avais-je pu oser ? Un robot culinaire, vraiment !

Je ne suis pas complètement idiot. Ce n'est pas comme si je lui avais offert une tondeuse à gazon ou un abonnement à une revue sportive. Je ne lui ai pas acheté ce certificat pour un changement d'huile gratuit même si j'avais été tenté de le faire. Je lui ai donné ce qu'elle voulait. Et elle n'en voulait pas.

Une amie m'a informé que le bon geste aurait été d'acheter le robot culinaire à mon épouse le jour de l'Action de grâces ou de la Saint-Patrick ou un lundi choisi au hasard. Jamais le jour de la Saint-Valentin.

Un autre ami m'a expliqué que des cadeaux comme le mien évoquent des images de travaux ménagers et des choses qui n'ont absolument rien à voir avec le romantisme. Qu'advient-il de l'expression « C'est l'intention qui compte » ?

J'ignorais totalement qu'il existe des règles pour déterminer quels jours donner quoi. Le robot culinaire, m'a-t-on expliqué, n'était pas assez personnel pour la Saint-Valentin. Jusqu'à quel point dois-je aller dans la dimension personnelle? Je n'achète pas de sous-vêtements, ou tout autre vêtement pour cette raison. Si vous aviez la moindre idée de mon sens aigu de la mode, vous m'approuveriez.

J'étais probablement la seule personne au monde qui savait qu'elle voulait un robot culinaire. Toutes les autres personnes ont reçu des fleurs et des bonbons. Elle a reçu un appareil ménager important. C'est très personnalisé, ne croyez-vous pas?

Je pense que ma bourde en matière de cadeau a moins à voir avec de la stupidité pure et simple de ma part, et plus à voir avec une panne générale de communication entre les sexes. J'ai récemment découvert que « Regarde tout ce que tu veux » n'inclut pas de regarder *La soirée du hockey*. Je viens tout juste d'apprendre que « Fais tout ce que tu veux » ne veut pas dire que je peux jouer au golf avec mes amis les samedis après-midi. Je croyais auparavant que les femmes trouvaient les comportements masculins stéréotypés gentils, même charmants. Vous savez, accrocher mes cravates sur la poignée de porte, ne jamais faire mon lit, manger de la pizza froide pour déjeuner, mémoriser *Les invasions barbares*, nettoyer mon réfrigérateur peut-être une fois chaque fois que Neptune décrit une orbite autour du soleil.

C'est tellement masculin et adorable.

De toutes les façons, j'avais tort. Et j'ignorais évidemment que « Je souhaiterais vraiment avoir un robot culinaire » signifie « N'aie surtout pas l'audace de me donner quoi que ce soit avec un cordon et une prise de courant pour la Saint-Valentin! » Maintenant je le sais.

Et je promets de passer le mot à tous les mâles qui ont l'intention de magasiner chez Sears ou Home Dépôt pour acheter un cadeau de la Saint-Valentin.

Pour le moment, je devine que je devrais commencer à penser à une façon de me racheter aux yeux de mon épouse. Je devrais probablement rapporter la machine à coudre que j'allais lui offrir pour son anniversaire la semaine prochaine.

Michael Seale

« C'est notre anniversaire aujourd'hui –
pouvez-vous préparer un emballage-cadeau ? »

Reproduit avec l'autorisation de Bob Zahn.

Un message des anges

[...] même si j'ai la foi la plus totale, celle qui transporte les montagnes, s'il me manque l'amour, je ne suis rien.

L'apôtre Paul (1 Corinthiens 13, 2)

Les anges et les gens sont des entités différentes. Mais le sont-ils vraiment? Les anges. Ce mot seul apporte un réconfort apaisant à ceux qui ont eu le plaisir de les rencontrer face à face. Même si j'ai lu bien des histoires de personnes et de leurs expériences avec les anges, je les prenais pour ce que je croyais qu'elles étaient, des histoires. Mais mon scepticisme a viré de bord à la suite de ma propre expérience avec les anges.

À un certain point et à un certain moment de notre vie, certains d'entre nous auront à faire face à une situation où ils devront prendre une décision cruciale au sujet d'un être aimé. Même dans mes rêves les plus fous, je n'aurais jamais cru être placée dans une telle situation. Mais la vie est un défi, qu'il s'agisse de vivre ou de mourir. Ma mère m'a toujours affirmé que Dieu ne nous donne que ce que nous pouvons affronter. Je ne l'ai jamais vraiment compris jusqu'à ce que je sois confrontée à la plus importante décision de ma vie.

La mort. Nous tremblons lorsque nous entendons ce mot. C'est un mot violent. C'est un acte violent. C'est un mot que l'on murmure, qu'on ne prononce pas à voix haute. Mais la mort guette chacun d'entre nous, ultimement.

En mai 1995, la mort a rendu visite à mon mari. Il ne s'agissait pas d'une mort rapide, bien qu'en réalité elle le fût, alors qu'à la fin d'une soirée, son cœur a cessé de battre. J'ai signalé le 9-1-1 et les auxiliaires médicaux sont arrivés à la maison. Comme mon mari ne respirait plus, il est demeuré sans oxygène pendant un dangereux laps de temps. Les auxiliaires médicaux ont travaillé à réanimer son cœur jusqu'à ce qu'il se remette à fonctionner. Un temps considérable s'était écoulé, et même si son cœur battait à l'aide d'assistance, son esprit et son corps l'avaient quitté. On l'a placé aux soins intensifs et branché à des appareils de maintien des fonctions vitales. Je connaissais la suite, la décision.

Mon mari et moi étions très proches. Il avait été victime de la poliomyélite et, au cours de nos nombreuses années de mariage, j'avais pris soin de lui. Il m'avait toujours dit qu'il n'accepterait jamais d'être branché à des appareils de maintien des fonctions vitales et de bien vouloir le laisser mourir dans la dignité. Je savais cela, mais je l'aimais tant. La décision finale, la bonne décision, me revenait. Pendant sa vie, j'avais toujours essayé de le protéger et j'avais tellement peur de le laisser partir. J'ignorais ce qui arriverait à son âme, et cette perspective me préoccupait. Je me suis battue et battue encore avec moi-même pour pouvoir poser le bon geste, agir comme il le souhaitait, faire ce qu'il voulait. J'étais égoïste, j'avais peur pour lui, j'avais peur pour moi.

J'ai passé chaque jour à son chevet, sauf pour revenir à la maison afin de dormir. Ma fille était ma force, et elle m'accompagnait constamment. Le troisième soir, ma fille et moi sommes revenues de l'hôpital épuisées et nous sommes allées directement au lit.

Pendant mon sommeil, j'ai fait un rêve, et dans ce rêve, deux anges étaient descendus des cieux pour nous rencontrer, ma fille et moi, et nous parler. J'ai expliqué aux anges qu'il m'était impossible de laisser mon mari quitter cette terre parce que j'ignorais où il irait. La première chose que j'ai sue, nous étions installées sur leurs ailes et nous volions dans les airs. Au cours de notre voyage, nous avons commencé à percevoir une lumière vive et plus nous volions haut, plus la lumière paraissait éclatante. Elle était si éblouissante qu'il ne nous était plus possible de la regarder. Même si nous n'avions pas échangé le moindre mot, nos esprits étaient remplis de leurs paroles. Nous étions enveloppées par cette lumière éclatante, et lorsque les anges nous ont libérées, la lumière avait disparu. Ce que nous avons vu était si magnifique. Les anges scintillaient de lumière, et lorsque nous les observions, nous pouvions remarquer que chacun d'eux était enveloppé d'une lumière brillante; pourtant, celle-ci ne blessait pas nos yeux. Un ange est venu à nous et il a parlé, non en paroles, mais à travers nos pensées. Il m'a dit qu'il était temps de laisser partir mon mari, qu'on avait besoin de lui là-bas, et que son travail sur terre était complété.

Les paroles communiquées par l'ange étaient très réconfortantes. De sa voix douce et chaleureuse, il a parlé encore et a demandé si nous aimerions voir l'endroit qu'ils avaient préparé pour lui. Oui, nous voulions tellement voir et, dans un éclair, nous nous sommes retrouvées dans un jardin rempli de fleurs magnifiques. Puis il a tiré ce qui semblait être un rideau léger, et a déclaré : « Nous construisons ce ruisseau pour votre époux. » Nous pouvions voir les anges travailler dans le ruisseau, déposant les roches et fabriquant les ponts. Je lui ai expliqué que mon mari ne pouvait marcher, et il m'a répondu qu'au paradis tout le monde marche et personne ne souffre, et que chaque ange doit accomplir un travail précis, et que celui de mon mari l'attendait là au ciel. Je lui ai demandé en quoi consistait ce travail, mais il ne m'a pas répondu. Nous pouvions voir les nuages qui nous entouraient et, lorsque nous avons regardé à nos pieds, ces derniers flottaient dans les airs; nous ne reposions sur rien de solide. Je serrais la main de ma fille et nous avons toutes les deux commencé à pleurer, non pas de tristesse, mais parce que nous étions si heureuses de comprendre qu'enfin mon mari s'en retourne à la maison, libéré de la douleur, des béquilles, des machines.

Lorsque je me suis réveillée le matin suivant, j'ai couru dans la chambre de ma fille et je l'ai réveillée pour lui raconter mon rêve. Sa réponse m'a littéralement figée. Elle m'a dit : « Maman, ce n'était pas un rêve. J'étais vraiment là avec toi. » Nous nous sommes juste serrées l'une l'autre et nous avons pleuré.

Finalement, j'ai pu laisser partir mon mari parce que je connaissais le magnifique endroit qui lui était destiné. Vous pourriez croire que c'est la fin de mon histoire, mais en fait, c'est à ce moment-là que ma vie a pris une toute nouvelle signification. L'amour que mon mari éprouvait pour moi sur cette terre était si grand qu'il est resté bien vivant même après sa mort. Oui, je crois aux anges, et oui je crois que notre âme continue de veiller sur nos êtres chers après notre mort. Affirmer qu'aucun lien n'unit le ciel et la terre est minimiser considérablement le phénomène – car ce qui m'est arrivé après le décès de mon mari a fermement renforcé ma croyance en l'amour éternel.

Mary Ann Stafford

8

LA FLAMME
BRÛLE TOUJOURS

*Les vraies histoires d'amour
ne se terminent jamais.*

Richard Bach

La préférée de grand-père

*Puissiez-vous vivre aussi longtemps que vous
le désirez et aimer aussi longtemps que vous
vivrez.*

Robert A. Heinlein,
Time Enough for Love

Il était assis dans son fauteuil, laissant paraître
chaque minute de ses quatre-vingt-dix ans. Une chemise de coton blanc à longues manches tombait de ses
épaules osseuses, jadis larges et solides, et de ses bras
maintenant minces comme une tringle de douche. Son
pantalon kaki usé était ceinturé bien au-dessus de la
taille, et maintenu en place par des bretelles gris et
rouge. Son pantalon trop court montrant ses chevilles
enflées et ses pieds chaussés de bas blancs et enserrés
dans des pantoufles, attestant l'intention de grand-père
de ne pas sortir de la maison. Ses manœuvres au moyen
d'un déambulateur le fatiguaient beaucoup trop et il ne
réservait cette corvée qu'aux courses les plus indispensables. Ses cheveux fins avaient été soigneusement
peignés, et je pouvais sentir sa lotion après-rasage Old
Spice.

Grand-mère faisait la toilette de son époux quotidiennement; elle le rasait au moyen d'un rasoir électrique, peignait ses cheveux et brossait ses dents. Le
reste des soins requérait l'aide d'une autre personne
plus forte que grand-mère, même si elle jouissait d'une
relative bonne santé. Grand-père était un homme grand

304

et corpulent, mais il pesait maintenant beaucoup moins que durant sa jeunesse alors qu'il travaillait comme apiculteur, fermier et éleveur de bovins. Le travail laborieux qui semblait avoir retardé le vieillissement de grand-père avait finalement, et soudainement, vaincu son corps mortel, et peut-être son esprit, car même s'il avait retourné ma caresse et mon baiser, et m'avait accueillie chaleureusement, je n'étais pas certaine qu'il m'avait reconnue. C'était difficile à dire. Son sourire était doux et sincère, mais voilà, il avait toujours été un gentleman.

Je me suis retournée, et j'ai étreint et embrassé grand-mère, qui était toujours aussi belle. Son caftan à motif oriental flottait sur le sol, dessinant autour de ses pieds un nuage exotique et coloré. Des pantoufles garnies de perles et de paillettes apparaissaient sous sa robe et je savais qu'elle devait porter des bas à la hauteur des genoux. Les femmes correctement vêtues portent toujours des bas ou des bijoux. Aujourd'hui, ses bijoux étaient composés de sa bague de mariage, d'une broche assortie à ses boucles d'oreilles et de strass multicolores fixés sur du métal noir. Ses cheveux épais étaient disposés en boucles crêpées, contournant ses oreilles et les boucles d'oreilles colorées. Ses joues rougissaient lorsqu'elle souriait, révélant ses dents propres mais vieilles, et des obturations dentaires en or apparentes sur plusieurs dents. Je lui ai rendu son sourire, en hochant quelque peu la tête, étonnée qu'à leur âge – presque un siècle – mes grands-parents possèdent encore leurs propres dents, demeurent encore dans leur propre maison, et vivent encore ensemble. Plutôt chanceux, vraiment.

Je me suis assise sur le canapé en face de leur petit nid symétrique. Des déambulateurs assortis reposaient à proximité des fauteuils disposés en angle, de telle façon que le genou gauche de grand-mère et le genou droit de grand-père se touchaient presque. Entre les fauteuils, une seule table avec une lampe posée sur un napperon, entourée de toutes sortes d'articles indispensables et de commodités : des lunettes, une lampe de poche, une loupe, un crayon et du papier, des verres d'eau, le journal, une boîte de papiers-mouchoirs, un recueil de mots croisés, un jeu de cartes et la télécommande de la télévision. Chaque objet gardé à cet endroit réduisait le besoin d'effectuer un déplacement avec le déambulateur.

Grand-père était bien calé dans son fauteuil. Même si ses yeux étaient ouverts derrière ses verres à monture métallique, il avait le regard voilé et vague. Grand-mère était assise majestueusement, le dos et la tête bien droits, ses bras reposant légèrement sur les accoudoirs du fauteuil. Elle m'a gracieusement demandé des nouvelles de mon mari, de nos enfants et de nos petits-enfants, ses arrière- et arrière-arrière-petits-enfants. Notre famille grandissait tellement rapidement qu'elle trouvait plutôt difficile de se rappeler les prénoms des arrière-arrière-petits-enfants et de les associer correctement à leurs parents. Malgré tout, j'étais impressionnée par sa mémoire. Il m'arrivait moi-même souvent d'éprouver des difficultés à agencer les prénoms des tout-petits avec la bonne personne.

« Alors, qu'est-ce que vous avez fait aujourd'hui ? » Une question évidemment idiote, leurs activités étant très limitées en raison de leur état de santé et de leur condition physique. Grand-mère a décrit quelques-uns de leurs maux et les moyens utilisés pour y remédier. Puis elle a haussé légèrement les épaules et a détourné la tête, avec un battement de paupières et un serrement de lèvres, une de ses mimiques quand elle était embarrassée ou gênée. Ramassant timidement une vieille boîte à souliers sur le plancher, entre son fauteuil et la table, elle s'est mise à en caresser le couvert, et s'est arrêtée comme pour décider si elle devait l'ouvrir ou non. Avec un léger haussement d'épaules, elle m'a souri, a ouvert la boîte et m'a montré son dernier projet.

À l'intérieur de la boîte se trouvait une pelote à épingles en forme de fraise surmontée d'un calice de feutre vert retenu par un pétale, les épingles et les aiguilles sortant du fruit en forme de baie. À un bout de la boîte était disposé un arc-en-ciel de bobines de fil, la plupart de tons pastel, mais aussi une bobine de fil blanc, une de fil rouge vif et une de fil noir. À l'autre bout, de petits morceaux de tissu étaient empilés avec soin. Sur le dessus, il y avait des poupées orphelines aux visages de chérubins, et de différentes grandeurs, récupérées dans des bazars et des ventes-débarras, chacune se trouvant à divers stades d'habillement. Le gaspillage de l'un est le trésor de l'autre, dit-on. Chaque poupée avait été nettoyée à fond, son visage repeint et son corps revêtu d'un costume original. L'une portait une toute petite jupe à fleurs bleues retenue à la taille avec de minuscules bretelles de dentelle partant des épaules. D'autres étaient revêtues d'un kimono, d'un pyjama, ou d'une couche et d'une couverture de bébé.

Les poupées et leurs costumes étaient charmants, et j'étais heureuse de voir que grand-mère occupait son temps de cette manière. Malheureusement, grand-père n'avait rien d'aussi intéressant pour lui. Je lui ai jeté un coup d'œil; il avait encore l'air hagard. Essayant de l'engager dans la conversation, je lui ai demandé : « Quelle est ta poupée favorite, grand-père ? » Il semblait réfléchir silencieusement, puis ses yeux se sont progressivement concentrés sur moi. Perplexe, il a relevé la tête et plissé le front. Pointant les poupées chérubins, j'ai souri et j'ai répété très fort et très lentement : « Laquelle… est… ta… préférée ? »

Il a regardé grand-mère avec les poupées chérubins éparpillées sur ses genoux. Comme il se retournait vers moi, un sourire a éclairé son visage et ses yeux se sont mis à briller. Se penchant légèrement vers moi, il m'a fait un clin d'œil et a fermé son poing, en étendant son pouce. Lentement, il a pointé son pouce et a hoché sa tête vers grand-mère. Avec un grand sourire, il a répondu : « C'est elle ma préférée. »

Grand-mère a rougi et a souri, démontrant sa gêne par ses singulières mimiques. Cette fois-ci, elle a haussé les épaules et s'est penchée la tête vers grand-père, son menton reposant presque sur son épaule, tout en inclinant son corps avec fausse modestie vers lui. Je pouvais bien les imaginer dans leur jeunesse, il y a soixante-dix ans et plus, assis sur la véranda, se berçant et se faisant la cour, pendant que ses parents à elle attendaient dans la pièce juste de l'autre côté de la porte avant, discutant en murmurant afin de décider s'ils éteindraient ou non la lanterne à gaz.

« Oh, Walter », a-t-elle murmuré, comme elle se redressait et se recalait dans son fauteuil, réarrangeant le caftan sur ses pieds de façon à ne montrer que le bout de ses pantoufles. Les poupées se sont échappées de ses genoux. Comme elle commençait à les replacer dans la boîte, elle a regardé grand-père et a souri coquettement. Pendant un autre bref moment, le visage de ce dernier est demeuré lumineux alors qu'il lui rendait son sourire. Puis il s'est reculé dans sa chaise, son expression s'est évanouie, et ses yeux se sont de nouveau égarés dans le lointain.

Betty Tucker

Les trois hommes
que j'ai épousés

Tomber amoureux est chose facile, et même le rester n'est pas difficile; notre solitude humaine le justifie largement. Mais trouver un compagnon dont la présence constante nous permet de devenir progressivement la personne que nous désirons être est une quête difficile qui en vaut la peine.

Anna Louise Strong

J'ai été mariée à trois sortes de Rodney depuis les deux dernières décennies. Le Rodney que j'ai rencontré juste après l'université a demandé ma main à mon père, mais il ne m'a jamais demandé de l'épouser. Il réclamait avec vantardise ses droits parmi ses compagnons de confrérie. Il n'avait pas à s'agenouiller devant une femme. Il ne lui est jamais venu à l'esprit que sa fanfaronnade avait pu me blesser. Lorsque j'ai porté la chose à son attention, après que la période de charme des nouveaux mariés s'est refroidie, il m'a déclaré : « Tu m'as épousé, n'est-ce pas ? » Comme jeune avocat, il avait marqué un point inattaquable. J'ai regardé la bague traditionnelle avec le diamant solitaire et je me suis rappelé le 10 juin 1978, le jour de notre mariage. Même s'il ne m'avait jamais demandé officiellement de l'épouser, il m'avait fait ses vœux solennels ce jour-là – des vœux que nous avions tous les deux l'intention de préserver.

La semaine précédant notre dixième anniversaire, le 10 juin 1988, Rodney et moi nous sommes disputés lors d'un appel interurbain, alors que je me trouvais à 250 km de distance, pour un congrès relié à mon travail. Chaque conversation téléphonique ne m'apportait que frustration et larmes. Je suis arrivée cinq jours plus tard avec une humeur massacrante et dans une disposition acrimonieuse. Je savais que c'était la fin d'une relation difficile, et autant je refusais de renoncer à ce mariage, autant je m'étais convaincue que lui souhaitait partir.

Quand je suis arrivée à la maison, je voulais seulement voir nos trois enfants. Rodney était la dernière personne avec qui je voulais passer du temps, mais il était la seule personne qui m'attendait. Il m'a proposé une promenade en ville en pleine chaleur. Les vapeurs montaient du trottoir en ce jour de juin et la pression semblait réprimée à l'intérieur de moi pendant que j'essayais de me sentir heureuse de me retrouver chez moi. Pendant que nous marchions, il a essayé de me parler de banalités. Il a pris ma main. La moiteur de nos paumes se mélangeait, et je pensais à toute la sueur et à toute l'énergie dépensées à travers les années pour demeurer tous deux sains d'esprit après tant de disputes. Notre mariage ressemblait à ces feuilles sèches accrochées aux arbres sous lesquels nous marchions.

Il m'a dit « Assieds-toi », et a indiqué les marches du palais de justice. Je savais ce qui allait venir, et même si je ne voulais pas que cela arrive, je ne me sentais pas préparée à l'arrêter. J'ai retenu mon souffle, j'ai fermé les yeux et j'ai attendu que le mot « divorce » retentisse.

« Voudrais-tu m'épouser de nouveau ? »

Mes yeux se sont écarquillés alors que je demandais : « Quoi ? »

Rodney a tendu délicatement devant moi un petit écrin contenant un anneau. Il a ri d'un rire gentil et s'est agenouillé sur un genou. « J'ai dit : *Voudrais-tu m'épouser de nouveau ?* » Comme il ouvrait l'écrin, une bague sertie d'un diamant et d'un saphir d'un bleu intense a capté le soleil, projetant un éclat de lumière vers moi. J'ai laissé échapper dans un grand souffle ma respiration que je retenais, et j'ai répondu : « Oui ! » Je n'avais jamais été aussi surprise.

« Je n'ai pas aimé que tu sois partie cette semaine », m'a-t-il offert comme explication à ses disputes incessantes.

« C'était donc ça ? »

Il a paru penaud, mais il a hoché la tête en souriant. « Je t'ai surprise, pas vrai ? Tu as dit que tu le referais, et maintenant tu ne peux plus reculer. »

Je lui ai souri et me suis dit à moi-même – *et ainsi je vais le faire de nouveau.*

Comme nous marchions main dans la main vers la maison, les feuilles ne me semblaient plus aussi monotones ; j'avais finalement obtenu ma demande en mariage à genoux. Cette fois, cependant, je suis entrée dans les « fiançailles » avec moins d'espoir que je suis entrée dans le mariage. Demande ou pas, les choses devaient changer. Nous en avons aussi parlé.

Nous avons effectivement changé, et quand le troisième Rodney est arrivé pour faire sa demande en mariage, il l'a fait de manière théâtrale, mais le cœur paisible.

Le matin de notre vingtième anniversaire, il m'a téléphoné du travail. « Allons voir l'exposition sur Versailles à Jackson au Mississippi, aujourd'hui », a-t-il lancé, comme si c'était normal de faire des voyages de 500 kilomètres en une journée. Avec les années, j'avais appris à dire « d'accord » à mon mari impulsif, et j'ai donc accepté volontiers. Le voyage a été agréable. Nous avons parlé, nous avons ri et nous avons partagé nos rêves. Avant de traverser le fleuve Mississippi, il a suggéré que nous changions de conducteur. Nous sommes arrêtés en face d'un petit dépanneur et, pendant que nous nous trouvions à l'intérieur du magasin, il s'est faufilé par la porte arrière pour aller retirer du coffre à gants de la voiture une petite boîte. Lorsqu'il est revenu à l'intérieur, j'étais en train d'acheter des Junior Mints pour célébrer. Je ne me suis jamais aperçue qu'il était sorti.

De nouveau sur la route, nous nous sommes bientôt approchés du pont du fleuve Mississipi. Juste au milieu du pont, il a ouvert un petit écrin et l'a tenu à la hauteur du volant : « Veux-tu m'épouser ? » a-t-il demandé avec un sourire imprimé sur son magnifique visage. Le soleil étincelait sur la bague sertie d'un diamant et d'une émeraude. J'ai jeté un coup d'œil à la bague verte, avec comme toile de fond le pont verdoyant surélevé au-dessus de l'eau ; j'ai été très chanceuse de ne pas provoquer d'accident de voiture. Rodney avait planifié la parfaite demande en mariage à mon intention, moi, sa femme d'un romantisme incurable. Nous avons pris une sortie de l'autre côté du pont et avons persuadé un garde de sécurité du poste d'accueil du Mississippi de saisir le moment sur film. Rodney a répondu à toutes mes questions relatives au quand et au comment par une étreinte et un sourire. Il avait écouté mon cœur et pris des notes pendant vingt ans; il me connaissait bien.

Comme je dis toujours aux jeunes mariées : « Le jour où vous l'épousez, vous obtenez rarement le mari sensible et compréhensif dont vous rêviez. C'est un processus qui prend des années et qui se fait à deux. »

Pamela F. Dowd

*« C'est vraiment du recyclage sérieux.
C'est la troisième fois qu'elle l'épouse. »*

Reproduit avec la permission d'Harley Schwadron.

Métamorphose

Elle a jeté un regard à son miroir
Pour voir un visage vieillissant…
La femme qui la regardait
Semblait étrangement détonner.

Le temps, ce voleur rusé, avait subtilisé l'or
Et ne lui avait laissé que le gris…
De ses doigts affligés elle a touché
Des lignes qui ne s'adouciraient plus.

Perdue dans une contemplation nostalgique
Elle n'était pas consciente du tout
Que la porte derrière elle s'était ouverte
Et que son mari se tenait là debout.

Es-tu prête maintenant, ma chérie ?
Madame, que vous êtes belle…
Je vois pourquoi le bleu est votre couleur !
Jeune fille, tu les feras tous tomber ce soir !

Avec un regard surpris elle a croisé ses yeux
Qui se reflétaient dans le miroir…
Et comme il souriait, la chose la plus étrange
De toutes s'est produite.

C'était peut-être un changement de lumière
Mais le gris est redevenu or…
Et la femme dans le miroir paraissait maintenant
Jeune plutôt que vieille !

Helen V. Christensen

Pour toujours
dans leurs yeux

Tôt un matin, j'ai vu l'amour romantique à l'œuvre dans l'un des endroits les plus inattendus au monde – un établissement de soins de longue durée. À cette époque, mon père partageait une chambre avec trois autres hommes. Même s'il ne s'agissait pas d'une situation idéale, l'administrateur n'avait pu faire mieux à ce moment-là.

Quelques jours avant cette visite particulière, un couple de personnes âgées avait été admis dans l'établissement. Comme aucune chambre double n'était disponible, le couple a dû être séparé. L'homme, M. West (le nom a été changé) a été placé dans le lit à côté de papa. Son épouse, Mme West, partageait une chambre avec plusieurs autres dames, un peu plus loin.

Lorsque je suis allée voir papa ce matin-là, j'ai rencontré M. West. Trois employées étaient à son chevet. Depuis qu'il avait été admis, plusieurs jours avant, il n'avait rien mangé. À l'expression sur le visage des infirmières, je voyais bien qu'elles se faisaient du souci à son sujet. Pendant qu'une infirmière essayait, avec des cuillerées de gelée aux fruits, de le convaincre d'ouvrir la bouche, une autre tentait de le persuader de boire, avec une paille, une boisson santé. La troisième infirmière se tenait tout près avec un verre d'eau. Aucune d'entre elles ne réussissait à lui faire ouvrir la bouche.

« Essayons ceci », a lancé une des infirmières. Elle a sorti un suçon, a déchiré le papier et l'a offert à M. West. Il fermait très résolument ses lèvres et refusait d'entendre raison. Finalement, il a prononcé quelques mots concernant sa bien-aimée, qui reposait un peu plus loin.

« Allez chercher Mme West », a ordonné l'infirmière à sa consœur, en lui tendant le suçon. « Peut-être que M. West acceptera de manger pour elle. »

En quelques minutes, une dame qui paraissait très gentille a été poussée en fauteuil roulant jusque dans la chambre de son mari. Elle tenait le suçon dans sa main. Son sourire était contagieux et M. West a souri joyeusement. J'avais l'impression d'être une intruse dans un moment d'intimité, mais je ne pouvais détacher mes yeux du couple. L'amour entre les deux était évident, alors que Mme West tapotait la main de M. West, puis caressait son front.

D'une voix douce, Mme West a convaincu son mari de manger. À la surprise de tous, il a ouvert la bouche et a commencé à apprécier le suçon ainsi que la compagnie de son épouse. Pendant que les infirmières lui donnaient à manger, il fixait son regard sur sa bien-aimée, en souriant. Mme West s'est mise à lui fredonner un air. L'expression du visage de M. West auparavant sombre s'est éclairé encore plus.

Mes yeux se sont remplis de larmes. L'infirmière a ensuite tiré le rideau autour du couple pour leur donner à tous les deux un peu plus d'intimité pendant cette visite. J'ai découvert que l'amour romantique n'existe pas seulement lorsqu'on est jeune et amoureux.

L'amour romantique dure toute la vie et devient encore plus fort avec l'âge. Peu après, j'ai entendu des ronflements de contentement provenant du lit à côté de moi.

Aujourd'hui, M. et Mme West vivent ensemble dans un endroit où il n'y a pas de limites, de maisons de repos ou de fauteuils roulants. Il n'y a plus de larmes dans leurs yeux ou de chambres qui les séparent. Je suis convaincue que le mariage des West est allé bien au-delà du « jusqu'à ce que la mort nous sépare » et durera toute l'éternité. Ce jour-là, non seulement ai-je été témoin d'un amour romantique mémorable, mais j'ai vu une parcelle d'éternité dans les yeux fatigués et épuisés d'un couple amoureux.

Nancy B. Gibbs

Il y a seulement deux façons de vivre votre vie.
L'une est de vivre comme si rien
n'était un miracle.
L'autre, comme si tout était un miracle.

Albert Einstein

Une joie éternelle

Chaque saison apporte sa propre joie.

Proverbe espagnol

John Keats a écrit : « Un objet de beauté est une joie pour toujours. » L'amour éternel, l'amour durable est un objet de beauté, comme peut l'être une rose.

Chaque fois que je capte le parfum d'une rose, je pense à l'amour durable. Comme journaliste pigiste, j'ai eu il y a quelques années le plaisir d'interviewer un homme âgé. L'histoire de James Charlet était intéressante, et avait commencé vingt années auparavant lorsqu'il a perdu son épouse bien-aimée, une passionnée des roses.

Lorsqu'elle est morte, son chagrin était si profond, son amour si durable, qu'il a demandé s'il pouvait planter des roses le long de l'allée de l'église en mémoire de son épouse. Le prêtre a évidemment accepté.

James a commencé avec quelques rosiers. Il a planté de jolies fleurs roses, jaune vif et rouges odorantes qui portaient des noms comme *Yesterday*, *Golden Chersonese* et *Chrysler Imperial*. Par ses soins incessants, les roses se sont développées et ont fleuri, car il avait aussi pris sa retraite et disposait donc de beaucoup de temps libre.

Il m'a expliqué que ces quelques roses ne suffisaient pas à exprimer pleinement son amour pour son épouse. Il a demandé au prêtre la permission de planter encore plus de roses; encore une fois, le prêtre a acquiescé.

Cette fois-ci, James a planté d'autres sortes de roses : des roses bourgogne d'une espèce rare et des roses violettes difficiles à trouver, des roses argentées et des roses hybrides créées à la mémoire d'autres personnes. Des roses qui portaient des noms comme *The Doctor*, *Alba Celeste* et *Honorable Lady Lindsay*.

Mais il n'était pas encore satisfait de ce qu'il appelait un piètre témoignage extérieur de ses sentiments intérieurs. Il a approché le prêtre encore une fois, lui demandant s'il pouvait utiliser une partie du lot vacant à proximité, propriété de l'église. Encore une fois, on lui a donné la permission.

James a planté encore plus de roses; il en a ensuite planté le long des trottoirs et autour du pâté de maisons entourant l'église et ses terrains. Ces roses portaient des noms tels *Red Meidiland*, *Trumpeter* et *Pikes Peak*.

Maintenant, des centaines de rosiers poussent partout; leur parfum remplit l'air, la floraison multicolore séduit l'œil et les fleurs flottent dans la brise, se mêlant aux rires des enfants qui jouent sur le terrain de jeu de l'église. Des couples qui déambulent le long de la promenade de la ville marchent près des roses et se prennent instinctivement la main. Les dames auxiliaires coupent de gros bouquets odorants pour décorer l'église et l'autel, remplissant l'intérieur de la couleur et du parfum de l'amour.

Des décennies après le début de son projet d'honorer la mémoire de son épouse, et des années après l'avoir interviewé à ce sujet, James et moi avons visité ce jardin de roses, un après-midi. Comme James n'est plus capable de s'en occuper lui-même, c'est maintenant une personne embauchée par l'église qui entretient les fleurs. James est si âgé et si faible que son infirmière et moi l'avons soutenu pour se rendre jusqu'au jardin, l'aidant à s'installer dans son fauteuil roulant au beau milieu de toutes ces fleurs. Nous nous sommes assis sous la tonnelle, l'un de ses endroits favoris pendant les chaleurs de l'été, au temps où il était plus vigoureux.

Je me suis assise avec lui dans une atmosphère de silence amical, parmi le parfum d'une myriade de roses. Qu'est-ce qui gardait son amour aussi vivant à l'intérieur de lui ? Quel était leur secret à tous les deux, même après le décès de l'un des amoureux, que tant de nous passont désespérément notre vie à chercher ?

Il m'a semblé alors que certains êtres ressemblent à des prismes. Deux personnes rayonnantes intérieurement se rapprochent et leur lumière respective se réfléchit en une variété de couleurs, comme les couleurs des roses qui nous entouraient. Par eux-mêmes, les prismes ne peuvent engendrer la lumière, et la lumière elle-même ne peut donner naissance aux magnifiques couleurs de l'arc-en-ciel. L'épouse de James Charlet devait ressembler à ce prisme, exaltant et reflétant la lumière de son époux. Tous deux participaient à la complétude de l'autre. À ce moment, je pensais qu'elle avait dû lui sourire en voyant tous ces cadeaux qu'il avait plantés à son intention.

En prenant sa main frêle et vieillie, je l'ai vu me sourire – un peu tristement, malgré cette magnifique journée du milieu de l'été – et je me suis mise à espérer que l'amour que j'avais trouvé soit moins évanescent que le parfum d'une rose, qu'il puisse perdurer autant que l'amour de James.

Cultiver cet amour pour qu'il dure toute notre vie, même à travers les infirmités que peut amener le vieil âge, être attentifs l'un envers l'autre et s'aimer au-delà des limites qui séparent cette existence de la prochaine, voilà mon souhait. Peut-être que notre amour peut demeurer aussi fort et aussi doux que les roses qui ont duré et fleuri pendant toutes ces années, et rester un objet de beauté, une joie éternelle.

T. Jensen Lacey

Rêves tatoués

Je n'aimais pas me rendre à la plage, mais je n'avais pas eu le choix. Mes garçons avaient cet âge où il était préférable de les surveiller. Ce n'était pas que je trouvais déplaisant de m'asseoir au soleil et de sentir la brise de l'océan taquiner mes cheveux, mais à quarante-cinq ans, j'avais l'impression d'être grosse et en mauvaise forme. L'âge mûr n'était pas une période agréable.

Les bruits de la plage de jadis ont ravivé des émotions. J'étais allongée sur une chaise de plage, enveloppée comme une momie dans une longue serviette. Les éternelles odeurs émanaient des petites boutiques et ranimaient des souvenirs de mes années d'adolescence, particulièrement les bons moments avec Jimmy. Nous avions passé plusieurs étés à cet endroit, sautant et nous embrassant dans les vagues, nous tenant la main pendant que nous marchions sous des cieux étoilés.

Ma mère n'avait jamais aimé Jimmy. Ses commentaires étaient toujours mêlés de remarques négatives. « C'est un irresponsable. Il n'arrivera jamais à rien. »

Pour moi, il s'agissait d'un coup de foudre. Jimmy était *cool*. Il conduisait une berline Plymouth au moteur gonflé. Il portait des pantalons kaki et des T-shirts blancs. Ses cheveux foncés et brillants descendaient sur son front en une vague qui faisait envie. Il ne fallait pas beaucoup de temps pour se rendre compte que son apparence de dur cachait une personne sensible et chaleureuse. Il me traitait comme la plus grande joie qui lui soit jamais arrivée.

Assise sur la plage des temps anciens, écoutant les sons rythmés des vagues déferlantes, la chaleur des rayons du soleil m'a ramenée vers le passé. Somnolente, je me suis doucement déplacée de ma chaise de plage pour m'étendre sur la serviette à rayures, et j'ai ensuite discrètement fait glisser ma robe de plage.

Mes rêves ont vogué vers le temps où Jimmy et les copains s'étaient fait tatouer. Un cœur fleuri entourait mes initiales, CLG. Au début, cela m'indisposait. Je n'aimais pas mon deuxième prénom et je n'utilisais jamais l'initiale, mais lorsque Jimmy retroussait sa manche, j'étais fière de l'éloquence du tatouage : j'étais la sienne.

Nous avons fait des plans pour nous marier juste après le secondaire. Puis Jimmy a brisé mon cœur. Lui et quelques amis ont quitté l'école. « Nous nous sommes enrôlés dans l'armée », ont-ils dit. Maman était ravie de son engagement. C'était comme si ses prières avaient été exaucées.

Il a été envoyé en Extrême-Orient. J'ai passé ma dernière année d'études seule. Durant l'été suivant, maman m'a déniché un mari plein de promesses. Elle a encouragé mes fréquentations avec Chet, un ingénieur à la personnalité attachante. Devant l'insistance de maman, nous nous sommes rapidement épousés. Chet et moi sommes déménagés à l'autre bout du pays en Californie et nous avons commencé notre nouvelle vie.

Pendant toutes ces années, je n'ai eu aucun contact avec Jimmy. De temps à autre, je pensais à lui dans mes rêves éveillés. Lorsque je demandais à maman si elle avait eu de ses nouvelles, elle mettait toujours fin abruptement à la conversation. « J'ai entendu dire que Jimmy avait épousé une de ces filles à l'étranger », ou « J'ai entendu dire que Jimmy était porté disparu. »

J'ai essayé d'être une épouse attentive, mais je me sentais vide à l'intérieur. De temps en temps, je m'évadais de la confusion du mariage en pensant à mon premier amour. Dans ces moments, il semblait que Chet était capable de lire dans mes pensées. Il devenait désagréable et me sermonnait ouvertement en me rappelant les responsabilités du mariage. Il ne semblait pas se préoccuper de ce que je ressentais ou de la nécessité de faire le deuil de mon passé. Je me suis froidement soumise à ses demandes et j'ai étouffé mes sentiments.

Les directives autoritaires de Chet m'ont obligée à vivre une existence de parfaite épouse au foyer afin de faciliter son avancement au travail. De façon inattendue, ma vie a pris un tournant incroyable. Pendant qu'il se trouvait à l'extérieur pour affaires, Chet a fait une crise cardiaque. Il est mort à l'aéroport de Chicago.

Pour la première fois, j'ai pu reprendre le contrôle de ma vie. D'une certaine façon, je suis parvenue à avoir les choses en main, sauf en ce qui concernait les questions d'argent. Le fait de revenir emménager dans l'est du pays chez ma mère m'avait aidée sur le plan financier, mais avait remué le passé.

Dernièrement, je m'étais mise à penser : *Si je pouvais perdre quelques kilos et me remettre en forme, je*

pourrais me refaire une nouvelle vie. Mais cette fois-ci,
de la bonne manière.

« Maman ! Maman ! » Un appel paniqué a brisé les rêves de plage. Mon fils hurlait en franchissant péniblement les vagues, essayant de sauver son frère, qui avait été happé par un courant de marée. J'ai accouru au bord de l'eau. La chaise du surveillant de plage était inoccupée.

Soudain, un homme s'est précipité devant et a plongé dans l'eau. Il a nagé de toutes ses forces jusqu'à mon fils, qui a enroulé ses bras autour du cou de l'homme, ce qui a failli les noyer tous les deux. L'homme a réussi à garder la tête hors de l'eau lorsque les surveillants sont arrivés et les ont ramenés en sécurité.

Mon fils se portait bien. L'homme d'âge mûr haletait, à bout de souffle. « Comment pourrais-je jamais vous remercier ? » lui ai-je demandé.

« Ne vous en faites pas, a-t-il répondu. Avoir sauvé votre fils me récompense amplement. J'aurais seulement souhaité qu'on me rende le même service. » Ses yeux se sont remplis de larmes.

« Pourquoi ? » J'ai hésité, puis j'ai demandé : « Qu'est-ce qui est arrivé ? »

« Il y a plusieurs années, nous avons chaviré au large des côtes du Vietnam. Des soldats m'ont sauvé, et ma femme et mon fils se sont noyés. » Il a essuyé ses larmes. Les enfants et moi étions anéantis. Je ne savais que dire. Mes fils se sont approchés et se sont assis tranquillement avec notre héroïque étranger. Ses manières amicales nous facilitaient la conversation. Comme je regardais dans ses yeux, j'ai senti un vieux sentiment de bien-être monter en moi. J'avais oublié mon apparence de femme d'âge mûr. J'avais oublié que je ne me cachais pas sous ma robe de plage.

Pendant que nous parlions, un de mes fils a demandé : « C'est quoi ce dessin sur votre bras ? » La spontanéité de mon fils m'a embarrassée.

Notre sauveteur a souri. « C'est un tatouage. »

« Comme Popeye ? »

« C'est ça. Et il y avait les initiales de ma petite amie juste là, a-t-il répondu en montrant le cœur fleuri. Sous cette ligne bleue. Je les ai dissimulées parce que j'ai épousé quelqu'un d'autre. »

« C'est comme mon premier petit ami, Jimmy, ai-je laissé échapper. Il avait mes initiales tatouées sur son bras. » Les yeux de mes fils se sont écarquillés. « Je me demande ce qu'il en a fait. »

Les enfants ont eu le souffle coupé, puis se sont mis à rire bêtement. Notre nouvel ami a souri de nouveau. Pour la première fois, j'ai regardé notre sauveteur plus attentivement. Sa tête chauve était entourée d'une frange grise, et son ventre débordait de son maillot de bain. *Se pourrait-il qu'il soit… ?* J'ai jeté un coup d'œil à ses yeux.

Il a souri. Puis sa voix optimiste m'a distraite. « Je suppose qu'il a fait comme moi », a-t-il dit en riant.

Quelque chose semblait familier dans le ton de sa voix. J'ignore pour quelle raison j'ai dit : « Vous lui

ressemblez. » Notre héros remplissait mon vide lanci-
nant. Mes rêves éveillés m'avaient peut-être roulée.
J'aimais ne pas devoir cacher mes sentiments ou mon
âge mûr. Je me suis ensuite souvenue que, pendant
toute notre conversation, nous ne nous étions pas pré-
sentés. J'ai souri et j'ai tendu la main. « Je suis désolée.
J'aurais dû me présenter. Je suis Carol… »

« Oui, je sais, a-t-il interrompu doucement. Vous
êtes Carol Lee Gebhardt. Et, oui, je suis Jimmy. Et vous
n'avez pas du tout changé. »

Aussi impossible que cela puisse paraître, c'est
vrai – nous nous sommes retrouvés. Nos retrouvailles
qui tenaient de la magie se sont transformées en un
mariage qui dure depuis dix-huit ans. Sa personnalité
merveilleuse et attentionnée a conquis les garçons, et il
est devenu pour eux une figure paternelle.

Lorsque les gens remarquent la partie effacée à
l'intérieur du cœur tatoué sur le bras de Jimmy, ils
croient que les initiales d'une autre personne s'y trou-
vent. Je ris et je dis : « Je suis vraiment là, en dessous ! »

Carol MacAllister

Oh, être aimée ainsi !

Quand vous avez aimé comme elle a aimé, vous vieillissez magnifiquement.

W. Somerset Maugham

Lorsque je suis arrivée au salon de beauté, la technicienne m'a dit : « Je peux commencer avec vous, mais Mme Smith [actuellement sous le séchoir] a un rendez-vous chez le médecin, et je devrai la coiffer aussitôt que ses cheveux seront secs. » Et c'est exactement ce qui est arrivé. Ses cheveux étant maintenant secs, on m'a demandé d'attendre, on a apporté son fauteuil roulant vers le séchoir et on l'a transférée sur la chaise de la technicienne pour la coiffer.

Lorsque sa coiffure a été presque terminée, son mari est arrivé, a signé un chèque pour régler le coût de la permanente, a pris le manteau de son épouse et a attendu qu'on l'emmène à l'avant du salon où il se trouvait. À ce moment-là, il a été très évident pour moi que la femme souffrait d'une invalidité plutôt grave et que sa maladie était pour son mari un lourd fardeau. Comme on la conduisait vers lui dans son fauteuil, il l'a regardée et lui a déclaré : « Je ne crois pas que nous devrions aller à la fête ce soir. » Le visage de la femme s'est assombri de déception, et elle a demandé : « Pourquoi ? » Il lui a répondu amoureusement : « Tu es tellement jolie que j'ai peur que quelqu'un te vole à moi. »

Mary L. Ten Haken

Le soleil était apparu

Aimer et être aimé, c'est ressentir le soleil des deux côtés.

David Viscott

Leur histoire d'amour a débuté au secondaire alors que Martha Fleming a commencé à sortir avec Glenn Stockton. Le 22 septembre 1934, ils étaient unis par le mariage.

Ils n'avaient jamais été séparés à partir de ce moment-là jusqu'à ce que, juste après Noël de l'année dernière, Glenn devienne un pensionnaire de la Wesbury United Methodist Retirement Community. On avait diagnostiqué qu'il souffrait de la maladie d'Alzheimer et sa famille ne pouvait plus prendre soin de lui. En janvier, Martha, sourde depuis l'âge de six ans, a commencé à souffrir d'un sévère mal de dos.

Diane Dickson, la fille du couple, se rappelait que ce n'est qu'après avoir passé des tests le 24 mars qu'on a pu déterminer que l'intense douleur provenait d'une énorme masse, qui s'est révélée être une tumeur.

À partir de ce moment, Diane et son frère, David Stockton, sont demeurés à tour de rôle auprès de leur mère, avec l'aide des membres de la famille et du personnel de l'Association des infirmières visiteuses et du Centre de soins palliatifs du comté de Crawford.

Diane a affirmé : « Les soins du centre sont très, très, très bons… et le soutien du personnel est très apprécié de la famille », incluant la gestion de la douleur permettant à sa mère de se reposer confortablement. Le petit-fils, Mike Dickson, a dit : « Les infirmières visiteuses et le centre – ils font des merveilles. »

La maladie de Martha a empiré très rapidement et elle est bientôt devenue incapable de manger, se souvenait Diane, ajoutant qu'on devait nourrir sa mère au moyen d'une sonde gastrique. Ils n'ont jamais révélé à Mme Stockton qu'elle souffrait d'un cancer du poumon, et non d'un problème cardiaque.

En même temps, son mari recevait de fréquentes visites des membres de sa famille et ne manquait jamais de s'informer de sa bien-aimée.

Diane croit que, d'une certaine façon, son père devinait la situation de son épouse. Lorsqu'il a demandé de ses nouvelles, on lui a répondu qu'elle ne se portait pas bien. La santé physique de Glenn a continué à se détériorer, au point où des membres du personnel de Wesbury ont informé la famille qu'ils croyaient qu'il ne vivrait pas longtemps. L'infirmière a demandé s'il voulait aller à la maison pour voir sa femme et il a accepté.

Diane a raconté avoir dit à son fils : « Emmène-le à la maison. » Ils savaient qu'il ne s'agissait pas d'une simple visite, mais qu'il y demeurerait pour le reste de sa vie. Ils ignoraient que ce serait si court. La famille entière était présente lors de son arrivée à la maison le vendredi.

Glenn Stockton ne pouvait parler beaucoup et sa femme non plus. Mais les paroles n'étaient pas réellement nécessaires entre ces deux-là qui avaient passé toute leur vie ensemble.

Elle était alitée en permanence. On a poussé son époux en fauteuil roulant jusqu'à son lit.

Elle a ouvert les yeux, les a levés vers lui, et il était là. L'amour de sa vie, encore une fois lui tenant les mains, lui offrant du réconfort, l'assurant de son amour. Le corps était faible, mais l'amour ne l'était pas.

Les membres de la famille ont convenu que le moment était inoubliable; les émotions, si vraies; le sentiment, si profond; le tableau, si complet.

Après un moment, Martha a fermé les yeux et il a indiqué que lui aussi était prêt à s'allonger. Mais pas avant qu'il ait dit les dernières paroles qu'ils l'entendraient prononcer.

Il a serré très fort les mains de Diane en lui disant *Merci*. Un autre membre de la famille a dû se pencher pour comprendre ce qu'il disait.

Il la remerciait de l'avoir ramené à la maison, pour dire *je t'aime et au revoir* à la femme qu'il aimait depuis si longtemps.

Diane a expliqué que son père n'allait pas bien du tout, mais pendant qu'il se reposait dans une chambre sur un lit d'hôpital tout près de son épouse, il semblait *plus confortable, plus paisible* maintenant qu'il se trouvait à la maison.

Ni Glenn ni Martha n'étaient assez bien pour quitter le lit. Mais ils étaient réunis dans la même pièce, se préparant pour un autre chapitre de leur vie. Diane se souvenait que sa mère avait ouvert les yeux à plusieurs reprises et regardé autour de la chambre, et que ses yeux s'agrandissaient chaque fois qu'elle apercevait son mari. Et comme l'a dit leur petit-fils : « Ils laissent la nature suivre son cours. » Ils n'ont pas hâté leur mort ; ils ont seulement vécu jusqu'à ce que Dieu décide qu'il était temps pour eux de mourir.

Le dimanche, peu avant une heure du matin, la famille a quitté la pièce, certains pour se rendre dans leur propre maison pour une nuit de sommeil après une longue veille. Personne ne se trouvait dans la chambre de Mme Stockton sauf son mari, qui dormait dans son lit, quelques pieds à côté.

Lorsque son fils est retourné dans la chambre après seulement quelques moments, Martha Stockton était partie vers son dernier voyage.

Le petit-fils, Mike Dickson, est convaincu que sa grand-mère a eu le dernier mot, incluant le moment où elle est paisiblement passée de ce monde à l'autre. « Elle a simplement cessé de respirer, a-t-il déclaré. C'est assez incroyable. »

Connaissant la fragilité de son grand-père, la famille s'est demandé combien de temps M. Stockton vivrait encore après la mort de sa femme. Lorsqu'ils ont retiré le corps de Martha de la chambre très tôt le dimanche matin, son mari dormait. Mais sa fille a cru qu'il avait senti quelque chose.

L'infirmière du centre de soins palliatifs est arrivée à 8 heures et a informé la famille que la mort était très proche.

« C'est comme s'il avait su qu'elle était partie et qu'il voulait partir lui aussi », a expliqué Diane Dickson.

Elle se rappelait que les membres de la famille étaient assis à ses côtés et lui faisaient leurs derniers adieux. Elle se souvenait de l'avoir rassuré : « Maman t'attend, prends bien soin d'elle. »

Douze heures et quarante-cinq minutes après la mort de son épouse, Glenn Stockton, tout comme son épouse, « a simplement cessé de respirer ».

Son petit-fils a remarqué que, cinq minutes plus tard, la pluie qui avait rendu cette journée si ennuyeuse avait cessé, et le soleil commençait à briller.

Il a mentionné que sa grand-mère était pour ainsi dire en paix. Il pouvait presque entendre cette femme, qui lui avait toujours dit quoi faire, chercher à atteindre son mari et lui dire : « Viens me rejoindre là-haut. »

Et, d'une certaine manière, le ciel est devenu un endroit plus lumineux parce que Glenn Stockton a suivi sa femme dans leur dernier voyage.

La famille croit que cette femme si forte avait deux derniers vœux : que sa famille soit épargnée de la voir mourir et qu'elle demeure toujours avec son mari. Ces deux vœux ont été exaucés le jour où elle a quitté cette terre.

Et même s'ils ont dû faire le deuil de deux êtres chers en même temps, les membres de la famille se sont consolés dans la croyance que les deux époux sont de nouveau ensemble.

« C'est comme si Dieu l'avait voulu ainsi », a affirmé Mike Dickson. Diane était d'accord. « Même si c'est difficile, c'est la manière de Dieu de dire : *Je les garderai ensemble; tout ira bien.* »

L'amour qu'ils ont laissé derrière eux, l'amour que la famille a partagé, spécialement durant ces dernières quarante-huit heures, était beaucoup trop incroyable pour être oublié, a déclaré Diane Dickson.

Mais tout particulièrement le souvenir de voir deux amoureux de longue date partager une dernière poignée de main, un sourire de plus, un souvenir de plus.

La famille a trouvé l'expérience si extraordinaire, si inspirante que chacun d'eux se souviendra de l'instant de la mort non seulement comme un moment de tristesse, mais aussi comme un moment d'amour.

Pour eux, l'amour partagé entre Martha et Glenn Stockton est une histoire d'amour véritablement éternelle.

Jean Shanley
Soumis par Mme Rebecca Lucas

Une histoire d'amour
sur un parcours de golf

Mon mari, Roy, avait toujours voulu jouer au golf. J'avais entendu les horribles histoires de « veuves du golf » et je ne l'ai jamais encouragé à pratiquer ce sport. Après de nombreuses années de mariage et l'éducation de trois enfants, nos fils jumeaux, Brad et Chad (maintenant de jeunes adultes), nous ont informés qu'ils se lançaient dans la pratique du golf. Inutile de dire qu'ils voulaient voir leur père jouer avec eux. Ils ont supplié et plaidé leur cause, mais ce dernier avait perdu intérêt pour ce sport depuis plusieurs années déjà.

Nos fils avaient fait une surprise à Roy en lui offrant des bâtons de golf lors d'une fête des Pères. Cette année-là, durant nos vacances, les trois ont joué une ronde de golf ensemble. Ayant eu beaucoup de plaisir, Roy a voulu partager l'expérience avec moi.

« Allons au terrain de golf », a-t-il imploré un samedi après-midi.

« Pourquoi, diable, voudrais-je jouer au golf ? » ai-je demandé.

« Tu peux conduire la voiturette, a-t-il répondu. S'il te plaît. » J'ai vu sur son visage un regard misérable – tout comme celui d'un petit garçon dans un magasin de bonbons et qui n'a pas d'argent.

Ma première pensée a été : *Certainement que je le peux, mais je peux aussi conduire ma voiture au centre commercial. Ce serait plus frais et j'aurais bien plus de plaisir*. J'ai regardé de nouveau son visage triste et j'ai finalement accepté de m'y rendre.

« Alors, ça va prendre combien de temps ? » lui ai-je demandé avec une pointe de ressentiment dans la voix.

« Nous jouerons seulement neuf trous », a-t-il déclaré. Il sifflait pendant qu'il rassemblait son matériel. Nous nous sommes dirigés vers la pelouse verte du terrain de golf.

J'ai récriminé lorsque je suis sortie de l'automobile et me suis assise sur le siège du conducteur d'une voiturette de golf blanche. Ce n'était pas ma perception d'une partie de plaisir. Juste avant que je démarre le moteur, Roy a entrepris de m'enseigner les règles de conduite sur le parcours.

« Quelles règles ? » ai-je lancé comme je fonçais à pleine vitesse.

« Ralentis », a-t-il supplié. J'ai ri et continué à conduire. « Tu peux seulement conduire dans des endroits désignés », m'a-t-il sévèrement informée.

« Et qui va m'arrêter ? » ai-je blagué. Je me sentais déjà rebelle.

Lorsque nous avons atteint l'aire de départ au trou numéro 1, il hochait déjà la tête.

Il était clair qu'il était soulagé de descendre de la voiturette circulant trop vite. Il s'est installé pour son premier élan pendant que je l'observais, me demandant pourquoi les gens pensent que le golf est si plaisant. Ce sport me semblait très ennuyant.

Il a frappé la balle, mais n'avait aucune idée de l'endroit où elle était allée. Pendant les quinze minutes suivantes, nous l'avons cherchée.

« Oh, comme c'est amusant », l'ai-je réprimandé.

« Nous allons simplement prendre une autre balle », m'a-t-il dit pour m'apaiser, comme il ouvrait la poche de son sac de golf et en sortait une nouvelle.

Nous sommes revenus au tertre de départ. *Tout l'après-midi va y passer*, ai-je ronchonné en moi-même. Quand Roy a frappé la balle une deuxième fois, nous l'avons trouvée en bas du parcours sur un petit chemin. Après pas mal de coups, la balle est tombée dans le trou. Je ne peux me rappeler la dernière fois où j'ai vu mon mari aussi heureux.

C'est quoi, la belle affaire ? m'étais-je demandé.

Le jeu de conduite a repris. Nous étions en route pour le trou suivant. Je conduisais la voiturette et il marchait. Il a affirmé qu'il avait besoin d'exercice, mais je savais qu'il craignait ma façon de conduire. Il a passé beaucoup de temps à frapper la balle puis à la chercher, pendant que je regardais les écureuils et les lièvres s'amuser.

Quelque chose de totalement imprévu est survenu au moment où nous avons atteint le cinquième trou. Nous riions, plus fort que nous ne l'avions fait en bien des années. Le stress financier associé au fait de payer les études universitaires de trois enfants s'était évanoui. La contrainte du « trop de travail, pas assez de plaisir » faisait place à des cœurs heureux et à des visages souriants. À mon plus grand étonnement, une histoire d'amour sur un parcours de golf était née.

Lorsque nous avons atteint le trou numéro 6, j'étais tombée amoureuse de nouveau. Je me sentais comme une jeune mariée qui accompagnait son prince charmant. Soudain, il avait l'air si mignon à essayer de rivaliser avec cette petite balle blanche.

Quand nous avons atteint le trou numéro 7, j'ai eu l'impression qu'il m'observait plus que la balle. « Garde tes yeux sur la balle », l'ai-je réprimandé.

« Mais je ne peux pas, a-t-il répondu. J'aime te regarder. »

À ce moment, il a décidé qu'il monterait encore avec moi dans la voiturette. Cette fois-ci, il ne se souciait plus que je conduise trop rapidement. Quand nous avons atteint le trou numéro 8, nous nous tenions la main. Je ne sais pas s'il voulait sauver sa vie ou s'il appréciait tenir ma main, mais quand même, ça me plaisait bien.

Nous ne nous étions pas tenu la main depuis longtemps.

Le dernier trou, le numéro 9, a été le meilleur de tous. Avant de descendre de la voiturette, il s'est penché et m'a embrassée. « Je suis heureux que tu sois venue avec moi », a-t-il déclaré.

« J'ai eu tellement de plaisir. Est-ce qu'on peut revenir la semaine prochaine ? » ai-je demandé. Un sourire illuminait son visage – et le mien.

« Oui, et la prochaine fois, nous jouerons dix-huit trous », a-t-il affirmé. Il a tapé sur la balle et elle a terminé son périple dans les bois. Nous avons ri tous les deux alors que nous démarrions pour chercher encore une autre balle perdue.

Mais cette fois, cela m'était égal. Mon mari était heureux. J'étais bien en sa compagnie. Le golf était seulement une bonne excuse pour être ensemble. Nous ne cherchions pas seulement des balles perdues. Nous nous retrouvions aussi, l'un et l'autre.

Nancy B. Gibbs

Perdu et retrouvé

« Tu devrais venir à la maison plus souvent. »

Ma conscience a choisi cette phrase pour me réprimander avec amour alors que j'approchais de l'allée de la maison de mon enfance dans l'Indiana rural. J'ai fredonné à moi-même pendant que je garais ma voiture et que je valsais avec bonheur sur le trottoir qui, dans ma jeunesse, avait été le canevas de bien des dessins à la craie et un terrain de jeu de marelle.

C'était une chaude soirée de juillet. La porte moustiquaire a claqué derrière moi alors que j'entrais dans la maison. J'ai laissé tomber mes sacs et j'ai traversé rapidement la maison vers l'endroit où je savais que j'y trouverais mes parents lors d'un magnifique coucher de soleil… assis à la table de pique-nique, partageant le thé et la conversation. J'étais toujours émerveillée de faire partie de ce rituel. Combien de fois avais-je rampé sous cette table pour écouter secrètement leurs discussions familières ? J'avais appris à cet endroit mes plus importantes leçons de vie. Je me suis installée en face d'eux et j'ai enlevé mes souliers pour que mes orteils puissent se rafraîchir dans le vert du gazon fraîchement coupé.

Nous avons échangé des baisers et des rires, et j'ai complimenté mon père pour la beauté de la cour. Il m'a remercié, puis il a annoncé : « Ta mère a une histoire à te raconter. » Même à vingt-six ans, j'aimais encore écouter ma mère raconter des histoires qu'elle remplissait d'inspiration, d'humour, d'amour et, par-dessus tout, de vérité. Je lui ai souri en disant : « Je suis prête. »

Elle a savouré lentement une gorgée de thé et a commencé. « Bien, cela te permettra certainement de croire aux miracles si tu n'y crois pas déjà. » J'ai roulé des yeux et j'ai ri. Je n'étais pas la plus sceptique de la famille. Ce titre de distinction appartenait à mon frère plus âgé. On peut compter sur le frère ou la sœur aîné pour ce genre de chose. J'ai souri : « D'accord, maman. Je garderai l'esprit ouvert. »

« Il y a deux ou trois jours, je rangeais quelques chemises dans le placard de ton père et ma bague s'est accrochée dans une manche de chemise. J'ai réussi à la libérer, mais j'ai alors remarqué que le diamant avait disparu ! J'ai rapidement commencé à fouiller dans le placard pour essayer de le trouver. J'ai sorti tous les souliers, et les ai tournés à l'envers, j'ai secoué ses vêtements et j'ai rampé sur tout le plancher.

« Le diamant ne semblait pas s'être égaré dans le placard, j'ai donc commencé à retracer mon emploi du temps de la journée. J'avais mis quelques plantes en pot à l'extérieur, je suis donc allée vérifier dans mes gants de jardinage et dans le terreau. J'ai même arraché mes philodendrons de leur nouveau domicile et j'ai secoué les pauvres choses jusqu'à ce que leurs racines soient nettoyées. J'ai refait chacun de mes gestes de ce jour-là. J'ai vérifié les contenants que j'avais lavés, puis j'ai déballé un pain, croyant que j'avais pu le perdre dans le sac. J'ai brassé le chaudron de soupe que je cuisais pour le dîner, secoué de nouveau la salade et nettoyé le comptoir, espérant entendre un *ding* ou voir un scintillement. Je suis retournée dans le placard de ton père pour un dernier examen lorsqu'il est rentré du travail. »

Elle a fait une pause et j'ai regardé sa main gauche. La bague n'était plus à sa place. La bague qu'elle n'avait jamais enlevée, la bague qui était demeurée dans son doigt pendant la naissance de quatre enfants. La bague avec laquelle elle pétrissait le pain et qui ne la quittait pas lors de la préparation de festivités… était disparue. Demain, ce serait leur quarantième anniversaire, et je ne pouvais m'empêcher d'avoir le cœur un peu serré pendant qu'elle continuait.

« Je ne voulais rien dire à ton père avant la fin du dîner, mais aussitôt que j'ai levé les yeux vers lui, j'ai commencé à pleurer. Je sanglotais et je pouvais difficilement prononcer un seul mot. Il ne faisait que répéter : *Ça va, c'est simplement un objet, ça va.* J'ai essuyé mes larmes et j'ai décidé qu'il était préférable de manger notre repas. J'ai même taquiné ton père et j'ai dit : *Fais attention à la salade, il peut y avoir un demi-carat là-dedans.*

« Nous avons réfléchi, nous demandant pourquoi une telle chose arrivait si près de notre anniversaire; puis nous avons commencé à parler des dernières quarante années qui nous paraissaient étonnantes. Nous avons revisité d'agréables souvenirs comme s'ils avaient été de bons amis et nous nous sommes émerveillés de la façon dont nous avons grandi – spécialement dans les moments où il semblait que nous disposions de si peu. Un morceau de diamant finit par paraître assez insignifiant si l'on considère qu'un rendez-vous avec un inconnu s'est métamorphosé en une grande histoire d'amour. Comme nous terminions notre repas, mes larmes se sont transformées en bonheur, et j'ai donné un baiser à ton père pendant que je ramassais nos assiettes pour les rapporter à la cuisine.

« Je suis entrée dans la cuisine et j'ai presque laissé tomber les assiettes sur le sol. Là, au beau milieu d'un comptoir propre – à l'endroit même où j'avais fait courir mes mains au moins une centaine de fois pendant ma fouille – se trouvait mon diamant ! Je suis restée là immobile et j'ai appelé ton père pour m'assurer que je n'avais pas la berlue. Il s'est avancé et m'a seulement regardée avec la même expression d'incrédulité. »

Maman m'a regardée avec un sourire et a demandé : « Maintenant, qu'est-ce que tu penses de cette histoire ? »

J'ai ri et, les larmes aux yeux, je les ai applaudis chaleureusement. Puis j'ai demandé : « Où est la bague maintenant ? »

Ma mère a souri amoureusement à mon père et il a commencé à rougir. Il a placé son bras autour d'elle et a dit : « J'ai décidé d'attendre et de la lui redonner demain, quand je lui demanderai de m'épouser de nouveau. »

Ami McKay

L'éternelle danse de l'amour

La vieillesse ne vous protège pas de l'amour.
Mais l'amour, dans une certaine mesure, vous
protège de la vieillesse.

Jeanne Moreau

Le téléphone d'urgence a sonné bruyamment, me sortant d'un profond sommeil. J'ai pris le téléphone noir ancien modèle et j'ai entendu la voix du répartiteur des urgences : « Nous avons un homme âgé qui ne respire plus à Angler Courts, chalet numéro quatre. C'est le deuxième chalet sur la gauche depuis l'entrée de Fulton Road. » J'ai raccroché le combiné, j'ai sauté dans mon uniforme d'ambulancier paramédical, et je me suis arrêtée dans la salle de bain pour vérifier les traces de mascara sous mes yeux et passer mes doigts à travers mon abondante chevelure de Texane. Il s'agissait possiblement d'un arrêt cardiaque; l'adrénaline a envahi mes veines. Dans notre région de villégiature du sud du Texas, nous avions surtout affaire à des traumatismes en été et à des problèmes cardiaques en hiver à cause des retraités venus du Nord pour passer les mois les plus froids ici.

Comme je m'engageais sur l'autoroute à l'aurore naissante, j'ai mis le doigt sur l'interrupteur qui actionne les gyrophares hallucinants de couleur rouge, bleu et blanc, dont les immeubles avoisinants projetaient les reflets. Ce miroitement lumineux avait toujours pour effet de me réveiller complètement. J'ai laissé la sirène éteinte, puisqu'elle était plutôt inutile à cette heure.

Je suis arrivée à l'adresse indiquée et j'ai stationné à côté de la voiture d'un shérif adjoint. Des techniciens bénévoles d'urgence médicale se trouvaient déjà sur les lieux. Comme je montais les marches vers le petit chalet de planches, un adjoint m'a expliqué tranquillement : « On dirait qu'il est à plat depuis un moment, Wendy. »

J'ai vu une petite femme qui se tenait près du lit, serrant fortement l'avant de son peignoir bleu matelassé. Ses cheveux blancs courts retombaient en boucles autour de son visage et me rappelaient une poupée que j'avais eue enfant. Comme je plaçais l'équipement de réanimation sur le sol et le moniteur cardiaque sur le lit, j'ai questionné les imposants techniciens pour avoir leur compte rendu de la situation.

« Quand nous l'avons trouvé, il ne respirait plus et n'avait plus de pouls. Nous n'avons rien tenté, mais si vous voulez qu'on le fasse… » J'ai pris la main du vieil homme; ils avaient raison. Reposant sur le dos, un oreiller sous la tête, il semblait paisible. L'idée m'a passé par la tête qu'il n'avait éprouvé aucune difficulté à accueillir la mort ce soir. J'ai posé les électrodes sur sa poitrine pour vérifier son rythme cardiaque et je n'ai rien trouvé. Une ligne absolument droite. J'ai demandé son âge. « Il aurait eu quatre-vingt-six ans en février », a répondu doucement son épouse. J'ai demandé à l'adjoint d'avertir la maison funéraire de la ville voisine. Nous savions tous qu'ils n'arriveraient pas avant au moins une heure. Nous allions attendre avec elle.

Un autre ambulancier paramédical était debout à côté de moi pendant que je tenais la minuscule main de la nouvelle veuve. « Madame, je suis désolée, mais le cœur de votre mari s'est arrêté, et trop de temps s'est écoulé pour que nous tentions de le réanimer. Apparemment, il serait mort tranquillement au cours de la nuit. Elle a répondu en hochant doucement la tête.

« Quand avez-vous remarqué qu'il ne respirait plus ? »

« Eh bien, ma chère, a-t-elle répondu, nous sommes allés au lit autour de minuit. Nous sommes simplement restés étendus et nous avons parlé comme à chaque soir. Nous ne ressemblons pas à la plupart des gens de notre âge; nous restons debout tard le soir et nous dormons tard le matin. C'est une chose que nos amis détestent de nous. De toute façon, nous avons parlé jusqu'à environ une heure du matin, puis nous avons commencé à faire l'amour. »

Le technicien près de moi a pris une brusque inspiration et a soudainement commencé à jouer avec l'équipement accroché à sa ceinture.

« Pardon, madame, vous avez fait quoi à environ une heure du matin… ? »

« Nous avons eu des rapports sexuels, nous avons fait l'amour. » Elle a répété de bonne grâce ces mots d'un air impassible. « Nous avons terminé environ une heure plus tard et je me suis levée pour aller à la salle de bain. Lorsque je suis revenue, il était étendu tout comme maintenant. Je lui ai dit bonsoir, mais maintenant que j'y repense, je ne suis pas certaine qu'il m'ait répondu. »

Chaque personne dans la pièce avait trouvé quelque obscure tâche qui requérait son attention immédiate. Aucune ne regardait dans notre direction. Les dos étaient légèrement secoués de rires retenus. Les agents de la paix ont soudainement éprouvé le besoin de sortir à l'extérieur, les techniciens ambulanciers remballaient leur équipement et personne, absolument personne, ne se regardait. Cette petite femme précieuse n'était absolument pas gênée ni embarrassée par sa description de la soirée, et semblait croire qu'il s'agissait d'un comportement normal – pour deux octogénaires de faire l'amour pendant une heure.

« Quand je me suis réveillée pour me rendre à la salle de bain à 6 heures du matin, a-t-elle continué, je n'ai pu le faire lever. » Pauvre choix de mots pour cet auditoire. Instantanément, nous nous sommes retrouvées seules dans la pièce. Les gars ont presque fait tomber la porte en sortant. J'imaginais l'équipe ricanant et s'étouffant à force de rire, cachée de l'autre côté de l'ambulance.

« Je ne peux pourtant me l'imaginer. Nous faisions l'amour presque chaque nuit et ça ne l'a jamais tué avant. » Mais au lieu de rire, j'ai immédiatement ressenti du respect et de l'admiration pour ce couple qui était demeuré si près sur les plans émotionnel et physique jusqu'à leur séparation ultime.

« Vous deviez vous aimer beaucoup. » Je l'ai dirigée vers une chaise et l'ai fait s'asseoir. « Pourrais-je faire du café pendant que nous attendons les gens de la maison funéraire? Voulez-vous parler un peu? »

« Ce serait bien. Vous avez été tellement gentils et si rapides. Oui, du café… je suppose. J'ai beaucoup de choses à faire maintenant. Je devrais téléphoner à ma fille en Illinois. Je devrais… » Elle a regardé son mari et ses yeux se sont remplis de larmes. « Il va me manquer. Il me manque déjà… Vous savez, je me souviens du jour où nous nous sommes rencontrés. »

« J'aimerais que vous me racontiez. Nous pourrons faire les appels plus tard lorsqu'ils seront venus le chercher. Comment vous êtes-vous rencontrés ? »

J'ai savouré lentement le café chaud et j'ai tenu la main d'une charmante jeune fermière du Kansas. Pendant qu'elle parlait, je voyais une jeune fille de vingt ans apercevant son premier amour, son seul amour, son amour de tous les instants. À travers les épreuves du travail sur une ferme, d'élever des enfants et de subir la perte de deux d'entre eux, de vieillir, ils sont toujours restés fidèles l'un envers l'autre.

Une habitude s'était créée tôt entre eux. Chaque soir, ils parlaient au lit pendant une heure, puis ils faisaient l'amour. Pendant soixante ans, la communication émotionnelle et physique avait gardé jeune leur relation. Ils ne s'étaient jamais considérés l'un l'autre comme de vieilles personnes, n'avaient jamais remarqué les rides ou les changements qui, naturellement, transforment le corps avec l'âge. La nuit, ils n'avaient pas d'âge – se rejoignant, bougeant et suivant le rythme d'une danse qu'ils créaient eux-mêmes. Aucun regret ne viendra hanter son esprit, que des souvenirs doux et chers d'un homme et d'un mariage aux allures de paradis.

Wendy J. Natkong

À propos des auteurs

Jack Canfield

Jack Canfield est l'un des meilleurs spécialistes américains du développement du potentiel humain et de l'efficacité personnelle. Conférencier dynamique et coloré, il est également un conseiller très en demande pour son extraordinaire capacité à informer et à inspirer son auditoire, pour l'amener à améliorer son estime de soi et à maximiser son rendement.

Auteur et narrateur de plusieurs audiocassettes et vidéocassettes à succès, dont *Self-Esteem and Peak Performance*, *How to Build High Self-Esteem*, *Self-Esteem in the Classroom*, et *Chicken Soup for the Soul – Live*, on le voit régulièrement dans des émissions télévisées telles que *Good Morning America*, *20/20* et *NBC Nightly News*. En outre, il est le coauteur d'une cinquantaine de livres, dont la série *Bouillon de poulet pour l'âme*, *Osez gagner*, *Le pouvoir d'Aladin*, *100 Ways to Build Self-Concept in the Classroom*, *Heart at Work* et *La force du focus*.

Jack prononce régulièrement des conférences ins-pirantes et motivantes pour des associations profes-sionnelles, des commissions scolaires, des organismes gouvernementaux, des églises, des hôpitaux, des orga-nismes à but non lucratif, des entreprises du secteur de la vente et des multinationales. Sa liste de clients com-prend des noms comme American Heart Association, Children's Miracle Network, Boys Club of America, Reading Fun, American Management Association, AT&T, Campbell's Soup, Clairol, Domino's Pizza,

GE, ITT, Hartford Insurance, Johnson & Johnson, Million Dollar Round Table, NCR, New England Telephone, Re/Max, Scott Paper, TRW et Virgin Records.

Chaque année, Jack anime un atelier de huit jours qui transforme la vie des participants en rehaussant leur estime de soi et en maximisant leur rendement personnel. Ce programme attire des éducateurs, des conseillers, des parents, des formateurs en entreprise, des conférenciers professionnels, des ministres du culte, et des gens qui désirent changer leur vie et transmettre ces habiletés à d'autres.

Mark Victor Hansen

Mark Victor Hansen est un conférencier professionnel qui, au cours des vingt dernières années, a effectué plus de 4000 présentations à plus de deux millions de personnes dans trente-deux pays. Ses conférences portent sur l'excellence et les stratégies dans le domaine de la vente, sur l'enrichissement et le développement personnels, et sur les moyens de tripler ses revenus tout en doublant son temps libre.

Mark a consacré sa vie à sa mission d'apporter des changements profonds et positifs dans la vie des gens. Tout au long de sa carrière, il a inspiré des centaines de milliers de personnes à se bâtir un avenir meilleur et à donner un sens à leur vie, tout en stimulant la vente de milliards de dollars de produits et services.

Mark est un auteur prolifique qui a écrit de nombreux livres dont *Future Diary, How To Achieve Total Prosperity* et *The Miracle of Tithing*. Il est coauteur de la série *Bouillon de poulet pour l'âme*, *Osez gagner*, *Le pouvoir d'Aladin* et *La force du focus* (tous en collaboration avec Jack Canfield) et *Devenir maître motivateur* (avec Joe Batten).

Mark a aussi réalisé une collection complète de programmes sur audiocassettes et vidéocassettes d'enrichissement personnel qui ont permis à ses auditeurs de découvrir et d'utiliser tous leurs talents innés dans leur vie personnelle et professionnelle. Le message qu'il transmet a fait de lui une personnalité de la radio et de la télévision. On a notamment pu le voir sur les réseaux ABC, NBC, CBS, CNN, PBS et HBO. Mark a également fait la couverture de plusieurs magazines, dont *Success*, *Entrepreneur* et *Changes*.

Mark est un homme au grand cœur et aux grandes idées, un modèle inspirant pour tous ceux qui cherchent à s'améliorer.

Mark et Chrissy Donnelly

Mark et Chrissy Donnelly sont un couple marié dynamique. Ils travaillent en étroite collaboration comme coauteurs, spécialistes en marketing et conférenciers. Au tout début de leur mariage, ils ont décidé de passer le plus de temps possible ensemble, autant dans leur travail que dans leurs loisirs. Durant leur lune de miel en 1995, ils ont planifié des douzaines de façons de quitter leurs emplois respectifs et de commencer à travailler ensemble sur des projets stimulants. La compilation d'un livre d'histoires sur l'amour romantique n'était qu'un de leurs projets.

Mark et Chrissy sont les coauteurs de best-sellers #1 du *New York Times* : *Bouillon de poulet pour l'âme du couple*, *Bouillon de poulet pour l'âme d'un père*, *Bouillon de poulet pour l'âme du golfeur*, *Bouillon de poulet pour l'âme du golfeur : la 2e ronde*, *Bouillon de poulet pour l'âme des amateurs de sports*, *Chicken Soup for the Baseball Fan's Soul* et *Chicken Soup for the Working Woman's Soul.* Ils travaillent aussi sur plusieurs autres prochains livres, parmi lesquels *Chicken Soup for the Friend's Soul* et *Chicken Soup for the Married Soul.*

En tant que cofondateurs du Donnelly Marketing Group, ils développent et implantent des stratégies innovatrices de marketing et de promotion qui aident à promouvoir et répandre le message de *Bouillon de poulet pour l'âme* à des millions de personnes dans le monde.

Mark a grandi à Portland, Oregon, et, sans le savoir, a fréquenté le même collège que Chrissy. Il a obtenu son diplôme de l'Université de l'Arizona, où il a été président de sa fraternité, Alpha Tau Omega. Il a été vice-président du marketing de son entreprise familiale, Contact Lumber, et après onze ans a quitté ses responsabilités quotidiennes pour se concentrer sur ses projets actuels.

Chrissy, directrice de l'exploitation du Donnelly Marketing Group, a aussi grandi à Portland, Oregon, et a obtenu son diplôme de l'Université d'État de Portland. Comme experte-comptable diplômée, elle a effectué une carrière de six ans avec Price Waterhouse.

Mark et Chrissy aiment partager ensemble des passe-temps comme le golf, la randonnée, le ski, les voyages, l'aérobique hip hop et fréquenter des amis. Ils résident à Paradise Valley, Arizona.

Barbara De Angelis, Ph.D.

Barbara De Angelis, Ph.D., est l'une des plus éminentes expertes américaines en relations interpersonnelles et une chef de file hautement respectée dans le domaine de la croissance personnelle. Auteure de best-sellers, personnalité de la télévision et conférencière spécialiste de la motivation, elle a rejoint des millions de personnes avec ses messages positifs sur l'amour, le bonheur et la recherche d'un sens à notre vie.

Barbara est l'auteure de onze livres à succès, qui se sont vendus à plus de cinq millions d'exemplaires et qui ont été publiés en vingt langues. Son premier livre, *How to Make Love All the Time,* a été un best-seller national. Ses deux livres suivants, *Secrets About Men Every Woman Should Know* et *Are You the One for Me?,* ont détenu la première place dans la liste des best-sellers du *New York Times* pendant des mois. Son quatrième livre, *Les moments vrais,* est aussi devenu un livre à succès immédiat, et a été suivi de *Real Moments for Lovers.* Ses plus récents livres sont : *Confidence, Ask Barbara, The Real Rules, Passion, Secrets About Life Every Woman Should Know, What Women Want Men to Know* et le best-seller #1 du *New York Times* : *Bouillon de poulet pour l'âme du couple.* Elle a aussi écrit régulièrement pour des magazines incluant

Cosmopolitan, Ladies' Home Journal, McCall's, Reader's Digest, Redbook et *Family Circle*.

Le premier publireportage télévisuel de Barbara, *Making Love Work,* qu'elle a écrit et produit, a gagné de nombreux prix. Barbara a paru hebdomadairement pendant deux ans à CNN comme leur experte en relations interpersonnelles pour l'émission *Newsnight*, donnant des conseils par satellite au monde entier. Elle a animé sa propre émission de télévision pour CBS-TV, et son propre talk-show radiophonique à Los Angeles. Elle a été souvent invitée à des émissions comme *Oprah, Leeza, Geraldo* et *Politically Incorrect*, et a contribué régulièrement à *Entertainment Tonight* et à *Eyewitness News* à Los Angeles. En 2001, Barbara a écrit et produit sa propre émission spéciale *Love Secrets* à PBS-TV.

Fondatrice du Los Angeles Personal Growth Center, Barbara en a été la directrice exécutive pendant douze ans. Elle est actuellement présidente de Shakti Communications, Inc., qui fournit des services de production et de consultation. Parmi ses clients, on retrouve YPO, Sharp Health Care, AT&T et Pritikin. Elle réside à Santa Barbara, Californie.

Autorisations

Nous aimerions remercier les personnes et les éditeurs suivants de nous avoir permis de reproduire le matériel cité ci-dessous. Les histoires dont l'auteur est anonyme, qui sont du domaine public ou qui ont été écrites par Jack Canfield, Mark Victor Hansen, Mark Donnelly, Chrissy Donnelly ou Barbara De Angelis ne sont pas incluses dans cette liste.

La bonne approche. Reproduit avec l'autorisation d'Edmund Phillips. © 2000 Edmund Phillips.

Rencontre sur un train. Reproduit avec l'autorisation de Keven H. Siepel. © 1988 Keven H. Siepel. Publié originalement dans *Christian Science Monitor*, le 5 juillet 1998.

« Tomber » amoureux. Reproduit avec l'autorisation de Mary Mikkelsen. © 2002 Mary Mikkelsen.

Les glaïeuls du lundi. Reproduit avec l'autorisation de Chris Schroder. © 1994 Chris Schroder.

Une histoire d'amour. Tel que cité dans *Even more of... The Best of Bits & Pieces* par Rob Gilbert. © 2000 Lawrence Ragan Communications, Inc.

Deux pièces dans la fontaine. Reproduit avec l'autorisation de Joyce Stark. © 2002 Joyce Stark.

Six roses rouges. Reproduit avec l'autorisation de Lori J. Robidoux. © 2000 Lori J. Robidoux.

Un conte de fées bien réel. Reproduit avec l'autorisation de Norma Grove. © 2001 Norma Grove.

À l'infini. Reproduit avec l'autorisation de Lisa Ferris Terzich. © 2002 Lisa Ferris Terzich.

Appelle-moi Cupidon. Reproduit avec l'autorisation de William Stanton. © 1971 William Stanton.

Recommencer et *Un autre genre de secret.* Reproduit avec l'autorisation de Rusty Fischer. © 2000 Rusty Fischer.

Notes d'amour. Reproduit avec l'autorisation de Gwen Romero. © 2002 Gwen Romero.

Série
Bouillon de poulet pour l'âme

1er bol *
2e bol
3e bol
4e bol
5e bol

Ados *
Ados II*
Ados dans les moments
   difficiles
Ados — Journal
Aînés

Amateurs de sport
Amérique
Ami des bêtes *
Ami des chats
Ami des chiens

Canadienne
Célibataires *
Chrétiens
Concentré **
Couple *

Cuisine (livre de)
Enfant *
Femme
Femme II *
Future Maman

Golfeur *
Golfeur, la 2e ronde
Grand-maman
Grands-parents *
Infirmières

Mère *
Mère II *
Mères et filles
Noël
Père *

Préados *
Professeurs *
Romantique *
Survivant
Tasse **

Travail

* *Volumes disponibles également en format de poche*
** *Volumes disponibles en format de poche seulement*

Bouillon de poulet pour l'âme du Couple

*Des histoires inspirantes
sur l'amour et les relations amoureuses*

Voici un hommage à l'amour et à sa capacité de survivre au-delà de la distance, des obstacles et même de la mort.

Ces histoires émanent du cœur et capturent les différentes étapes d'un amour, depuis ses tendres débuts vers une intimité plus profonde, ses défis à surmonter et le temps des adieux. Elles vous aideront à renouveler la passion dans votre relation amoureuse et vous feront réaliser comment l'amour vous a permis de grandir.

ISBN 978-2-89092-268-6 • 288 pages

Bouillon de poulet pour l'âme
de la future Maman

*Un recueil d'histoires inspirantes
pour les futures mères*

Vous attendez avec impatience que le symbole appa-
raisse dans la petite fenêtre du test de grossesse, puis
vous entreprenez l'aventure fascinante qui changera
votre vie. Que vous éprouviez de l'exaltation ou de
la trépidation, ces histoires vous serviront d'inspiration pendant que vous vous préparez à devenir mère.

Décrivant les joies que vivent les parents en attente
d'un enfant, depuis l'annonce de la nouvelle à leur
entourage jusqu'au jour où ils peuvent tenir leur
bébé dans leurs bras, ces histoires vous rappelleront
qu'à part les nausées du matin et les nuits blanches,
la maternité redonne à la vie tout son sens.

ISBN 978-2-89092-323-2 • 352 pages

Participez au projet

Vous avez une histoire inspirante,
d'espoir ou de courage, à nous raconter?
Faites-nous-la parvenir.

Pour information
www.bouillondepoulet.com

ou

Bouillon de poulet pour l'âme des Québécois
a/s *Je désire soumettre une histoire*
271, Maurice St-Louis
Gatineau, QC J9J 3V9